「十三五」国家重点图书出版规划项目
国家社会科学基金重大项目「中国近代日记文献叙录、整理与研究」
（项目编号：18ZDA259）阶段性研究成果

中国近现代稀见史料丛刊【第八辑】

王际华日记

张剑　徐雁平　彭国忠　主编

（清）王际华　著

张升　整理

本辑执行主编　徐雁平

凤凰出版社

图书在版编目（CIP）数据

王际华日记 / (清) 王际华著 ; 张升整理. -- 南京:
凤凰出版社, 2021.9
(中国近现代稀见史料丛刊. 第八辑)
ISBN 978-7-5506-3471-8

Ⅰ. ①王… Ⅱ. ①王… ②张… Ⅲ. ①日记－作品集－中国－清代 Ⅳ. ①I264.9

中国版本图书馆CIP数据核字(2021)第167950号

书名	王际华日记
著者	(清)王际华 著 张 升 整理
责任编辑	单丽君
装帧设计	姜 嵩
出版发行	凤凰出版社(原江苏古籍出版社) 发行部电话025-83223462
出版社地址	江苏省南京市中央路165号,邮编:210009
出版社网址	http://www.fhcbs.com
照排	南京凯建文化发展有限公司
印刷	江苏凤凰通达印刷有限公司 江苏省南京市六合区冶山镇,邮编:211523
开本	880毫米×1230毫米 1/32
印张	8.75
字数	227千字
版次	2021年9月第1版
印次	2021年9月第1次印刷
标准书号	ISBN 978-7-5506-3471-8
定价	80.00元

(本书凡印装错误可向承印厂调换,电话:025-57572508)

袁行霈先生题辞

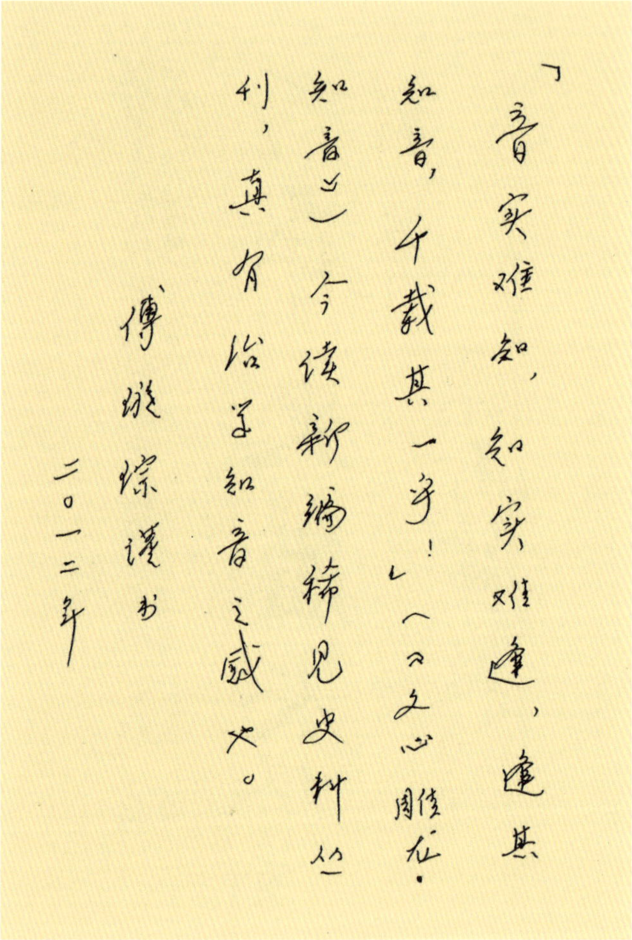
「音实难知，知实难逢，逢其知音，千载其一乎！」（文心雕龙·知音）今读新编稀见史料丛刊，真有治学知音之感矣。

傅璇琮谨书

二〇一二年

傅璇琮先生题辞

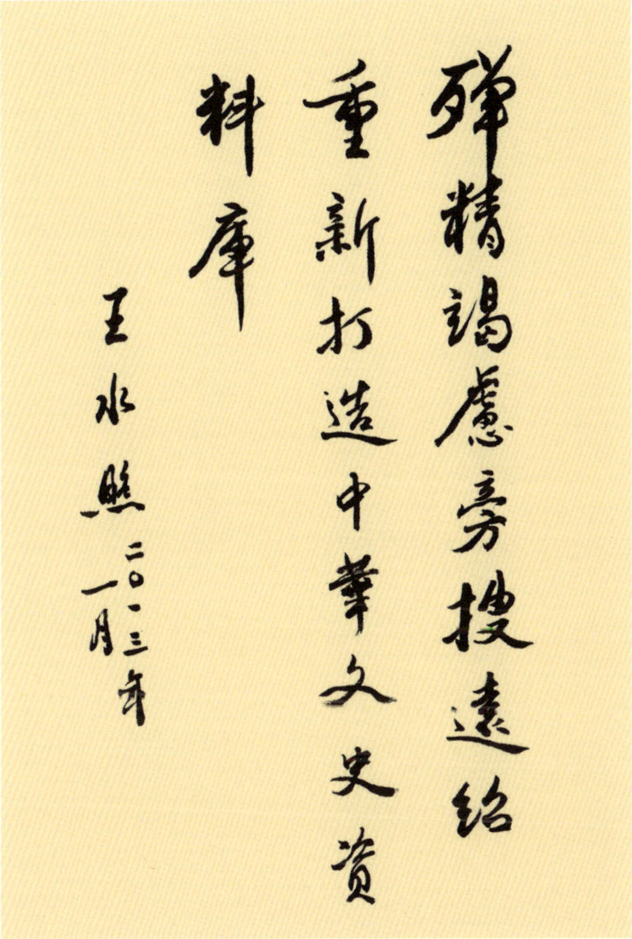

王水照先生题辞

《中国近现代稀见史料丛刊》总序

在世界所有的文明中，中华文明也许可说是"唯一从古代存留至今的文明"（罗素《中国问题》）。她绵延不绝、永葆生机的秘诀何在？袁行霈先生做过很好的总结："和平、和谐、包容、开明、革新、开放，就是回顾中华文明史所得到的主要启示。凡是大体上处于这种状况的时候，文明就繁荣发展，而当与之背离的时候，文明就会减慢发展的速度甚至停滞不前。"（《中华文明的历史启示》，《北京大学学报》2007年第1期）

但我们也要清醒看到，数千年的中华文明带给我们的并不全是积极遗产，其长时段积累而成的生活方式与价值观具有强大的稳定性，使她在应对挑战时所做的必要革新与转变，相比他者往往显得迟缓和沉重。即使是面对佛教这种柔性的文化进入，也是历经数百年之久才使之彻底完成中国化，成为中华文明的一部分；更不用说遭逢"数千年来未有之变局"、"数千年未有之强敌"（李鸿章《筹议海防折》），"数千年未有之巨劫奇变"（陈寅恪《王观堂先生挽词序》）的中国近现代。晚清至今虽历一百六十余年，但是，足以应对当今世界全方位挑战的新型中华文明还没能最终形成，变动和融合仍在进行。1998年6月17日，美国三位前总统（布什、卡特、福特）和二十四位前国务卿、前财政部长、前国防部长、前国家安全顾问致信国会称："中国注定要在21世纪中成为一个伟大的经济和政治强国。"（徐中约著《中国近代史》上册第六版英文版序，香港中文大学2002年版）即便如此，我们也不能盲目乐观，认为中华文明已经转型成功，相反，中华文明今天面对的挑战更为复杂和严峻。新型的中华文明到底会怎样呈现，又怎样具体表现或作用于政治、经济、文化等层面，人们还在不断探索。这个问题，我们这一代恐怕无法给出答案。但我们坚信，在历史上曾经灿烂辉煌的中华文明必将凤凰浴火，涅槃重生。这既是数千年已经存在的中华文明发展史告诉我们的经验事实，也是所有为中国文化所化之人应有的信念和责任。

不过，对于近现代这一涉及当代中国合法性的重要历史阶段，我们了解得还过于粗线条。她所遗存下来的史料范围广阔，内容复杂，且有数量庞大且富有价值的稀见史料未被发掘和利用，这不仅会影响到我们对这段历史的全面了解和规律性认识，也会影响到今天中国新型文明和现代化建设对它的科学借鉴。有一则印度谚语如是说："骑在树枝上锯树枝的时候，千万不要锯自己骑着的那一根。"那么，就让我们用自己的专业知识与能力，为承载和养育我们的中华文明做一点有益的事情——这是我们编纂这套《中国近现代稀见史料丛刊》的初衷。

书名中的"近现代"，主要指 1840—1949 年这一时段，但上限并非以一标志性的事件一刀切割，可以适当向前延展，然与所指较为宽泛的包含整个清朝的"近代中国"、"晚期中华帝国"又有所区分。将近现代连为一体，并有意淡化起始的界限，是想表达一种历史的整体观。我们观看社会发展变革的波澜，当然要回看波澜如何生，风从何处来；也要看波澜如何扩散，或为涟漪，或为浪涛。个人的生活记录，与大历史相比，更多地显现出生活的连续。变局中的个体，经历的可能是渐变。《丛刊》期望通过整合多种稀见史料，以个体陈述的方式，从生活、文化、风习、人情等多个层面，重现具有连续性的近现代中国社会。

书名中的"稀见"，只是相对而言。因为随着时代与科技的进步，越来越多的珍本秘籍经影印或数字化方式处理后，真身虽仍"稀见"，化身却成为"可见"。但是，高昂的定价、难辨的字迹、未经标点的文本，仍使其处于专业研究的小众阅读状态。况且尚有大量未被影印或数字化的文献，或流传较少，或未被整合，也造成阅读和利用的不便。因此，《丛刊》侧重选择未被纳入电子数据库的文献，尤欢迎整理那些辨识困难、断句费力、裒合不易或是其他具有难度和挑战性的文献，也欢迎整理那些确有价值但被人们习见思维与眼光所遮蔽的文献，在我们看来，这些文献都可属于“稀见”。

书名中的“史料”，不局限于严格意义上的历史学范畴，举凡日记、书信、奏牍、笔记、诗文集、诗话、词话乃至序跋汇编等，只要是某方面能够反映时代政治、经济、文化特色以及人物生平、思想、性情的文献，都在考虑之列。我们的目的，是想以切实的工作，促进处于秘藏、边缘、零散等状态的史料转化为新型的文献，通过一辑、二辑、三辑……这样的累积性整理，自然地呈现出一种规模与气象，与其他已经整理出版的文献相互关联，形成一个丰茂的文献群，从而揭示在宏大的中国近现代叙事背后，还有很多未被打量过的局部、日常与细节；在主流周边或更远处，还有富于变化的细小溪流；甚至在主流中，还有漩涡，在边缘，还有静止之水。近现代中国是大变革、大痛苦的时代，身处变局中的个体接物处事的伸屈、所思所想的起落，藉纸墨得以留存，这是一个时代的个人记录。此中有文学、文化、生活；也时有动乱、战争、革命。我们整理史料，是提供一种俯首细看的方式，或者一种贴近近现代社会和文化的文本。当然，对这些个人印记明显的史料，也要客观地看待其价值，需要与其他史料联系和比照阅读，减少因个人视角、立场或叙述体裁带来的偏差。

知识皆有其价值和魅力，知识分子也应具有价值关怀和理想追求。清人舒位诗云“名士十年无赖贼”（《金谷园故址》），我们警惕袖手空谈，傲慢指点江山；鲁迅先生诗云“我以我血荐轩辕”（《自题小像》），我们愿意埋头苦干，逐步趋近理想。我们没有奢望这套《丛刊》产生宏大的效果，只是盼望所做的一切，能融合于前贤时彦所做的贡献之中，共同为中华文明的成功转型，适当“缩短和减轻分娩的痛苦”（马克思《资本论》第一卷第一版序言）。

《丛刊》的编纂，得到了诸多前辈、时贤和出版社的大力扶植。袁行霈先生、傅璇琮先生、王水照先生题辞勖勉，周勋初先生来信鼓励，凤凰出版社姜小青总编辑赋予信任，刘跃进先生还慷慨同意将其列入“中华文学史史料学会”重大规划项目，学界其他友好也多有不同形式的帮助……这些，都增添了我们做好这套《丛刊》的信心。必须一提的是，《丛刊》原拟主编四人（张剑、张晖、徐雁平、彭国忠），每位主编负责一辑，周而复始，滚动发展，原计划由张晖负责第四辑，但他尚未正式投入工作即于 2013 年 3 月 15 日赍志而殁，令人抱恨终天，我们将以兢兢业业的工作表达对他的怀念。

《丛刊》的基本整理方式为简体横排和标点（鼓励必要的校释），以期更广泛地传播知识、更好地服务社会。希望我们的工作，得到更多朋友的理解和支持。

2013 年 4 月 15 日

目　录

前　言……………………………………………………………… 1

乾隆三十五年庚寅(1770)……………………………………… 1
正月………………………………………………………………… 1
二月………………………………………………………………… 6
三月 ……………………………………………………………… 11
四月 ……………………………………………………………… 15
五月 ……………………………………………………………… 21
闰五月 …………………………………………………………… 26
六月 ……………………………………………………………… 30
七月 ……………………………………………………………… 35
八月 ……………………………………………………………… 39
九月 ……………………………………………………………… 42
十月 ……………………………………………………………… 46
十一月 …………………………………………………………… 50
十二月 …………………………………………………………… 54

乾隆三十七年壬辰(1772) …………………………………… 59
正月 ……………………………………………………………… 59
二月 ……………………………………………………………… 65
三月 ……………………………………………………………… 73
四月 ……………………………………………………………… 80

五月 …… 99
六月 …… 106
七月 …… 111
八月 …… 115
九月 …… 119
十月 …… 123
十一月 …… 127
十二月 …… 130

乾隆三十九年甲午(1774) …… 137
正月 …… 137
二月 …… 143
三月 …… 149
四月 …… 155
五月 …… 158
六月 …… 173
七月 …… 179
八月 …… 188
九月 …… 196
十月 …… 201
十一月 …… 206
十二月 …… 211

附录一　王际华诗文辑存 …… 220
附录二　王际华传记资料 …… 251

前　言

存世的清代日记虽然比较多，但大多数是晚清的，而清中前期的则较少。而且，存世的四库馆臣的著作虽然也很多，但是其中绝少日记。因此，四库馆总裁王际华撰写的《王际华日记》（又称《王文庄日记》）就显得格外珍贵。该日记虽然篇幅不大，且多有残缺，但现存之内容对四库学等研究有着重要的史料价值。该日记为稿本，原分藏两处，虽然近年被影印出版，但其流通并不广，学界还很少有人对其加以利用。而且，其原文为行草书写，不便认读；所记内容庞杂，涉及诸多典故、人物字号等，也不便读者理解，因而有整理流通之必要。兹先就王际华及其日记、日记的史料价值与整理说明作简单介绍，以便读者对该日记有初步的了解。

一、王际华及其日记

王际华（1717—1776），字秋瑞，一字秋水，号白斋、梦舫居士，室名二十四福堂，浙江钱塘（今杭州）人。乾隆十年（1745）一甲三名进士，授编修。十三年，大考翰詹，擢侍读学士、上书房行走。十五年，任广东肇高学政，旋以忧归。服除，起原官。三迁至侍郎，历工、刑、兵、户、吏诸部。三十四年，迁礼部尚书。乾隆三十八年三月，以礼部尚书、武英殿总裁出任《四库全书》总裁。随后，加太子少傅，改任户部尚书，仍兼武英殿总裁、《四库》总裁（自五月起专管《荟要》事）。卒于乾隆四十一年，年六十，赠太子太保，谥文庄[1]。其子王朝梧，授内

---

[1] 赵尔巽等《清史稿》，中华书局 1976 年版，第 10780—10781 页。

阁中书，曾任四库馆分校官，后官至山东兖沂曹道。王际华之弟锡寿，曾任四库馆誊录[①]。王际华一生著述不多，除了这部日记外，还有《白斋诗存》《寒潭记事》[②]，但两书可能都已失传。

《寒潭记事》中的“寒潭”，或为“韩潭”之讹，因为王际华的居所就在北京的韩家潭。韩家潭位于前门外大栅栏地区，东起陕西巷，西至五道街，即后来的韩家胡同，为著名的“八大胡同”之一。除该居所外，乾隆三十八年，乾隆又赏赐王际华一套内城宅所，在护国寺街北，房屋多达一百七十五间。王际华去世后，该宅所由其子王朝梧居住。后来，王氏子孙回了南方，该宅所交由其亲戚朱氏经管[③]。道光年间朱氏将该宅所租与李氏居住。到了光绪年间，因房产契税的问题，该宅所还曾引发出一起官司[④]。

存世的《王际华日记》只是残本[⑤]，且还分藏两处：

其一，上海图书馆藏《王际华日记》(清乾隆三十七年)，四册。

清王际华撰，朱丝栏稿本，现影印收入《上海图书馆藏稿钞本日记丛刊》第3册。原书曾为周越然的藏书。书前钤有“言言斋善本图

---

① 《王际华日记》乾隆三十九年七月十七日载：“弟锡寿以今日到四库全书处充当誊录。”

② 徐达源《(嘉庆)黎里志》卷首“撰文姓氏考”提到王际华有《寒潭记事》。参黎里古镇保护开发管理委员会、吴江市档案局编《黎里志(两种)》上册，广陵书社2011年版，第26页。

③ 奕赓《寄楮备谈》(上海古籍出版社2002年影印《续修四库全书》本)载：“王际华，钱塘人，乾隆乙丑探花，官至尚书。乙未之冬，将屡年蒙恩赐之福字二十四幅，重加装潢，颜其赐第曰二十四福堂。次年即故，赐谥文庄。按二十四福堂，即今护国寺街北之宅也。前数年为朱士彦寓第，今又换主矣。”

④ 《申报》光绪九年五月二十八日京报全录，“奕谟片附片”；《申报》光绪十年五月二十七日京报全录，“托伦布片”。

⑤ 乾隆三十七年二月十二日的日记载：“年例赏朝鲜物件，已载于上年日记。”说明王际华的日记应该不止现有的这部分。

书”朱文长方印，正文首页右下方钤“曾留吴兴周氏言言斋”印。卷前钤有“王际华”阴阳文方印、“白斋际华”朱文印。书中另有“澹如居士”朱文方印。此外，周越然曾将此书送交浙江展览会展示[①]，故书中钤“曾经民国二十五年浙江省文献展览会陈列”朱文大方印。

上图本《王际华日记》所收只有乾隆三十七年一年之日记，所记起于乾隆三十七年正月初一，终于该年十二月三十日，依次收录正月、二月、三月、四月、五月、六月、七月、八月、九月、十月、十一月、腊月（十二月）之日记。乾隆三十七年，王际华时任礼部尚书，故日记所载之事亦多与此官职有关。

原书正文为行草书写，写于每半叶十行的红格纸上，个别地方有残缺。其书法娟秀妩媚，错落有致，颇有苏轼书风，在清代书法界有一席之地[②]。

其二，国家图书馆藏《王际华日记》，二册。

国图题作《王文庄日记》，清王际华撰，清乾隆朱丝栏稿本。乾隆三十九年四月廿八日的日记上钤有王际华“臣”“华”之印。原书前后钤有郑振铎之藏书印“长乐郑振铎西谛藏书”，可知其曾为郑振铎旧藏。现先后被影印收入《历代日记丛钞》第 30 册、《中华历史人物别传集》第 40 册。

国图本《王际华日记》所收包括乾隆三十五年和乾隆三十九年两年的日记。其中乾隆三十五年日记，所记起于该年正月初一，终于该年腊月（十二月）三十日，依次收录正月、二月、三月、四月、五月、闰五

---

① 周越然《风俗随谈·“乌都督……”（到杭州去）》，北方文艺出版社 2017 年版，第 302 页。

② 李放《皇清书史》（辽海出版社 2009 年影印《辽海丛书》本）卷十六载：“王际华，字秋瑞，号白斋，别号梦舫居士，钱塘人，乾隆十年进士，官户部尚书，谥文恭（应为文庄）。施学濂曰：‘钱文敏、王文恭，皆学苏字。’”

月、六月、七月、八月、九月、十月、十一月、腊月（十二月）之日记[①]。乾隆三十九年日记，所记起于该年正月初一，终于该年腊月（十二月）三十日，依次收录正月、二月、三月、四月、五月、六月、七月、八月、九月、十月、十一月、腊月（十二月）之日记。乾隆三十五年，王际华时任礼部尚书，故日记所载之事亦多与此官职有关。乾隆三十九年，王际华时任户部尚书，并兼任四库馆总裁，故日记所载多涉《四库》编修之事。

原书正文为行草书写，写于每半叶十行的红格纸上，字迹、用纸均与上述的上图本同。

通过现存的日记可以看出，王际华写作日记的态度是相当认真的，几乎每日不漏都有记载。即便当时没有记载，也会设法补上，如乾隆三十五年十月初八日的日记即为补记。乾隆三十五年八月初七、八、九三天未有日记，但日期已标出，且留有余纸，估计是要补写的，后来不知为何未能补上。乾隆三十九年十二月十九日、二十日的日记，也是如此。

二、《王际华日记》的史料价值

王际华身为清廷重臣，且兼任四库馆总裁，其日记对当时清廷政治经济活动、北京上层社会生活、四库馆工作等均有详细、可靠的记录，对相关研究具有重要的史料价值。

1. 四库学研究

由于总裁刘统勋去世较早，于敏中与王际华遂成为四库馆早期最重要的两位总裁。《王际华日记》（以下简称“日记”）对其总裁工作有较多反映[②]。

---

① 国图官网上该书目录信息显示，该年日记起清乾隆三十五年（1770）一月迄同年九月。不对。

② 总裁的工作实不止以下所列各项，这里只是就《日记》所载而论。

(1) 办理《荟要》

《四库全书荟要》是《四库》修书的衍生物。乾隆三十八年五月，四库馆开始编纂《四库全书荟要》，由于敏中与王际华负责[①]。荟要处即设在武英殿。据日记所载，其时王际华较为频繁地入直武英殿，应与其负责《荟要》的编修有关。例如，日记乾隆三十九年三月十八日载："直武英(办《春秋通说》)。"十一月五日载："未刻至武英看书，销签。迫暮乃返。"

其时王氏办书甚为勤奋，利用一切可以利用的时间阅看书籍，如日记乾隆三十九年四月十一日载："杜门。……看荟要处书致疾，夜子方寝，气即上逆，彻夜立以待旦，苦矣。"十月二十九日载："卯初起，以风冷异常。上诣寿皇殿，于永恩殿用早膳，姑不入直。坐至辰正(阅《荟要》书)，始赴午门前……"乾隆对王氏的工作给予了肯定，据"谕内阁四库全书处进呈各书疵谬迭出总裁蔡新等着交部察议"(乾隆三十九年十月十八日)载："四库全书处进呈钞录书本，朕连日偶加翻阅，检出舛漏处，不一而足。……至各总裁内，王际华于校勘《荟要》诸书，加签标识者甚多。前此呈览时，朕详加批阅，并未见有字画错误之处，办理尚属尽心。此次著免其议处。"[②]这在日记中也有记载："(乾隆三十九年十月二十日)入直……昨上以《荟要》进书无讹免予处分，今日奏谢。"

日记中关于进呈《荟要》及乾隆审阅《荟要》的记载，可以帮助我们了解及分析办书之流程。其时，王氏将缮写好的《荟要》分批进呈御览，据日记乾隆三十九年十月初一载："以《荟要》百一册上呈。"乾隆则审阅进呈之书后即发下交回荟要处。据日记乾隆三十九年十月

---

① "谕内阁编《四库全书荟要》着于敏中王际华专司其事"(乾隆三十八年五月初一日)，载张书才主编《纂修四库全书档案》，上海古籍出版社 1997 年版，第 108 页。

② 张书才主编《纂修四库全书档案》，第 274—275 页。

六日载："入直……坐看书。午初，上回宫，看《荟要》，随看随下，至晡乃毕，予始归。"乾隆审阅是非常快的，此批书共101册，午初开始看，至晡时已全部阅看完毕。关于乾隆审阅的速度，还可参看：日记乾隆三十九年十一月二十日载："入直。以《荟要》一百一册上呈。未正归。"十一月二十五日载："卯初一刻进西华门，憩造办处。……《荟要》一百一册都下。"五天时间，101册又已审阅完。又据日记乾隆三十九年二月三日载："入直，以《荟要》书八十五册呈览。次日晚下，蒙恩许可。"可见，只过了一天，就审阅完85册。

从上可看出，乾隆确实是一一审阅过进呈本的，而且，审阅速度特别快。当然，由于时间关系，乾隆不可能很细致地阅读这些书。

（2）办理聚珍本

作为武英殿总裁及四库馆总裁，王际华还要兼管聚珍版事务。据日记乾隆三十九年二月二十三日载："奏请国子贡生十人，祥庆管摆字，又供事六人。"五月十一日载："奏武英殿通行书，并进聚珍版书，俱蒙温旨。晚奏宋版《杜诗》，大惬圣意。"可见，王际华应该是主管聚珍本的总裁。

从日记看，王际华办理聚珍本的工作还包括：督催办书。据《清高宗实录》卷九七二载："乾隆三十九年，甲午，十二月，庚辰朔，谕曰：蒋赐棨著加恩令其在武英殿行走，随同王际华查催书籍。"[①]另据日记乾隆三十九年十二月六日载："午初直武英，蒋戟门始至此办事（前月三十日奉旨复轻车都尉，次日奉旨命随同予催查书籍）。"[②]稽查功课。据日记乾隆三十九年六月十日载："直武英，（张、李二公同饭。嵇大司马亦至，同吃饭，颇精洁，嵇公斋，亦甘之）。定稽核一岁功课谕单。"六月十五日载："直武英，清查一年以来功课。事毕，乃食。"誊录姚岐谋旷课数月，分校郑爔不查报，即是在此时被主管的总裁王际

① 《清高宗实录》第12册，中华书局1986年版，第1268页。

② 蒋戟门，即蒋赐棨。蒋氏此前曾因罪被撤职。

华查出的，而王际华也因没有及时查出而受处分[1]。

（3）其他

《王际华日记》还记录有其他有关四库学的史料。例如：

荐人。据日记乾隆三十九年正月初九载："是日，予奏请以查莹充纂修，蒙允行。"九月初五日载："张羲年过谒，送收《王文成集》《全浙遗书目》。"十月十九日，于敏中、王际华等奏请令张羲年在四库馆纂修上行走[2]。可见，张氏与王氏关系不错，故得以被荐入馆。

选取誊录。据于敏中致陆锡熊函云，"誊录一项，现在勿庸再添，其详已具王大宗伯启中，想必致阅也"（乾隆三十八年五月至六月），"候补誊录即传令抄书，未补之前所写之书如何核计，似当定以章程，方为周妥。昨已有札致王大农矣"（乾隆三十八年八月初五）[3]。而日记乾隆三十九年二月十三日载："本日奏捐纳各誊录留馆优叙（得旨允行）。"六月初十日载："明亭相公复欲收录钞胥，说以止之。"十一月初三日载："至翰苑，面试应考篆隶誊录十八人、绘图三人。试毕，封送金坛。"可见，王际华也负责誊录的选取，而且，于敏中还与其往复讨论此事，似乎很重视王氏的意见。

助校。四库馆臣常请助校帮助办书。日记乾隆三十九年三月二十日载："延朱大庭到家，办对《荟要》事。"乾隆三十九年十一月二十日载："邵廷仕来（予延之对《四库全书》也，下榻海棠院）。"朱大庭、邵廷仕，应该均是总裁王际华请的助校者。

《永乐大典》余纸的颁赐。《四库》开馆之初，乾隆曾将《永乐大

① 参"户部尚书王际华奏誊录姚岐谟旷课数月分校郑爔等不查报请交部议处折"（乾隆三十九年七月十四日），载张书才主编《纂修四库全书档案》，第224—225页。

② 参"多罗质郡王永瑢等奏请令张羲年在四库全书处纂修上行走折"（乾隆三十九年十月十九日），载张书才主编《纂修四库全书档案》，第276—277页。

③ 以上分别见于敏中《于文襄手札》，国立北平图书馆1933年影印本，第3、24函。

典》余纸赏赐给四库馆馆臣。但是，馆臣获赐余纸的数量是多少，我们并不清楚。日记乾隆三十九年二月六日载："本日恩赐《永乐大典》纸一百张。"可知王际华获赏一百张《大典》余纸。据此我们可以推测，当时四库馆总裁可能每人均获赐一百张余纸。

与于敏中手札相印证。《于文襄手札》收录了四库馆总裁官于敏中陪侍乾隆在承德避暑山庄期间写给四库馆总纂官陆锡熊的书信，共 56 函。这批书信均与《四库全书》编修有关。手札原稿未标明写作年份，虽有陈垣、胡适、徐庆丰等作过相关考证，但仍有诸多可补充印正的地方，而王际华日记正可以发挥这样的作用。例如，日记载，乾隆三十九年六月，"十九，晴。卯诣内阁，递请安折。入直，以《遵生八笺》封寄行在，金坛札知上宣取也。至传心殿，会英公言事。札答于中堂，即归"。《于文襄手札》第三十二函载："……六月廿三日。《遵生八笺》日前觅到一部，版缺误不堪，未知外间有初印本否？"可知此函应作于乾隆三十九年六月廿三日。

总之，相对于敏中等军机大臣来说，王际华更专职于《四库》修书之工作。从日记可看出，王际华的空余时间也尽量用于办书。也正因如此，王际华被乾隆和很多人视为早期四库馆工作最有贡献者之一，故"谕内阁王际华遽尔溘逝着晋赠太子太保"（乾隆四十一年三月二十日）载："户部尚书王际华，才品端谨，学问优长，久直内廷，简任部务，懋著勤劳。迩年承办《四库全书》及《荟要》事，尤为殚心经理。"①

2. 清廷大臣之日常生活研究

《王际华日记》除了记述其工作外，还有不少篇幅涉及其公事之余的私生活，反映了当时京中官员私下的交接来往、人情世故。至于四库馆中的私人关系网，我们亦可于此窥见一斑。

日记中有大量的关于送礼和受礼的记载（其中当然主要是受礼），可以说是人情来往无虚日。王际华收受的礼品非常多，种类也

① 张书才主编《纂修四库全书档案》，第 501 页。

是多种多样。为了记账核对，也为了礼尚往来，日记中对每笔人情来往都尽可能地加以记载。其中，有时是随收随记，例如，乾隆三十七年三月初五日日记载："保全送礼，收蘑菇。同年范崇桀来，未接，送茶、火腿、南枣、菊。"有时是一总而记，例如，乾隆三十九年七月十八日记载的数十条送礼记录，应该是一段时间所收礼物（包括金钱）的总汇。

给王际华送礼之人，有同僚，有同年，有一般的朋友，也有大量的门生以及不认识的人。例如，地方官晋京，多会给京城一些高官送礼，这一风俗在明代即已形成，所送礼物号称书帕。清代也保留这一风俗，这在日记中多有反映。此外，有的地方官虽不亲至京城，亦会通过寄赠的方式与王际华加强联系，例如，乾隆三十九年四月廿八日日记载："川藩钱鋆寄川连二、藜椒二、通海袍褂二、嘉定贡绸四，差对包、小包、二两、扇。"可以肯定地说，对于王际华这样的高官而言，受礼是其收入的主要来源之一。

当然，王际华也会给朋友、同僚等送礼，甚至他也常给下属及低级的地方官送礼。他给下属送礼，有奖励之意。他给低级的地方官送礼，则可能有托其办事之由。不管如何，可以看出，王际华并不是直接以权势使人，而是以礼物相周旋。可见，礼物确实是当时人际交往的润滑剂。需要注意的是，王际华最花心思、开销最大的礼物，是给皇帝的贡品。逢重要的节庆，王际华都会进贡礼物。他对此非常重视，往往提前多天准备，而且礼品也是极尽奢华、珍贵。例如，乾隆三十九年十二月廿一日日记载："赏收如意、拱璧插屏、三阁记方、《胪芳延庆荟景敷韵》一对、汉玉鹰雄合景尊、脂玉海棠觚、旧玉菊花壶、珐琅八蛮进宝灯一对、珐琅大吉挂瓶一对、珐琅麒麟一对、珐琅余庆炉、龙泉洗、红花瓯、翡翠大瓶、瓷水盂二、树根笔筒、《梅雪栖禽》（吕纪）、沈士充《移梅图》，十八件。"①

---

① 乾隆一般会在大臣进贡的礼物中选择性地收取，日记所载只是乾隆实际收取的部分。

王际华平时宾朋交接众多，聚会饮宴不断。其中，有时是师生之聚会，如乾隆三十九年八月初二载："延顾葵、董熙、陆学逊、常循、朱诜、王金键、赵万里、王青云、王藻、杨昌霖、朱大庭饮，共四席。杨世纶、张仲芳、葛桂芳不至，皆戊子江南门人也。"这些人均为王际华的门人，其中常循、王金键、杨昌霖、杨世纶四人都曾入为四库馆臣，而杨世纶与王际华因《四库》之事来往还相当频繁。我们有理由推测，当时通过王际华推荐入馆的门生应该是比较多的。有时是同年聚会，如乾隆三十九年二月三十日载："遂至浙绍会馆会乙丑同年，到者蒋时庵、李恒斋、毛镜浦、吴△△、丁△△、励自牧、庄方耕，又请年侄徐天柱、刘锡嘏、闵思诚、周△△、周△△……"有时是同乡聚会，乾隆三十九年三月初一载："同乡到者为倪仓场(承宽)、钱阁学(载)、赵通参(佑)、朱司业(棻元)。"有时是同事之聚会，包括四库馆中的同事和官场的同事[①]，如乾隆三十九年八月二十九日载："杜门，延协揆程(景伊)、大宗伯蔡(新)、大司马嵇(璜)、大司寇崔(应阶)、总宪张(若溎)、少司马周(煌)、少司空李(友棠)燕饮。"九月初一载："祥、金二人来白事。延纪昀、陆锡熊、彭绍观、宋诜、陆费墀饮，杨昌霖陪(王仲愚、百龄不至)。晚始散。"

从王际华的交往看，他与于敏中、陆锡熊、姚鼐的来往频繁，应该关系不错，而与纪昀、朱筠的来往却极少，显然关系比较疏淡。这有助于我们分析四库馆中的关系网，以及馆臣各种表现的背后原因。例如，王际华于乾隆三十九年七月十四日参奏分校邱庭漋一事，当时分校很多，而且像邱庭漋这样违规的分校应该也不少，为何参奏他呢？从日记看，王际华与邱氏确实没有什么交情，这有可能是原因之一。

日记中所载的一些生活琐事、人生感悟，让人读来也饶有趣味，如乾隆三十九年二月二十六日载："直武英。张总宪、李少空皆在，同

---

① 其时官场上多有轮流宴请之习惯，如入直之大臣即多如此。

膳而出(不过吃饭而已,可笑)。”三月廿九日载:“祝四都统八十寿,(猪一、羊一、酒二、烛二百枝)俱收去。见面不谢,如不知者,似此亦可毋庸与应酬矣。事不自行检点而托他人,以为信得,殊信不得也。以后吾视人竟无可托者矣。”四月初九日载:“遣送郑钧酒席,不收,与狗食之。”

3. 戏曲史研究

王际华平日喜欢观剧,或在宫中,或在会馆,或在家中,这些活动在日记中也多有记载,成为研究清代北京地区戏曲活动的重要史料。黄义枢《王际华日记的戏曲史料价值》[①]一文对此有较详细的论述,可供参考。

黄义枢认为,王际华日记首次披露了重华宫茶宴演剧剧目,首次记载了乾隆六旬《九九大庆》的剧目,最早提到了保和班、雅芳班等重要戏曲班社,最早记录了《三笑姻缘》等经典剧目的演出。日记中关于保和班的记载尤其频繁,例如:

> 至浙绍会馆,中书前后辈团拜……是日系黄中翰瀛元司事。保和班演剧。(乾隆三十五年正月十三日)
>
> 保和演剧十四出。(乾隆三十五年十一月十八日)
>
> 申初至稼轩司寇处,同人集分庆宴,保和班演戏廿一出。亥正散归。……《扫花》《廊会》《絮阁》《佳期》《前诱》《借茶》《送荆》《装疯》《草地》《赶车》《送女》《逼嫁》《投江》《男盗》《五台》《小妹》《踏伞》《醉归》《活捉》《藏舟》。(乾隆三十五年十一月二十五日)
>
> 公请姚云岫方伯、刘△△观察。时姚以江宁藩司入觐,刘新授惠潮道也,保和班演剧。(乾隆三十五年十二月廿二日)
>
> 嵇副宪以子婚宴新亲,招予辈作陪,保和班演剧。(乾隆三十五年十二月廿四日)

---

① 黄义枢《王际华日记的戏曲史料价值》,《中国戏曲学院学报》2017年第4期。本小节内容即参此文。

赴吴会昭喜筵，保和班演剧。（乾隆三十七年八月廿四日）

保和班演剧。（乾隆三十七年十月朔）

偕同年四人饯同年长沙太守王鸣，保和班演剧廿二出。（乾隆三十七年十月初十日）

以上这些材料对于研究保和班在北京的活动无疑有重要的价值。

4. 经济史研究

清代日记中经常会有关于家庭收入与支出的记录，是研究经济史的重要史料。王际华的日记也多有关于收入、支出等经济活动的记录，李娜《清代京官的经济生活与社会交往——以〈王文庄日记〉为中心》[①]一文对这些记录在经济史研究方面的价值有较全面的揭示，可供参考。

收入。王际华的收入主要有几个来源：俸禄、饭银、房租和馈赠，其中饭银（铜批银）最为主要。例如，乾隆三十九年的日记中记载，“（正月廿八）收铜批银二百三十二两”，“（二月十二）收正月开印后八日捐纳（库平）银三十六两一钱一分零”，“（三月廿四）收铜批二百三十八两三分，库平。本应二百二十五两，分与永公十四两五钱七分，又扣吃饭二两四钱”，等等。各类饭银总数约近九千两，远远多于俸禄的数额。

支出。王际华的支出项目主要包括交际、房产、宗族事务和日常性消费。交际，特别是与同僚的交际较为频繁，如前述的聚饮、观戏等；又如，乾隆三十九年四月十四日，“是日予具菜请于公（于敏中）”。王际华日常生活消费，主要集中在衣食住行及送礼等方面，如乾隆三十九年四月初五，王际华“祝张若渟银台母施淑人七十寿，寿仪四两。赏陈永一两”；初六日，“吊沈承业夫人八两”。在重要节日，王际华还要给宫内的太监、官署的部下、家中的长幼以及寺庙等节仪，多在数

① 李娜《清代京官的经济生活与社会交往——以〈王文庄日记〉为中心》，《南方文物》2018年第4期。本小节内容即参此文。

两左右，如乾隆四十年春节前他分发了众多“红包”。

日记中几乎对每笔收支都加以记载，显得很琐碎。而且，即便是很小的一笔钱，王际华也会郑重记录，而且还会经常核对和汇总各项收支。这说明王际华就是其大家庭的财务总管。实际上，对于身居高位，且兼职众多、事务庞杂的王际华来说，这样的做派真是勉为其难。平情而论，王际华的收入应该是不少的，但他也会偶尔叹贫。尽管高官叹贫往往只是为了向外界表明自己为官清廉的一种姿态，但他在日记中这样说，我觉得，很大程度上和他对自己的钱财缺乏有效的经理有关系。

总之，正如李娜所指出的，《王际华日记》中的经济史料具有真实性、代表性、珍贵性、完整性等特点，对研究清代乾隆朝经济情况、财政制度，以及品级较高京官的经济生活等方面，均有重要的价值。

5. 教育史研究

日记中还有很多关于各类考试的记录。例如，王际华特别喜欢抄录一些重要科考的参试者名单，包括京中会试榜单等。而且，日记中关于考生评语、姓名、籍贯的记载，也很有价值。这里重点谈谈日记中记载的经筵讲解，因为其中有很多细节记录，且有些内容可以对《实录》作补充修正。

关于经筵进讲的准备。乾隆三十七年正月，“十九（晴），寅初赴园，卯初二刻到，以奉命派同裘大司空、观总宪、德少宗伯经筵讲讲请题也（裘召见）。命以‘修道之谓教’及‘辅相天地之道’为题。午正归。晚翰院以所拟《四书》讲章来，予细加改润，至亥初二刻方定”。“廿三（晴），寅初出门，卯初二刻到园。会同进讲诸公恭进《御论》清汉稿暨各拟经筵清汉讲章”。从中可以看出，讲官在领到讲题后，要经过较长时间的准备才能开讲；讲官不但要准备讲稿，而且还要准备皇帝在讲授结束后发表的《御论》稿，均为满汉文各一份，提前呈进给皇帝。这些讲稿应该是由集体撰写的，最后由讲官裁定。

关于经筵进讲的具体仪式。乾隆三十五年二月，“初三（早阴，即晴)，卯初趋文华殿，因春寒颇甚，憩内监直房。辰初二刻闻驾至，即诣殿西墀排班。上既升座，同官行礼如仪，以次入殿。讲官再行一跪三叩礼，遂进讲。德少宗伯同予讲《四书》，全阁学同程大司空讲《易经》。跪聆《御论》既毕，趋墀行礼如初。仍以次入殿，赐坐，赐乳茶。礼成，驾还宫，诸臣立俟，各散。同日侍班：满讲官大学士尹公继善，协办大学士、户部尚书官公保，刑部尚书素公尔讷，户部侍郎英公廉，兵部侍郎觉罗奉公宽(左都御史观公保以疾在告)；汉讲官大学士刘公统勋、陈公宏谋，协办大学士、吏部尚书刘公纶，户部尚书于公敏中，兵部尚书蔡公新，户部侍郎曹公秀先”。

日记中的一些记载可以对《清实录》作补充修正。例如，据乾隆三十五年正月二十日的日记记载，原定的讲官有观总宪(保)而没有德少宗伯(明)，但是，因为左都御史观公保以疾在告，所以以德明替代观保。不过，《清高宗实录》卷八五二记载，该讲官仍是观保。可见，《清高宗实录》记载有误。又如，《清高宗实录》卷九〇二记载：“谕曰：左都御史观保于经筵进讲时颠倒失次，不能终讲，甚属不堪，着革去顶带，从宽留任。”为何会“颠倒失次，不能终讲”呢？《实录》中没有说明，而乾隆三十七年二月初四的日记记载为：“进讲时以讲章风，遂不能卒讲。旨：革顶带留任。”可见，因为风把讲章吹乱了，所以观保才无法终讲。

此外，日记详录宫廷召见、受赏细节，清廷宴请大臣、琉球使臣、高丽使臣的情景，范文肃公祠堂联额，以及赏赐琉球国王的物品细目，等等，均有一定的史料价值。

三、《王际华日记》的整理说明

《王际华日记》篇幅不长，但整理起来亦颇感困难，其大端主要有：一些地方本身有残缺或模糊处，不易辨认。个别字太草，不易辨认。个别字虽然能认出，但文意似乎不对，亦不敢必然。大量关于钱数的记录，为当时习惯的草书省写，特别难辨认。以上文字释读颇有猜度的成分，或阙疑以待考，或出注以说明，留待高明。

此外，日记相对是比较自我的写作，为图省便，故常用省称或暗语，甚或有文意不连贯处。《王际华日记》中亦多有这种情况。如省称，人名多只载姓。如暗语，以“而立”代三十，以“不惑”代四十等，这在礼金记录中多采用。对于这些情况，不能遍注，只选注一些特别需要提醒之处。更有甚者，日记中还有一些标记符号，如苏州字码、评点符号、识别符号等。对于这些标记符号，除极个别无法识别者外，一般都予以保留，并予以说明。

综上所述，兹立整理凡例七条如下：

1. 原文有大小字之分，大字一般为正文，小字一般为附注、说明、避讳等，作双行写，现均作一行录入，但仍分作大小字。即：正文用大字，附文用小字，再附文用再小一号字。原文偶有明显该用小字而用大字，该用大字而用小字之疏误，在整理中亦酌为改正，以使体例一致。

2. 页眉之文字，据其文意，或以小字附于相应的正文后，或以大字或小字附于本日记事之末。

3. 原文中一些标记符号，除极个别无法识别者外，一般都予以保留。

4. 异体字一般径改为通行字，但要以不害文意为前提。其影响文意者，予以保留。

5. 原稿文字有误，加圆括号（　）于误字，在其后用方括号［　］添正字。

6. 原稿残缺、空缺待补字处，约略可计字数者用“△”表示。若字数无法确定，则标【阙】。

7. 原稿漫漶不清或不能辨认之字用“□”表示。

附记：

到目前为止，我没有发现存世的王际华诗文集。兹将搜检到的王际华零散诗文汇辑于书后，并附王际华传记数篇，以供参考。

在整理过程中，以下研究生参与了部分工作：李佳宇、张玲莉、安大伟、肖凌芸、高紫睿、李泰衡、陈子梁、刘明显、罗文雨、郑蓉、韩雨欣、王雪菲、韦瑶函、朱文博、李世佳、李希珺、姬越、祁麟、陈菲、南芳、刘璐、刘诗奇、杨博、张明阳、许玉宽、任美琪。导师向燕南教授，沙鸥先生、杨健先生及宋开金、葛小寒、李驳紊、高丹、金新秀诸君也为日记的释读提供了诸多帮助。北京大学张剑教授慨允将本书收入《中国近现代稀见史料丛刊》。谨此一并致谢！

乾隆三十五年庚寅(1770)

元旦举笔,勤修职业。礼乐文章,熙朝黼黻。莺鸣迁乔,鹿鸣持尺。桃李芝兰,春华秋实。周甲符九,交泰德一。富贵康强,懋承庆泽。

元旦(1770年1月27日) 旭日曈昽,祥烟馥郁。巳、午间瑞霙缤纷,庆云纠缦。申刻晴霁,九衢六市之间和气盎然。子正二刻起,盥洗,朝服。饮食毕,肩舆至正阳门,俟启关,诣东华门,入直。至则驾已于奉先殿行礼还宫矣。憩南斋,茶果,并诣懋勤拜殿神。寅正出乾清门请驾,上诣堂子行礼,仍至直次。宫殿间香灯烂如白昼,爆竹之声如雷电交作,欣未曾见也。向入直俱以卯,兹以礼部职业早入,因得见之。既小憩,即趋永康左门,偕金少宗伯俟内阁表至,同导至慈宁门恭进,复入直。晤望山、武进并额驸。卯正一刻诣长信门外,同二品以上排班,俟驾至,随班行庆贺皇太后礼。既毕,遂趋中和殿。俟上升殿,同内阁、都察院、翰詹堂上官及前引十大臣行三跪九叩礼,不赞。即急趋太和殿丹陛下侍班,则宗伯职司之地也。俟百官、外国行礼毕,仍朝服入直。于大司农循例具盛馔,同诸城相国,武进协揆,玉林少司农,补亭总宪,王少詹,曹、金二侍读,陈枫崖员外,彭侍讲会食。既竣,遂趋太和殿襄理元会诸事。时司事者误设之席,俱急令改正。甫集,上吉服升殿。因先期有旨,命向在丹墀上列坐之大学士、尚书俱随王公入殿序坐,予亦得与焉,乃异数也。宴礼既毕,趋退,易吉服入直。坐至未初二刻下直,至翰林院拜先师孔子暨文公祠,遂归。拜家庙影堂,子妇家人辈照常行礼。与即湖弟叙谈久之。归卧室,易衣,私和御制《元旦试笔》诗二章,饮屠苏,食鹿尾而寝。吉侍。

初二(1月28日) 阴、晴不定。卯初入直,续书御制《元旦试笔》二诗于《仙藻春生册》。奉诏和《元正太和殿锡宴》七律二首。申正归,顺过观总宪。以诗稿付之。吉仍侍。

初三(1月29日) 辰大雪,至申牌止。晚霁。卯初入直。午间奉诏和《雪》诗一首。申正归,检点衣装。迫暮,入署斋宿。同素公。

初四(1月30日) 晴。卯初二刻入直。午正散,拜额驸及刘、陈、尹、刘四相,索少农,蒋仓场归。程素心辞赴寿昌任。仍入署斋。

初五(1月31日) 晴。下阴。上诣雍和宫。予天明始起,与素公言事,即入直。午间,上以《玉瓮联句》,命二十八人名签依次填入。尹、刘、陈三相国,官、刘二协揆,托、于、王、素、蔡、福、程七尚书,观总宪,索、金、倪、奉、曹、刘六侍郎,庄阁学,吉通副,毛少常,王少詹,李、边二学士,曹、金、彭三讲读。内廷不与者四人:窦京兆,汤阁读,汪学士,胡庶子。此次联句之局稍异从前。诏以明日入重华宫茶宴。申初回家。仍入署斋。匆匆剃头,城关几下。

初六(2月1日) 晴。下阴。本日孟春时享,因蒙恩预备茶宴,不及陪祀。辰正入直。巳初上由紫光阁锡宴回宫,即宣召大学士尹公继善、刘公统勋、陈公宏谋,协办大学士大司农官公保,冢宰刘公纶,冢宰托公庸,大司农于公敏中,大宗伯臣际华,大司寇素公尔讷,大司马蔡公新,大司空程公景伊,少宗伯倪公承宽,少司马奉公宽,少司空刘公星炜、曹公秀先,阁学庄公存与,及少詹王公杰,讲读曹公文埴、金公士松、彭公元瑞二十人诣重华宫茶宴。其次则皆上所定也。演戏四剧。《柏梁体》《诧梦》《赏雪》《北饯》。即席赋诗二首。赐葱玉如意一柄、沈石田《冷泉亭图》一轴、文徵明《溪亭对话》一轴,皆有御书题句,续入《石渠宝笈》上等者也。拜恩而出。又奉诏和《紫光阁锡宴》七律一首,并斟酌腊月所拟《玉瓮联句》。迫暮而归。

初七(2月2日) 晴。卯初入直。貂裘,不用素珠。未刻直武英,与蒋晴墅编修商事。检点牧斋书籍,奉皇四子教也。饭后归。

初八(2月3日) 晴。入直如昨。元旦蒙恩旨免天下正赋,是日偕同朝诸公具折谢恩。缴造佛银六百两于内务府银库。元宝十二个,并代钱少司寇缴二九佛银。薄暮归。

宋少司农邦绥以辰刻卒于邸。初六日陪祀得疾。

初九(2月4日) 晴。卯初赴西华门内三座门外送驾,上奉皇太后驻跸圆明园也。顺谢张阁学,不值,即归。竹井老人过,坐新斋谈久之,酒点而去。麻梦骥过。继配彭夫人忌辰,悬像于寝,与陈夫人合祀。是日新春节,祀于家庙。是日礼部堂上官应诣宫门进春,予以送驾不与。差平安诣东安祝郭太亲家夫妇七旬双寿。次日晚归。泌阳令顾昌述过。向执贽于予。其尊人世珌,壬子举人,任偃师令,升朱仙镇同知,后委署河南太守,不克到任而卒。

初十(2月5日) 晴。辰正入直。不及上牌。上回宫,祈谷斋戒。申初归。袁海门郎中过,求送御史,面却之。房山教谕贾憼来谒。向日崇志肄业世兄也。薄暮赴署斋宿。偕素、金。早与吉叙。

十一(2月6日) 晴。卯初二刻入直,申初散归。谢姨四十初度,为设面并内席。接畅月老人札。薄暮入署斋。

十二(2月7日) 晴和。辰初自署诣祈年殿,偕海住少宗伯、方耕阁学、未堂太常、镜浦少常憩西配殿。辰正二刻△[①]至,视坛位,予辈侍班。礼毕,瞻仰皇乾殿,△△方耕,周览东廊七十二间边豆库、视牲所,△△[②]帖,朱凤、孙德、双贵皆从。比归家,尚未午也。△△,剃头。桂林相国至,握发见之。招平安之兄,△△以二僮姻事。晚仍至署斋。

十三(2月8日) 晴。丑初二刻起,丑正二刻出门诣坛。上于寅△△刻诣祈年殿行礼,予偕海住[少]宗伯侍仪。卯正△[③]毕,天甫黎明,遂出坛,易吉服,急趋西华门外送驾。仅得入列。稍迟,则误矣。归家,小坐新轩。未正至浙绍会馆,中书前后辈团拜,曹少司空、蒋少司

---

① 所阙字疑为“上”。

② 所阙下一字疑为“笔”。

③ 所阙字疑为“礼”。

马、袁通参及予四人为首座，到者约四十人。袁少宰亦与焉，则瞠乎后辈矣。是日系黄中翰瀛元司事。保和班演剧。晚，循年例祀先。

十四（2月9日）　晴。寅初赴园，携菜四器，同东皋食于直庐。午刻归。晚顾泌阳过，具酒食款之，未终席而去。以致谦之、朴园、辛麓札付之，已亥正矣。

十五（2月10日）　晴。寅初赴园。于大司农设食，邀同嵇副宪，蒋仓场，窦、王、曹、金、彭、陈诸同直小饮。既毕，至正大光明殿前，俟上升座筵宴，经理庆隆乐舞。上礼毕而退，遂归。晚祀家庙，并悬设神像于持洁轩，敬修祀事。礼毕，邀济时、钦五、即湖及两儿饮食于上房，并分上赐元宵。饮毕，放花筒合子。子初二刻乃散。

十六（2月11日）　微雪飘洒竟日，亦复时露日光。辰正始起，检点一室，至暮未竟。

仪制诸君来白事。

十七（2月12日）　晴。辰起，至东城一带拜客。午至未堂处，乙丑同人团拜，蒋少司马时庵、史洗马怵堂、庄阁学方耕、张阁学镜壑、李宗丞恒斋、毛少常镜浦、邵郎中、赵太守、任评事灵坡、励编修芳谷、于典簿皆集。王府新班演《雷峰塔故事》。亥初归，恭书御制《灯词》八首于《庆霄同豫册》。二分书竟，已交子正二刻矣，即命孙德赍往圆明园直次恭缴，乃寝。

十八（2月13日）　晴。辰起，食后即拜客。午正赴全浙会馆同乡团拜，到者二十四人，予居第四。候补道赵公铨为之首。食后复拜客。将晚，赴吴会昭之招，壬戌中书同年团拜，申光禄拂珊、眭郎中翘林、倪少宗伯敬堂、卢学士召弓皆集。戌初散归。

十九（2月14日）　晴。辰起，食后往内城拜客，晤者总宪范公缓斋、原少司空鄂公。迫暮始归。是日拜范文肃公祠堂，世室巨族，国恩家庆，中朝罕有其匹。然所以致此者，良有由矣。张文端联云“入关一启开兴王地久天长忠厚”，有味乎其言之。

二十（2月15日）　晴。辰起，检点一室，至晚已大整齐矣。闻奉旨派出观总宪、全阁学、程大司空及予于二月初三日经筵进讲。

二十一(2 月 16 日) 晴。寅初赴园,恭请进讲题目,朱笔圈出"由仁义行"①二句、"圣人养贤以及万民"②句。巳刻散,小憩南斋。食后遂归。

以曹秀先为户部右侍郎,仍兼工部侍郎事;以徐绩为工部右侍郎。时徐在新疆办事,未得遽归也。

二十二(2 月 17 日) 晴,风。午后颇寒。卯初入署,开印如仪。同金、德,素后至。据公案草《条陈琉球进贡到京期限事宜》。归而午食。褚筠心学士、熊进士家振过。改进讲《由仁义行》讲章。

晚谢姨饮予,七姑母及子女同席。与祥小叙。

二十三(2 月 18 日) 雨水。晴,大风。丑正二刻起身,卯初二刻已到园,宫门奏事,以琉球进贡到也;并奏《到京迟延更定事宜》一折,得旨:以本部为是,依议。巳正散,至南斋。俟军机述旨,乃起身归,已未初矣。陈大宗伯德华过。桂林对。

二十四(2 月 19 日) 晴。辰起,看裁衣。鸿少卜念亭过。入署,顺拜客,僮金宝来侍。为陈宗伯经理缴银事。

二十五(2 月 20 日) 晴。丑正二刻诣园,礼部值日,奏《耕耤遣官》一件。《御论》清文并讲官清汉讲章亦于本日进呈。憩南斋,早食。倪少宗伯来,谈久之。午初散归。曹少司农过。赓岩亦来。

二十六(2 月 21 日) 晴。辰起,敬堂少宗伯过。食后入署。归途候观总宪,丁寝谈久之。秋厓晚过。金侍。

遣候蒋仓场。以腿失跌,骨损也。接川督阿公札。

二十七(2 月 22 日) 晴。上以斋戒进宫,予辰初入直。未正二(辰)[刻]下直,归家午食。大姚令徐应衡寄其兄普安牧银、信于予处,即作札封还,以普安业已出京也。薄暮入署斋宿。同素公办事,

---

① 此句出自《孟子·离娄下》。

② 此句出自《易经·颐·彖》。

金少宗伯已先寝矣。

二十八(2月23日)　晴。卯初入直。奉诏和《春仲经筵》七律一首。申初二刻下直归。食后仍赴署斋。素公仍同办事,金公仍先寝矣。接两江高公札并江南改正《乡试录》。

二十九(2月24日)　晴。卯初入直。召对于乾清宫东暖阁。申初下直归。食后仍赴署斋宿。金、素同坐办事。

是日剃头。

奉命书极乐世界绢幅、御制诗七律六十四幅竣,恭缴讫。收门神、春联。

二月朔(2月25日)　晴,冷。戊申。寅初起,二刻赴社稷坛,诣神库上香、行九叩礼,请神。卯初三刻至坛上,俟驾至,行礼。予与海住少宗伯、未堂奉常东班侍仪。卯正三刻礼毕,随驾入直。是日本部带琉球使臣耳目官毛奉仪等在午门外瞻仰天颜。未初直武英,二提调在焉。商缴撤出原图事。办事毕,食后归。继祖妣金太夫人忌辰,率两儿中堂修祀事。

初二(2月26日)　晴,风,冷。阴。寅正入直。上御门办事,礼以二班上。辰正,偕同人赴文华殿演进讲仪。巳正,仍入直。昨书《大悲忏》起,上命也。今日书御制序文。

以刑部侍郎张若淮署工部侍郎事,曹少农不必兼。以刑部员外郎余文仪署刑部侍郎事。

初三(2月27日)　早阴,即晴。卯初趋文华殿,因春寒颇甚,憩内监直房。辰初二刻闻驾至,即诣殿西墀排班。上既升座,同官行礼如仪,以次入殿。讲官再行一跪三叩礼,遂进讲。德少宗伯[1]同予讲

---

① 据上月二十日日记记载,讲官中原来没有德少宗伯(明),而有观总宪(保)。但是,因为左都御史观保以疾在告,所以德明是替代他的。不过,《清高宗实录》卷八五二记载,该讲官仍是观保。可见,《实录》记载有误。

《四书》,全阁学同程大司空讲《易经》。跪聆《御论》既毕,趋墀行礼如初。仍以次入殿,赐坐,赐乳茶。礼成,驾还宫,诸臣立俟,各散。同日侍班:满讲官大学士尹公继善,协办大学士、户部尚书官公保,刑部尚书素公尔讷,户部侍郎英公廉,兵部侍郎觉罗奉公宽;左都御史观公保以疾在告。汉讲官大学士刘公统勋、陈公宏谋,协办大学士、吏部尚书刘公纶,户部尚书于公敏中,兵部尚书蔡公新,户部侍郎曹公秀先。是日经筵礼毕,予仍入直,金书《甘珠尔经》三卷至十一卷汉字目录。申正始归。

初四(2月28日) 晴。辰正起,入署。归途贺余少司寇,不值。

初五(3月1日) 阴。晴,风,灰。丑初二刻起身赴园。至南斋,知驾幸静明园,遂趋玉泉山。礼部奏"先蚕遣妃行礼""淀神祠读文祭告"二件,武英殿奏"蒋雍植充提调、徐天柱充纂修"一件,俱得旨允行。既散,憩南斋,早食,校御笔序文。未初二刻归,入德胜门,候蒋仓场,时以失跌右腿骨折也。留在太夫人处坐,小饮而归。其弟△△△△、长郎△△俱见。到家已迫暮矣。

初六(3月2日) 晴,大风。辰初起,食后答何俊,即入署。午正归。未初赴唐掌科淮,西园。之招,为全浙会馆值年交代也。袁掌科、鉴,春圃。祝编修芷塘同席,皆值年同事。郑吏部步云,养田。不至。旧值年钱宫詹箨石、赵户部书山皆不至。吉侍,大畅。遣祝张梯南母寿。

初七(3月3日) 晴,大风。寅初起身赴园,军机处有交办奉旨事件也。独予承其事,同官无一人至者。膳牌下后,至南斋早食,嵇副宪亦至。巳正散归。祠祭司袁、姚、黄三君至,即以交办之稿来请,为指示之而去。

札答李孟津。连日春寒颇厉,三冬所无也。

初八(3月4日) 晴,风始止。丑正二刻出门诣园,奏"十一素服"并"高丽贡使不再请引见,令其回国"二件。新司寇余公见。食于南斋,不俟于公而回。早先同素公赴军机处,以昨事共相酌定奏稿。在新斋收拾书籍。

叶供事晚回事。

初九(3月5日) 晴,寒。以咳嗽杜门。提调陈扬对过,言事。晚叶供事亦来。双桂以东厢书籍移还持洁轩。

初十(3月6日) 晴。辰初赴武英,查阅《楞严蒙钞》。提调陈扬对,纂修彭镜澜、陆丹叔,誊录戚建中皆来趋事,同膳。午正下直,至署理事而归。袁春圃、姚鼐过。早,金再侍。

十一(3月7日) 晴,申后大风。早起,作札并礼物。致吴舜玉,游击何俊带去,并馈以食物二,色登二。门人杨其谟以公干良乡之便来见。褚学士筠心过。入署。豫吊饶筠圃中允。剃头。申正食后赴赐庐,至甘石桥遇大风沙,咫尺不辨,舆人艰于行,戌初始到。

十二(3月8日) 晴。卯初起,二刻趋无逸斋宫门。本部值日,奏事二件。湘山寺藏经损失请补。地方官议处。奉旨:依议,其地方官免其议处。带领伴送琉球使人本部司员四人引见,奉旨:用皂保住、黄世枢。循例,原奏请一员,今派二员,盖异数也。又带领庆格,补精膳主事。巳初回赐庐,风仍大作,晤闽藩钱玙沙前辈召对。并开归道孙右阶前辈于宫门。本日索公亦到。索讷木查锡①自滇军回。玉公麟亦回。

因写《大悲忏》,驻园,不入城,遣双麟归。玙沙过晤。

十三(3月9日) 晴。卯正起,写《大悲忏》竟日。巳刻答拜闽藩于华家屯,不值。顺于河沿答拜开归道孙公,廷槐。晤谈久之。连日淋症微作,惫甚。

十四(3月10日) 阴。卯初诣宫门奏事。巳初召对于勤政殿左个。钱、英亦召。带笔帖式扎拉丰阿,实授;阿兴阿,授主事职衔管印局事。既散,食于南斋。午正一刻始返赐庐,奉诏书册页一部。《恩免正供》及《加开恩科》诗。

十五(3月11日) 晴。卯初诣宫门奏事一件。琉球毋庸再带引见。食于南斋。巳正散,回赐庐,收拾入城。

---

① 索讷木查锡,亦作“索诺木查锡”,蒙古族,武进士。

十六(3月12日) 晴。巳正入署。归过刘良臣,招秋厓学士同看物件。

十七(3月13日) 晴,风。上回宫,予以卯正入直。酉初始散。以《大悲忏》十五页交原馆。边秋厓过。

十八(3月14日) 晴,风。驾奉皇太后谒东陵,卯初三刻启行。予以寅正一刻诣内东华门,常服送驾,即侍诸城相国、武进协揆入直办事。食于懋勤。同枫厓。查封新刻《阁帖》第二册,即散。至署,理事毕,拜客而归。钱藩伯过谈。遣送钱藩伯、孙观察席。是日送驾时,群公俱列南面北,鸿胪必欲左右分班,一二拘迂者附之。予曰:"向设卤簿,故各就班。今日只如郊外接驾,作一班亦可。"乃定。

十九(3月15日) 晴,风。不入署,拜客。延严州太守彭公永年饮,彭赞善镜澜陪。亥正二刻散。祖清涟字大成。见。

二十(3月16日) 晴。入朝递请安折。入署。偕素、诺。归延南泉僧瑞堂,昭庆僧悟圆、名与微,德清,四十三。净禅,名光大,杭,四十七。灵隐僧铁群名德力,长沙,五十一。素斋。询昭庆方丈果证,号怀德,归安人,年七十矣。灵隐方丈德昆,号丹山[1],江宁人,年五十。往棉花九条胡同看屋,未惬。晚延门人张钧、苏去疾园仲饮,二人皆以部郎拣用贵州试用牧,将起行也。孟编修生蕙陪。亥正二刻散。

二十一(3月17日) 晴。阴,大风。微雪。入署。祝通政副使吉公梦熊,渭厓。母夫人八十寿,保和班。稍坐而归。延王少詹、杰,伟人。曹庶子、竹虚。金侍读、彭侍讲、长人。陈员外枫崖饮。亥正散。

札覆福州张守。玙沙先生带去。

二十二(3月18日) 辰大雪。午霁,微风。早坐新斋对雪,甚佳。书写《大悲心忏法仪轨》竟。为东安拟点缀村景二联:庆洽呼嵩豫游陈夏谚,欢腾击壤解阜协虞疆;升恒。福海湛恩波人瞻尧日,芳郊熙寿域天绘豳风。

---

① 丹山,应为"淡山"。

二十三(3月19日) 晴。入署。剃头。前以淋疾扣除朝日斋戒,兹稍愈,仍谕祠祭司行片补斋。

二十四(3月20日) 晴。丑正三刻起身赴朝日坛,寅正已到,坐神库。至卯初诣坛,一刻承祭裕亲王始至,行礼。予以素、诺二公已列坛上,遂陪祀。卯初三刻礼毕,仍由东便门归。以后只寅初一二刻起身可耳。朱湘佩兰过。诸城相国过。袁掌科鉴过。

二十五(3月21日) 晴。入朝,至内阁递请安折,遂入直。办事毕,赴武英,集众翰林、誊录,属提调分《宫史》与诸公缮写,上命也。誊录则令专司校对。食后入署。

二十六(3月22日) 夜雨。上阴,下晴。寒厉。入署。熊门人家振,筠庄。谒选得△△[①]县来见。

二十七(3月23日) 晴,早寒甚。史赓载过。入署。延雷△△、梁△△饮。亥初二刻散。

二十八(3月24日) 晴。入署。候临桂、诸城两相国于其赐第,晤谈久之。遇黼庭副宪、莘田司空、云倬宗伯。出城复拜客,晤曹少司农。晚同济时、琴五、即湖暨两儿小饮新斋。亥正二刻乃散。

二十九(3月25日) 晴。赓岩过。入署。长人晚过。以恩赐书及积俸所置官书安于新斋书格,并换挂签竟。

三十日(3月26日) 晴。延英梦堂司农午食,因招△△[②]司农、撵石宫相陪。酉初始散。英时摄九门提督,随从官役数十人,皆令醉饱而去。

晚候竹虚疾于榻前,见其次郎△△并陈△△。

记张珽别号鹤山,其兄璘号吴仲道衔。

---

① 所阙两字应为“汧阳”。熊家振,江西奉新人,由进士选授陕西汧阳县知县,于乾隆三十五年闰五月到任。

② 所阙两字疑为“耐圃”。于敏中号耐圃,时任户部尚书。

三月朔(3月27日) 晴。辰诣全浙会馆,会同春圃掌科、芷堂编修于文、武二帝及赵、李、陈、陈四公祠前春祀。因相度馆内隙地,拟于(冬)[东]偏建屋三楹。晤罗兼三副车,即归。顺拜客。归拜家庙,收拾一切。申正食后,抵赐庐。

初二(3月28日) 阴,风竟日。午后清霁。寅正二刻起身赴清河,偕诸王大臣等接驾。上乘舆于巳初至,既跪迎,即趋大宫门朝房。俟皇太后至,上行衣赴前园请安,回宫。予辈排班侍立如常仪。既散,即偕诸公往前园跪请皇太后安,蒙赐茶而退。顺候于大司农于赐园。是日蟒袍补褂。坐朝房时,素公邀同午食。是日丑刻马棚坍没。

初三(3月29日) 晴。晚阴,风。卯初诣宫门。辰邀窦东皋前辈食于南斋。召对于勤政殿左个。先召中堂及托、素二公会同军机大臣入见,次召予,又次则三少司空。

午归赐庐。临桂相国过谈。留小点去。熊筠庄过。

东安送来联云:"草泽汇千川鱼啣瑞藻,祥烟笼万井鹤舞仙葩。"

初四(3月30日) 晴。早阴。寅正二刻诣宫门。上御门办事,礼以头班上。礼毕,憩南斋。同东皋早食,复进。是日奏十一忌辰牌一件。午散,仍诣南斋。于公留同办事,至未正同食而散。予归赐庐。是日仍召昨日诸臣,并谕及予所陈镜光笺之说,不必进呈。筠心、秋厓两学士先后过。

初五(3月31日) 晴,大风。寅正二刻诣西顶送驾,上奉皇太后上泰陵,即巡幸天津也。上于圣化寺用早膳,卯初一刻预备,卯正二刻予辈跪送。是日照常补服。既送驾,即入西直门,赴武英直次,查看《宫史》。早食。午正散,入署理事。归已未正矣。苏、张两牧以明日赴黔来别。晚食后竹虚庶子以鼓盆遣人延语,即往视之,晤丁道长△△、王赞善怡堂。吉侍于寝,甫寅。

昨罗少宰以京兆任内送考事降调,今日仍扈行。

初六(4月1日) 晴。寅初二刻由宣武门诣帝王庙陪祀。卯初一刻礼毕,归过良臣。食后仍入署,顺至灯局看东安所制差上灯。

初七(4月2日)　晴。卯正至内阁递请安折，遂入直。同金侍读饭后，入署。闻山东运使张公逢尧至京，薄暮往候之。

初八(4月3日)　晴。下大风，灰黄沙。入署。邀熊筠庄、昨初四引见，调汧阳。邓伊湉湄，中书科。二门人饮，邓甫未即至。坐至亥初始散。

初九(4月4日)　晴，下风。闭门，同即湖弟较对《宫殿》三卷。施仪部△△①、邱铨部△△②、鲁道长△△③过。接耐圃司农札。因过竹虚庶子，值其闭门，作法事。乃返。

本报回，以曹秀先为吏部侍郎，以蒋赐棨为户部侍郎，以欧阳瑾为仓场侍郎，以窦光鼐为顺天府尹。

初十(4月5日)　晴。寅正一刻赴先农坛陪祀，坐竹井帐房。和亲王承祭。卯初一刻行礼，二刻礼毕，遂归。是日清明。

入署。观总宪招赴寿筵，大成班演《平妖传》。同葛山、莘田两尚书坐一席。

十一(4月6日)　晴。素服入署。素同。崔师泉协揆招同梦堂、勉斋午食，申正三刻始散。是日率阖属吊阿补斋公之丧，哭之，先会齐于延禧寺。前岁偕户部同官吊明公亦于此。此地现造万佛。新斋植海棠、松树、玫瑰、月季、玉簪、薜荔等卉。

十二(4月7日)　晴。是日值终身之丧。晨起，虔作祝文，率梧儿敬修祀事于堂。

十三(4月8日)　晴。上阴。卯初二刻赴内阁递请安折。与素公议事于上谕馆。遂至直次，叙次《武备图说》，偕王、金、彭三公早

---

① 所阙两字疑为“学濂”。施学濂，字大醇，号耦堂，钱塘(今浙江杭州)人，乾隆三十一年(1766)进士，授礼部员外郎。

② 所阙两字疑为“恩荣”。邱恩荣，字驾六，号澳南，湖北新洲县汪集镇人，乾隆十六年进士，曾任吏部员外郎等职。

③ 所阙两字疑为“赞元”。鲁赞元(榜名“治亢”)，湖北江陵人，乾隆二十二年(1757)丁丑科进士，曾任山西道监察御史。

食。散,出神武门,至戟门少司农处道喜。遂赴素大司寇之招,大成班演杂剧。申正乃归。陈仪曹嵩年过。酌定参奏稿。经承华德清舞文一事。

是日以向所居之持洁轩年久渐损,因起而新之,并填高基址二尺八寸,易名曰西溪梦舫。

十四(4月9日) 阴。酉末微雨。入署,顺拜客,晤海住少宗伯。玉麟、陈嵩年过。改定奏稿。沈景初过。张运使逢尧过。始服棉袍,去皮领。

十五(4月10日) 晴,暖。入署。嵇副宪过谈。

十六(4月11日) 陈枫崖过。

十七(4月12日) 柯禺峰过。

十八(4月13日) 晴。入直竟日。

新斋植秋梨二树,未知得成(阴)[荫]否。

十九(4月14日) 晴。入直竟日。早至内阁递请安折。

柴表侄△之过。

接中宪大夫、浙江杭嘉湖海防兵备道兼署两浙江南盐驿道冯闇臣名△△①之讣。年六十。

二十(4月15日) 阴。辰正入署。奉命赐祭董文恪公,素服。随龙旗、御仗、黄亭至邸第,临祭如仪。执事皆本部司员,惟读文则太常寺官。主人具馔,予独席,刘少司空,周少廷尉,王少詹,杨学士,朱司业,金、吴两侍读,彭侍讲,陈员外共三席陪,余在部诸事于厅事陪礼部司员。顺过竹虚、景初。

廿一(4月16日) 晴。未申之交,风灰二阵,有微雨。入直竟日,为《武备图》急赶完工也。

廿二(4月17日) 晴。入直竟日。酉初回家,见衍圣公差官宋

---

① 查吴重光纂修《(乾隆)直隶代州志》(乾隆五十年刻本)卷四《人物》载:"冯章宿字闇臣……擢杭嘉湖道。"可知此所阙两字应为"章宿"。

姓;又见杨宗磐。遣吊管幹珍内艰。

廿三(4月18日) 晴,风。入署,即归。料理上呈诸物,并缮进单。

廿四(4月19日) 晴。阴,风。早膳后,俟午正起身,出东便门,至普济闸。先订同寓之王少詹、彭侍讲、陈员外适会,同憩旅次,茗饮久之。三君买舟行,予舆抵通州里河沿江西漕运会馆驻,金侍读先在焉。王、彭、陈迟久始至。坐粮使者王道长献具馔,通牧曹△△[①]亦遣使馈食。烛下偕诸君会食,亥初始各就寝。予更独酌一卮,微醺,始解衣。叶供事遵取如意、《武备》小折二十册至。

本日部中接到二十八日始易凉帽之旨,比到通州,知通传未能周遍,有第带凉帽往者,或有绒冠而无海龙皮者,一时借假纷纷。次日,河干皮、绒亦未能画一也,至皮领袖则不合而同,皆不用矣。

本日同寓有宫詹钱载,少卿纪复亨,道长赵佑、郑弘撰、罗典、叶观国、张光宪,亦彼此来往周旋,而皆不坐。

闻豫抚来京候旨,以永德为河南巡抚,以萨载署理江苏巡抚,以李瑚为江苏布政使;起复裴宗锡为直隶按察使,裴未到之前藩司周元理兼署。

谷雨。廿五(4月20日) 晴,风。卯正起。蟒袍补褂,同四公饮食后,即起身赴张家湾河干。诸王、大学士、九卿、科道、讲官及开坊以上皆在焉。憩大王庙。巳正,春和国相舆沿河而来,群公咸往问讯。予逐队行,与握手立谈,数愈时。相国受瘴病初愈,清癯之甚,非复曩日之丰盛。语予辈曰:"腰围恰减一尺也。"遂登舆去。群公仍复散坐河干。至申初一刻,御舟始至,是日水程计五十三里。上于卯初一刻开船。同人以次列跪恭迎,并恭请圣安。上坐船头,命起者再。遂起,同趋水营宫门。得旨,命皆入城。遂略与扈行诸公周旋,即遵御

---

① 所阙两字疑为"佀白"。曹元瑞,字佀白,安徽歙县人,清乾隆庚午举人,时任通州知州。

道行。薄暮抵东直门角楼，舆夫就店食，予亦即旅次换衣，小饮以待之。久之乃行，不二三里，已烛矣。亥初二刻抵园，计行七十三里，人马皆疲，匆匆盥洗而寝。先日命双贵以厨役至此。

廿六(4月21日)　晴。辰起，以上呈物十三件命朱凤送懋勤他坦①，从容早食。蟒袍补褂，坐俟至巳正，乃赴礼部朝房，与群公坐谈。闻銮舆已至，乃同三品以上于行马门外列跪恭迎，随至宫门。复出坐朝房。午正二刻，上出宫门，诣皇太后宫请安；未初二刻回宫，予辈皆随班立。遂散，诣前园请安，顺至春和相国、望山相国、金沙司农处应酬。仍归赐庐。

闻贡物蒙收镶汉玉如意一、钱选《山水》一、磁器三。

廿七(4月22日)　晴。未风，至暮大沙。寅正起，二刻赴前园，二品以上及值日诸公皆在焉。裘大司寇始至，膳下，蒙赐克食一器，与裘公同。巳初二刻，上办事毕回宫，由原路行。予仍与群公列班侍，即散归赐庐，命双麟、双贵以贡物先归。昨出葡萄，今早雇花匠扶之上架。

是日，上始服棉褂、绒帽、缎领。

廿八(4月23日)　上晴。酉刻雨。卯正起，坐室中，书《武备图》竣。凡一千零八页。宋差官来回事。换带凉冠。

廿九(4月24日)　阴。晴。礼部值日，寅正诣宫门奏事三件。午初归赐庐，收拾入城。酉正赴署斋戒。理事毕，遍视各司署，墙垣剥落，乃至门窗无一全者。荒凉之状不可逼视，如何。

卅日(4月25日)　阴浓。卯起，入直。未正归。晚仍至署斋。

沈祖钟复来，留居东厢。

记五月初一日日食三分五十三秒。初亏，辰初二刻五分；食甚，辰正一刻十一分；复圆，巳初一刻七分。

四月朔戊申(4月26日)　晴。阴。寅初起，朝服赴太庙陪祀。诚

---

① 他坦，太监、宫女居住的地方。

亲王承祀。礼毕，出阙门，至德胜门庙中坐。俟礼部司员以龙旗、御仗、鼓乐导恩赐愉郡王祭文至，予易素服。舆行，同至暂安处，临金棺前承祭。礼毕，引至别室，护卫等为料理茶饭，领之即行。舆仍至东华门，更衣。入直。办事而归。

初二(4月27日) 雨，自夜达旦，至未正始止。上回宫。时雨霑濡，予辈照常入直。申正归家。

初三(4月28日) 晴。申后阴，大风。寅初一刻起，入直，已大明矣。奏事一件；庆隆乐舞人等赏赉。以《礼器图·武备》一千〇八页上呈，称旨。申正回至家。酉正二刻赴署斋宿。同素、金。

初四(4月29日) 晴。入直如昨。会同内务府奏公主、格格下嫁仪物。巳正，召对于斋宫东暖阁。申初散。戌初仍赴署斋。

初五(4月30日) 晴。卯初二刻自斋所面食赴坛，至坛门，仍易骑。先视小寓，以夜分短，须于坛上执事，恐少迟不及，故欲就神乐小寓。海住少宗伯先在焉。遂同骑至广利门，步入，诣圜丘。小坐太常寺库中。巳初驾至，先诣皇穹宇行礼，次视坛位。予同金少宗伯，乐部庄阁学，太常卿谢，少常玛、毛，申、书、卜三光禄站班。既退，即归。薄暮赴神乐观东小寓止宿。同金公寓，止留坐骑一，余悉遣归。先期奉旨，以圣寿六旬，虔恭祇祝，仍必躬亲，而繁文无关于诚敬者宜稍从简。因命步辇向由昭亨门者改从广利门，而笾豆可无亲视，礼臣止奏派员恭视，以今日为始。

初六(5月1日) 晴。丑初起。丑正诣坛，恭诣皇穹宇上香、九叩，请神牌，太常寺官捧牌供龙亭。天祖共六亭，从坛四亭。至坛前捧牌升，各奉安于位，遂趋左倚石栏侍。寅初一刻，御辇诣坛，行雩祭礼。予同金少宗伯侍仪。礼成，寅正二刻矣。驾即由承光殿更衣，早膳，至圆明园驻跸。予遂归，同祖钟、即湖早食。即湖即辞，就东安郭亲家西席。郭瑞虹亲家过。新斋始易竹帘。与金偕美。

初七(5月2日) 晴。阴。新斋隔断尽去之，糊裱因而损者，补之。前后添纱窗一层，遂成敞轩，将来尽可销夏也。熊筠庄、郑芳在、施铁如过。新授汝宁太守、同年、同宗鸣过。

往候郭亲家,晤。顺候董蔗林,亦晤。吊曹庶子鼓盆,晤陪送诸人,不及登载。往来顺便拜候诸人,俱不书。遣送东安席及汝宁下程。遣吊宋少司农。遣送王书办祖母寿礼。

前日有旨,命两淮盐院尤拔世来京候旨,以天津盐政李质颖代之,以浙江织造西宁巡视天津盐政,以庐凤道寅保织造浙江兼榷务,以户部主事富纲分巡庐凤道兼榷务。

闻少司寇四达休致,以喀宁阿补其缺。

初八(5月3日) 晴。入署。候裘大司寇,不值。出城,候李宗丞,遇史洗马、张阁学,相与共谈久之,乃别。吊宋少司农之丧。曹少宰、金少寇陪。

偶忆范文肃公祠堂联额,因记于左:

“源远流长德劭一经绵燕翼,竹苞松茂人敦三本答明馨。门下晚生张廷玉。”

“六代五兵三掌枢密风猷先后旗常并纪,一歌万口百年洛阳水月至今俎豆同清。太仓后学王掞。”

“嘉谟定国垂青史,直道传家有素风。后学林佶。”

“簪笏比甘棠四叶三公实白山之间气,鼎钟兼竹素一堂五代多青史之名臣。门下晚生张榕端。”

“还正气于权舆入关一启开兴王地久天长忠厚,秉国成以经术闳道三朝肇奕祀蛟腾凤起功名。门下晚生张英。”

“世授一经乃祖乃孙克绍元功于先哲,家传三立是父是子更昭大节于熙朝。通门后学宋荦。”

“鸿业九天敷雨露,龙光奕叶焕蒸尝。良常王澍。”

“金瓯绩懋箕裘大,丹陛恩高苹藻新。江都方觐。”

“佐命鼎钟同带砺,传家冰檗启丝纶。门人王熙。”

“任天下以后乐先忧文肃功名远宗文正,行六经于造次颠沛忠贞风节高嗣忠宣。门人韩菼。”

“衮绣开鸿业，箕裘启象贤。后学王士禛。”

“庆衍山河远，祥联竹帛长。门下后学汪士鋐。”

“文正公祠。任天下之重先而忧后而乐绩著边疆功宏廊庙奕叶箕裘传祀鼎，高百世之风顽可廉懦可立猷宣区夏忠壮山河两间道义秉丹书。后学浙汜陈诜。”

御赐文肃扁：“元辅高风”。

御赐忠贞扁：“忠贞炳日”。

御赐范承勋扁二：“世济其美”“典司枢政”。

予昨日挽曹夫人云：“佐馁杳芳规洗手作羹莫重飞云伤孝妇，悼亡抒懿行回心挂壁空劳皎月怆诗人。俭德师桓。佐馁承欢忆三日羹汤忍问尘奁玉镜，鼓盆叹逝怅廿年琴瑟只馀画箧练衣。”

挽宋少司农云：“卿月沦辉溯廿年中外宣猷九棘还瞻硕重，列星乘化忆昔日后先珥笔八砖犹企前型。绩继广平。”

初九(5月4日) 晴。早风，甚凉。丑初出门，诣前园奏事一件。册封永贝子夫人正、副使。巳初散，即归，顺憩天仙庙小食，同刘竹轩少鸿胪、孙补山侍读。张曾效过。董蔗林、原徽守李嵩先后过。与吉。

初十(5月5日) 晴。曹少宰、张少司空过。曾九叙主事同五经博士曾兴烈毓墫[①]过。入署。归途拜客，晤袁春圃掌科、张墨庄少空。为墨庄看大玩。

以立夏，午后小饮，从俗也。

初七日有旨，刑部侍郎四达、左副都御史傅为讫并休致，以喀宁阿为刑部侍郎。

补：初九接吴舜玉札，二月初一寄。嘉松分司王公燧带来。本日王大有送席，甚丰腆，即以馈之。

十一(5月6日) 晴，风。入署。酉抵赐庐。

---

① 毓墫，为曾兴烈之子，袭五经博士。其时曾兴烈已逝，故此句“毓墫”前应有一“子”字。

钱夫人赠牡丹二盆。

十二(5月7日) 晴。上御门,予寅正诣宫门,本部以五班上。既退,偕裘大司寇至南斋。书谢恩片子,以昨初五日蒙赏《皇朝礼器图》一部,予未之知也,至此刻始知之,因补行谢恩。得旨:知道了。

英梦堂招同嵇黼庭先生、裘漫士先生饭于其寓。新构小楼,看山极佳。申初各散,小憩天仙庙。

十三(5月8日) 晴,风。是日上幸玉泉山。入直竟日。书《甘珠尔经目》。费助教过亭饮予,即延杨△△、蒋△△、沈△△同席。丑初始散。

十四(5月9日) 晴,风。是日上诣前园请安。入署。申正二刻赴赐庐。早拜客,晤嘉松分司王公燧。剃头。

十五(5月10日) 卯雨,即霁,仍多风。寅正赴宫门值日,奏事一件。铸印汇奏。午正自南斋返赐庐,阅《礼部则例》十一册。晤旌少宰、富泥汉。

十六(5月11日) 晴。阴,多风。寅正赴宫门,奏事一件。明日忌辰。偕裘大司寇饭于南斋。恭录《御制淳化轩记》。午正二刻自赐庐起身入城。钟少宰始出。

闻十四日旌少宰自叶尔羌归,于玉泉山道左叩头请安,次日召对。钟少宰于十八日即去,今日赴宫门请安谢恩,即召对。独河南抚臣富泥汉十四日到宫门,至今日尚未召见也。圣人因物付物之道,于斯可见。

托公恩多连日亦以证狱来京。

十七(5月12日) 夜雨至晨止,约二寸。早起,王分司过。入直。金书《甘珠尔经目》,未正已毕,送还馆上,遂出。候临桂相国,时以疾甫愈。谢光禄陪。留点。复贺庐凤观察兼権使富名纲字方野,不值。冒微雨归。接滑令札。寄买书二百。

吴舜玉寄到花神二座,次日即赠庆公泰。招熊筠庄语。

十八(5月13日) 晴。始有夏意。闭门课二子并书扇竟日。竹虚赠扇。交内监赵代油红绸为雨衣。晚刘良臣过。连日凉甚，惟此日始热。

十九(5月14日) 阴，风。入署。

本日仍凉甚。

二十(5月15日) 晴。阴，风。入署。过刘良臣。陈△△△△、褚学士过。

江西臬司佛德来京候旨，以广藩欧阳永(椅)[裿]降补，以闵鹗元为广东布政使，以富尼汉为湖北布政使。

廿一(5月16日) 晴。阴，亦飘雨点，俱为狂风吹去。入署。考世袭五经博士曾毓墫，题：十手所指。即入直。金书进呈扇二柄。

作札答杨虚堂。

接池州查守札，即答之。

二十二(5月17日) 晴间阴，大风。是日上诣前园请安。入署。刘良臣过。董蔗林辞归。扶文恪公灵回富春。连日风沙殊甚，颇露旱象。亦时有浓阴，皆为颠风吹散，可惜也。阅《礼部则例》五册。

二十三日(5月18日) 晴。下微雨。上诣黑龙潭拈香，各衙门闻俱不奏事，盖为祈雨也。

九朝一奏取进止，都无关朝常国是。真教闲煞老尚书，日坐中堂饮白水。戏为口号自哂。

昨翰林孔目熊志契招饮，为贫耳。以书扇不闲未赴，以二金赠之。

覆衍圣公札。景初侍讲、春圃吏科过。

二十四(5月19日) 昨夜有雨，晓霁。入署。连日甚凉，可着厚棉。

遣吊沈杏雨丧父。剃头。

廿五(5月20日) 子正二刻赴园，本部值日。同裘、窦。食于南斋。午初归，小憩天仙庙。

是日召试迎驾休致翰林七人：弓胶昔干赋；赋得“球球如玉”，得

“华”字八韵诗。

廿六(5月21日)　晴。卯初起,至给孤寺,同裘漫士、王伟人、彭长人、曹竹虚、金听涛、沈景初倩袁春圃时巡中城。设路奠送董文恪公之丧。春圃具茶点。嵇黼庭师亦至。既同奠送,复步至猪市口东,会同乡诸公设奠,到者十数人而已,亦春圃所办也。归而入□[①]。

廿七(5月22日)　晴。子正二刻赴园,奏初三素服。同漫士食于南斋。归途顺憩天仙庙。热甚。

廿八(5月23日)　阴。巳、午间微雨,至申刻乃稍大,约二寸许。凉甚,仍可着厚棉。筠庄过别。

闻本日得旨,陈岱钟、陈本敬以检讨用,孟生蕙、陈兰森以主事用,张世禄、易文基以知县用,郭洁以骁骑校用,即前日考试之休致翰林也。

廿九(5月24日)　晴。自昨日至今日亥正,料理上呈物件,即遣朱凤前往圆明园上呈。子初二刻乃寝。

以吕际虞为河南太守。

以刑尚裘曰修管顺天府事,蒋元益不必兼管。

是日考试差,凡甲科小京官以上皆与。

题:“今谓举百钧二”[②];“此五人者,若有献子之家”[③]。赋得“杼轴予怀”[④]。得“先”字八韵。

五月朔(5月25日)　晴。寅初起,赴署。因日有食之,行救护礼。巳正礼毕,偕同官理事而归。拜纱扇、香药之赐。小香袋、荷包并颁。

---

① 此字原书已蚀去,应是“署”字。

② “举百钧”,出自《孟子·梁惠王上》。

③ 此句出自《孟子·万章下》,原文作“此五人者,亦有献子之家”。

④ “杼轴予怀”,出自陆机《文赋》。

初二(5月26日) 细雨兼风,时作时止。筠庄过。入署。朱凤归,知上呈之件蒙收旧缂丝围屏全副、磁器四、书画扇二匣。酉刻上谕到部,查照向例祈雨,即命所司具折明日奏。

初三(5月27日) 晴。子正二刻起身赴园,奏请于天神、地祇、太岁三坛暨五庙祈雨,以诸王、尚书名签上请钦派。随得旨,派出裕亲王、諴亲王、和亲王于三坛分诣行礼,五庙则照部议命僧道官率众虔诚祈祷。召对于勤政殿左个,久之始退。午正散,遂往赐庐。

初四(5月28日) 晴。寅正赴宫门。上御门办事,礼部以四班上。礼毕,偕裘司寇、窦京兆、曹庶子食于南斋。午初事竣,遂归赐庐,收拾入城。时沈云椒适至,因与小坐而别。昨有旨,命予传谕彼仍入直,缮写《华严经》也。

以刘秉恬为副都御史。

初五(5月29日) 晴。昨办扇至子初,遂不寐。子正二刻出门诣园。是日上以天尚未雨停止龙舟。卯初二刻,驾诣前园请安,予辈侍班于大宫门外。驾回亦如之。候次俱坐礼部朝房。同裘、窦、曹、彭、王、金、陈食于南斋,董首领为具食。午初散归,未初到家。祀先毕,开发账目,小食而寝。

是日以祈雨斋戒。

初六(5月30日) 晴。丑正二刻起,赴地祇坛祈雨行礼。归而早食,入直。遵旨引沈侍讲同进。裘司寇亦来。

入署办事。剃头。

初七(5月31日) 晴。王通判燧过,辞赴任。

左都御史观保、内阁侍读学士汤先甲并革职,以永贵为左都御史,仍白衣领职。

初八(6月1日) 阴。微雨。子正□[①]刻赴园该班,无事可奏。上于卯初二刻诣前园请安,予辈仍于大宫门外侍班。驾归,亦如之。

---

① 此字原书已蚀去。

食于南斋。召对于勤政殿左个。午初牌子下,即归。副榜门人王朝鼎丹徒见。陈枫崖过。

初九(6月2日) 阴。午间雷雨,未畅。风。作札致舜玉,并扇、对等送竺庐通判,命人往,则已行矣,怅怅。李华国、李华封过谒。徐克家、商△△[①]过。是日以雨不克至署,既而晴,乃拜客,晤克家。克家晚过。商衡晚见。

初十(6月3日) 入署。入直。

孟生蕙过。司务德、汪、巴三人过,言傅儒士事。

以温大交中城察院。

十一(6月4日) 晴、阴不定。入署。蒋戟门司农过。小点去,赠一品顶一座。

寝始用席,内外坐褥俱易葛,厅事中窗门始撤。

十二(6月5日) 晴。戌雷雨。入署。归。军机大臣以面奉谕旨札知,即通知该司具奏。该司四人六、广、素、姚。至回话,因奏稿未妥,遂握管为之,交与缮写,明日具奏。南城兵马司张若翼来回事。本日吊傅副宪之丧,并候晤春圃掌科,言温大事。裁雨衣。接朱亦楼书仪。

十三(6月6日) 夜雨,至晨大雨。巳霁,遂晴。子正二刻赴园,将以再祀三坛祈雨奏,因雨方大,遂不奏,并不上牌。同漫士、东皋二公食于南斋。裘公又召。竹井至南斋谈,久之去。予归,顺谢袁掌科,未晤。祠祭司员广、袁、姚、隆、卢、嵩。六人来回话。秦雄褒过。未正小饮,遂卧。至戌正乃觉,即思赴园。料理毕少息,与吉小叙,即行。

十四(6月7日) 寅、卯间大雾。巳大晴。申、酉大风。晚月昏昧,甚难看。丑初出门赴园,至礼部朝房,同素公见尹、刘。两相国,酌定奏再祭天神、地祇、太岁。三坛祈雨。予即草奏笔帖式昆明缮。递入,已卯正二刻矣。得旨:知道了。遂归。冯泳字广思过。

---

① 参下文,所阙两字应为商衡之字号。

札答朱宁州亦楼，并札候尹(享)[亨]山方伯。

东安差梁姓投书。

十五(6月8日) 晴。下阴。早起，拜家庙如仪。送庄氏婿履历于陈赓岩处，将为援例也。庄锡福，年十四岁，身中，面白，无须，民籍，习《书经》，曾祖以相，祖嘉，父凤藻，嘉兴人。入署。札答东安。顺谢张指挥若翼，字湘泉。

命孙德交如意料三件于刘良臣处。

因祈雨斋，□[①]外朝夕食俱以蔬。用新制半斤蜡起。

十六(6月9日) 晴。丑正二刻赴地祇坛祈雨，如初六日仪。凉，犹服厚棉纱。李华国懋德奉其尊人之命来执贽。

奉诏书《御制穿杨说》小册一部。

接冀宁观察徐浩书。俞姨初度，因斋戒，命家用素面。子刻，松枝生一子。

十七(6月10日) 晴。子正二刻赴园值日，同裘司寇、嵇副宪食于南斋。喀少司寇召对。是日办事后始去领，服单纱。未正归。下午大风，其热如火。奉诏书王致诚画马扇四柄。俱泥金字。

十八(6月11日) 晴。丑初赴园，递廿三忌辰牌子。食于南斋。召对于勤政殿左个，久之始退。午正归家。是日始书奉诏题恽寿平仿古画绝句五首，上呈。遣吊李府丞绶母太恭人之丧。绫扁"慈培燕桂"。

显妣程太夫人忌辰，两儿辰刻行礼如仪。予因奏事迟归，于家庙前通诚展拜。

十九(6月12日) 晴。候喀少司寇。视张阁学疾于其榻前。侄子荔。遂入西华门，直武英。陈桂森、陈昌图、王懿修三太史并誊录顾、戚、杨在焉。

---

① 此字原书已蚀去，疑是"内"字。

午食后入直,金书《甘珠尔经目录》。未正入署,理事而归。懋[①]德过。晚始浴。收金二钱。

二十(6月13日) 晴。入直,漫士在焉。同食后,予书《甘珠尔[经]目录》。至未初始散,顺入署。

廿一(6月14日) 晴。卯正入直。午初即由东华门出德胜门,诣赐庐驻。交《甘珠尔经目录》三十八章于馆。

本日部请云、贵主考本下,得旨:以侍讲王大鹤为云南正考官,礼部主客主事沈世炜副之;编修姚颐为贵州正考官,户部广东主事孙含中副之。

廿二(6月15日) 晴。亥刻雷雨。寅正赴宫门。上御门听政,礼以二班上。既毕,同漫士、东皋、芸楣食于直次。蒙召同军机大臣面见于勤政殿。同召者大学士陈,协办大学士户书官,吏书托,兵书蔡,刑书素、裘,工书程。以吴玉纶为鸿胪寺少卿。商衡过。

是日御门后,袍、褂俱以亮地纱。

廿三(6月16日) 上阴,下晴。寅正素服诣宫门,奏进六安茶。巳正散,即至赐庐,收拾入城。李懋德过。沈沈楼过云副[②]。吴林过。

廿四(6月17日) 晴。黄济夫[③]照来见。入署。新升柳州守傅克钦,古崖,原太原同知。来见。裁衣。始陈冰。札致自堂。

廿五(6月18日) 卯初入直。驾以斋戒回宫。予送膳,同漫士、东皋、枫崖食于南斋。金书《甘珠尔经目》。未正二刻散归。

廿六(6月19日) 阴。寅正入直。竟日书《甘珠尔经目》。申初散归。戌初赴署斋宿。秦相山过。携其尊人宁夏观察雄飞字来。

廿七(6月20日) 晴。寅正入直。书《甘珠尔经目》,交于馆。收金四钱。申初散归。戌初赴署斋宿。

---

① 此字原书已蚀去,推断为"懋"。

② 云副,指云南副考官。

③ 黄照,字正夫。此作"济夫",疑王氏所记有误。

廿八夏至(6月21日)　上阴,下晴。丑初起,丑正赴坛,即升坛。上以寅正诣坛行礼,予偕海住侍仪。卯初礼毕,诣地祇室瞻仰,即归。是日始服用真宝石顶新朝冠。饭后拜客,晤宋表叔,洛耆,四川射洪令[①]。顺过刘良臣。知双麟弟兄欺瞒事。广福、袁文观过。

廿九(6月22日)　晴。入直。入署。闷闷竟日。两京兆奏明扑蝗。遣胡成往保定。札致燮堂。晚接瑞虹,即遣人返之,平安遂骑而往。阿济思过。

闰五月朔丙午(6月23日)　晴,热甚。下午大风,灰。安西道钱鋆、临清牧万绵前早晨先后过晤。札致松江钟守、吴江孙令、东藩尹亨山。闭户书恽册。

初二(6月24日)　晴。风,大灰沙。夜雷雨,不大。子正二刻赴园,礼部值日,奏事三件,会同军机、京兆奏覆额驸、东皋。又三月奏闻,条奏冒籍事。富勒贺请恤不□[②]。俱得旨报可。奉旨书臣等《恭和御制题恽寿平仿古山水诗》六十首于册,今日缴进。是日上诣前园请安,即归。予辈于大宫门外站班,往返皆同。风、灰、干燥,无一而可。申初归来,仅书守愚扇一柄而已。沈景初侍讲过。钦五赴誊录试。

初三(6月25日)　阴晴、风雨不定。戌刻雨甚绵密雷。遣送临清万牧守愚仪物。答安西观察钱检亭,鋆。入直,约定枫崖办事。既毕,直武英,提调彭镜澜、纂修陈玉台皆至,同膳后办事。既毕,雨渐至,遂入署,理事而归。刘良臣过。言堆花屏事。食猪、羊肉十斤,分给内外都遍。

遣吊唐掌科淮内忧。

初四(6月26日)　昨雨至五鼓稍止。卯刻复下,至申正乃霁。入署,

---

① 陈廷钰、张复修《(嘉庆)射洪县志》(嘉庆二十五年刻本)卷10《职官》载:“知县,……宋景涑,浙江仁和进士,乾隆十八年任。”洛耆,应为宋景涑之号。

② 疑为“拜”字。

定谢雨折。门人杨其谟过。裁衣。刘良臣暮过。

刑部侍郎喀宁阿革任,以刑部员外用,仍带革职留任。以迈拉逊为刑部侍郎,仍兼总督内务府事。

初五(6月27日) 晴。晚阴。□正二刻赴前园。驾至,请安,于讨源书屋用早膳。自祈雨以来,率请安即回,至此始于此用膳。奏祈雨报谢三坛一件,得旨:是,地坛亦应报祀,派庄亲王行礼。又本部派出封外藩副使隆保猝病,奏明改派敷僧额前往,得旨:知道了。辰正即散,不早食,坐天仙庵而归。梦舫告成。前遣胡成后,当晚即遣人返之。平安轻骑而往,直至保府,不及,至今日始返。接东安札。晚与裱糊人量度梦舫糊餙事。

初六(6月28日) 早起,思此闲官贫甚,奈何?惟焚香尝茗,料理内廷派办诸事,上紧备大庆贡物,暇则课子弟而已。刘良臣来,带匠人收拾紫檀屏。王朝鼎过。

文选郎邱恩荣过。

初七(6月29日) 晴。

初八(6月30日) 晴。

初九(7月1日) 晴。丑正诣地坛报祭。不以列祖列宗祀。寅初二刻行礼,寅正礼毕。王掌科显曾过。

初十(7月2日) 晴。入直。汶上令彭绍谦过。钱安西观察鋆过。

十一(7月3日) 大雨,自子至午正始止。未后开霁。子正二刻出门,冒大雨,灯火俱灭,行甚惫,直至寅正二刻始到。诣宫门值日,奏事一件。憩南斋,食后复入,衣履皆湿。召同军机大臣见于勤政殿,同召者陈、官、托、素、蔡,曹少宰、英少农。进退俱冒大雨。巳正散,不能归,遂驻赐庐。

十二(7月4日) 晴。上御门,予寅正诣宫门,礼部以头班上。礼毕,憩南斋,早食。复入,因奏优行贡生明日考试一件。交军机拟题。巳正二刻散。复至南斋,与于大农议寿屏事。回赐庐,小饮食而归。候钱道台。

十三(7月5日) 晴,热。张△△过。卯正入署,祭酒达公椿先至,张公裕荦继来。钦命题下,“或曰:以德报怨,何如?子曰:何以报德?”①;赋得“濯枝雨”,五言八韵,得“和”字。引优行生员六人至堂考试。予与两祭酒坐竟日,早晚膳,午点。酉初二刻试毕,阅卷,公定二等二卷,三等四卷。予送两祭酒去后,即诣赐庐住。已戌正二刻矣。

十四(7月6日) 早阴,即晴。以昨所试优贡卷呈奏,得旨:知道了。召对于勤政殿。午初散,回至赐庐午食,冒热而归。晤广西臬司吴虎炳。接即湖札。

裘司寇交部严加议处,为捕蝗未合也。

二等:潘有为、王时宇。皆广东人。三等:郑铭、江镛,皆山东人。牟锌,川。廖廷栻。贵。

十五(7月7日) 晴。大热异常,竟日汗出如浆不止。入直办事。早食即退,至部理事而归。张△△过。吴白华以奉差来见。有常见。平圣敬以解铜至京来见。系加运。据云,加运用站船、官车,无运脚。予向竟未知之也。奉敕书扇五柄。泥金字。是日早过刘良臣。午间复来,以玉器四件完之。以温福为吏部侍郎、军机处行走,以钟音为福建巡抚。

十六(7月8日) 卯雨,至巳午间大甚,入夜不止。卯正冒雨肩舆至阙门,坐朝房,更朝服,立阙前。五省考官跪,仪制司员襄事,予宣旨云:四川正考官着祝德麟去,副考官着邓文泮去。广东正考官着陆锡熊去,副考官着简昌璘去。广西正考官着吴省钦去,副考官着李廷钦去。福建正考官着朱筠去,副考官着范栻去。湖南正考官着孙士毅去,副考官着姚鼐去。宣毕,诸公咸九叩首而退。予至朝房更朝服,入午门,直武英殿办事。早食,仍冒大雨而归。始服新制红油衣。是日朱筠以讲官故,至圆明园谢恩,宣旨时不至,亦向例如此耳。

刘斡斋过,言事。晚饮内人于梦舫。大雨如注,至不能各归寝

---

① 此句出自《论语·宪问》。

室,可笑也。次晨,狗食其余,三童共毙之。此狗平日恶甚,杀之未为过也。

十七(7月9日) 上阴,下晴,湿热之甚。姚鼐以奉差来见。持洁轩后窗安雨搭。为女婿庄锡福援例入监,因以部、监二照于今日从邮致之。接古香札。答刘幹斋。

十八(7月10日) 阴、晴无定。同年吴絅村过。名虎炳,广司[①]臬司。潘成栋过。

十九(7月11日) 晴。入署,顺拜客。见张△△。祝芷堂过。

裘司寇离任候旨。以程景伊为刑部尚书,以范时绶为工部尚书,以张若淮为都察院左都御史,以阎循琦署理工部侍郎。

二十(7月12日) 晴。剃头。以《甘珠尔经日》五十三页缴馆。田荆茂、刘良臣、陈届之先后过。接吴自堂札,见其使。

酉初三刻诣赐庐,顺为闻轩道喜。

廿一(7月13日) 晴。寅正赴前园奏事一件,本部该班也。奏七公主成婚礼仪,得旨:酒数太多,酌量裁减。皇太后筵宴着在九经三事[②]伺候。辰正三刻散,至赐庐,饮食而归。浴。发刘良臣银。

廿二(7月14日) 晴。彭蔚林过。总宪永△△[③]先生过谈,久之去。入署。酉初一刻诣赐庐。陈枫崖过。

奉勅书弘旿画扇十柄竟。

寄蓉庵札。又寄于霭札。

廿三(7月15日) 晴。寅正趋宫门。上御门理事,礼以五班上。既毕,偕耐圃前辈食于南斋。复入,巳正散,仍坐南斋。嵇副宪、褚学士皆至此久坐。午正始由赐庐归家。连日嘱钦五暨大儿书写茶陵夫子祭轴。天文生何△△见。

以谢墉为内阁学士。浴。刘良臣过。

---

① 司,应为"西"。

② 九经三事,即九经三事殿,为畅春园正殿。

③ 此两字原阙,据文意,应为"心斋"。

廿四(7月16日)　晴。卯初入直。上以辰正二刻回宫,以明日升殿事宜具奏,得旨允行。又军机传旨:兴堂札着入于五品班末,随同行礼。在直次竟日,赏克食三次。酉正始散归。

初伏。廿五(7月17日)　晴。丑正起,交三刻入朝侍班。上以寅正二刻升殿,因兴堂札入五品班末朝贺,所有文武大臣官员俱行礼,九叩首毕,即礼成。予遂归,顺过安西观察钱鋆,谈久之。复过蔚林,值其尚卧,乃归。赵△△过。督仆人以围屏二座入箱。箱四,俱黄油,昨晚良臣始送来也。浴。

廿六(7月18日)　晴,热甚。入亥,大雷雨。入署。傅古崖太守过别。之任柳州。

有旨:裘曰修、窦光鼐俱不必在南书房行走。

以兵部侍郎奉宽为武英殿总裁。

偕德少宗伯查看部库,见钦赐《古今图书集成》及全部《藏经》。

廿七(7月19日)　晴。枫崖过。连日埋头书《甘珠尔经目》,今午以六十四页缴馆。

廿八(7月20日)　上晴。午间大雨,至未而霁。入夜复大雨,至次日午止。入署。顺拜客,遇雨而返,不及竟也。晤傅古崖。晚刘良臣、黄济夫过。

有旨:裘大司寇降补顺天府尹,窦京兆以四品小京堂用,郭亲家革职拿问。郭方擢河间同知矣,惜哉。

廿九(7月21日)　昨夜子大雨如注,至今日巳、午间乃霁。闭门听雨,录春间所作《阿鲁瞻制府亲谕金酋》诗成册,将装潢遗之。浴。

六月朔(7月22日)。

初二(7月23日)　晴。申大雨,至戌乃已。剃头。沐浴。申正二刻趋赐庐,出门遇大雨,至平则门稍止。洎戌初已到,上下衣履幸俱未湿,童仆亦忻忻如也。

寄阿制府、刘藩司、曹西阳牧、胡剑牧、对、福扇、镜光横。徐彭山令札,芷塘带往也。

初三(7月24日) 晴,风,凉。寅正二刻诣前园,礼部该班,奏事二件。万寿请蟒服一月,得旨:不用。奏修会同馆,得旨:知道了。巳初二刻回寓,早食。遂诣南斋及军机处,议围屏事。未初起身回家。食后复出门,答徐同年天球、闵同年鹗元。晤。夜送与食物八件,收。

同年原保宁守江权过,晤。

初四(7月25日) 晴。早起,广东藩司闵公鹗元过谈,久之去。门人李职方廷钦以典试粤西来辞。入署,顺拜客。谢其炳泗州牧。来见。字彪文。

初五(7月26日) 晴。入署。拜客。以祭幛三、奠分一百四十八两交湖南副考官姚仪部带去。又寄盐道农、宝守刁、候丞李[1]各书信。

门人方定之自广西百色同知推升湖北襄阳府知府来谒。

初六(7月27日) 晴。往祝嵇副宪六十寿,同春圃面。顺过时庵少司马。署宛平令任增过。

是日宿于梦舫。与宝合成。

初七(7月28日) 晴。阴。晚风,凉。入直。入署。黄济夫过。

初八(7月29日) 晴。未正雷雨。延襄阳守方懋禄、△△牧潘△△[2]早食,杨济时陪。副宪嵇黼庭先生过谢。

申初二刻趋赐庐。

初九(7月30日) 阴,热。上御门,予以寅正一刻诣宫门,以四班上。巳正散,书签七件。午正一刻归赐庐,即收拾入城。

以刘秉恬为刑部侍郎。署少寇余公文仪落空。

德少宗伯实授经筵讲官。以瑚世泰署吏部侍郎。

---

① 盐道农,指驿盐道农起。宝守刁,指宝庆府知府刁玉成。候丞李,不详。

② 疑所阙字为"广安""成栋"。潘成栋,徽州歙县人,乾隆三十五年任广安州知州。

遣人往东安。奉勅书宝塔经二座。

初十(7月31日)　晴。入署。入直。为胡成书扇四柄。

为将写经塔故，急赶书《大悲忏》。

寄云岫藩伯书并送六如画，缴还漆对。交胡成。

十一(8月1日)　热甚。先祖妣诰赠一品夫人。祝太夫人忌辰，敬修祀事。于上房行礼，以厅事去窗槅不便。移冰盆于梦舫。体不快，竟日食粥二次。晚浴。

郝守训过谒。以解铜来京。内书房设坑席。栽竹。梦舫。遣吊兴胜寺僧。

十二(8月2日)　昨亥、子间雨大如注。早霁，始略凉爽。早起，胡成入叩，辞往秣陵。出门答川臬秦鏷，顺拜客。即入城，临张镜壑阁学之丧。晤史赓载。午刻抵赐庐。

书《大悲忏》竟。薄暮知会到，知奉旨派同额驸福隆安、协揆官保总理平粜麦石事。

十三(8月3日)　昨晚雨，至丑始止。早阴，稍凉。寅正一刻诣宫门，园门泥泞不可行，乃从石道纡折而往。奏事二件。召对于勤政殿。

以范宜宾为左副都御史，以裴宗锡为安徽布政使，调素尔讷为户部尚书，即以官保为刑部尚书。

十四(8月4日)　午后大雨。寅正二刻诣前园。巳初散，拜浙江藩伯富公，即归。褚学士筠心过。雨大作，自午起至次晨不止。

十五(8月5日)　大雨时作，竟日夜不绝，如盆倾者七八。入署。顺过良臣。戟门少农过。浦主事霖雨过。三省主考本下，奉旨：浙江正考官着全魁去，副考官着边继祖去；江西正考官着国柱去，副考官着褚廷璋去；湖北正考官着李中简去，副考官着冯应榴去。袁掌科过。

是日书《法华经》六卷起。

十六(8月6日)　大雨如倾者十数次，至次日晨未止。苏亭过。云椒过。

昨令朱、孙两仆冒大雨送二秦臬司酒席。

十七(8月7日) 早霁,晴。竟日但湿热不可耐,霉气大似岭南。苏亭过。申刻趋赐庐。是日俞姨以失血延何△△眕之,并为予切脉,盖予亦因胸膈痛塞,六日不饭也。

十八(8月8日) 晴。酉雨,湿极。寅正一刻诣宫门,会同额驸、官大司寇奏议平粜事宜,并派定各位大人专管厂事:东城,旌少宰、袁少宰。南城,瑚少宰、曹少宰。中城,蒋少农、绰少马。西城,蒋少马、伍少寇。北城。迈少寇、刘少寇。午初散,以内廷公局单送同人书遵。热甚,止赐庐不归。

以丰△△[①]署兵部尚书,解托冢宰兼兵书职。

以范宜宾为副都御史,以裴宗锡为安徽藩司,以孙孝愉为直隶臬司。

延嘉兴秀水王孚仲至家,帮办经事。

十九(8月9日) 晴,稍有西风。寅正自赐庐归家。晤王孚仲。山东督粮观察海公成过。张总宪晚过。见高公旧人方姓。又见东安使梁姓。即作札答之。

二十(8月10日) 晴。送孙臬司赴任。过刘良成。入署。同素、纳。刘芬、△△△、阿△△、浦霖过。移俞姨于上房。

少司寇迈拉逊以侍郎衔署阁学事,以瑚世泰为刑部侍郎。

廿一(8月11日) 早有高爽之意,申刻大雨,至亥不绝。早传中城兵马司张若翼见。申刻冒雨赴赐庐,极尽淋漓之致。

廿二(8月12日) 阴。晴。夜凉。寅正赴宫门,奏事一件,带领笔帖式哈菓布引见。召对于勤政殿。食于南斋,嵇副宪亦来。午归赐庐。刘诸城相国过,送之去,即入城。杨嗣曾、袁春圃、中城副指挥魏绍曾过。

廿三(8月13日) 晴,凉。阴。入署。入直。中兵马司指挥张湘

---

① 据《清高宗实录》卷八六三,乾隆三十五年六月十八日所载可知,此所缺两字应为"升额"。

泉过。浦苏亭过。

同年柏乡令钟赓华南圃过。

中城，正：药王庙；副：给孤寺。东城，正：智化寺；副：金华乡祠。南城，正：灵佑寺；副：安国寺。西城，正：玉皇阁；副：长春寺。北城。正：观音堂；副：广化寺。

廿四(8月14日)　雨。

以俞文仪署刑部侍郎。

廿五(8月15日)　雨。早晴。金少宗伯过。

廿六(8月16日)　阴。晴。时雨。戟门过。巳赴午门前，朝服宣旨：陕西正考官着史贻谟去，副考官着杨嗣曾去。江南正考官着曹秀先去，副考官着汪新去。四公跪聆旨，九叩首而退。遂偕至朝房，更衣，略谈而散。倪少宗伯、陈赓岩、浦苏亭过。邱日荣比部员外。过。

廿七(8月17日)　晴，凉。早赴中城给孤寺副厂，少司马绰信庵、巡视中城掌科袁春圃同户曹诸君在焉。入署。

派主事逄年、甘立德随同平粜事。

春圃过。剃头。

廿八(8月18日)　晴。凉爽，有秋意。卯正入城，至北城广化寺正厂阅视，顺拜山东督粮道海成受川，不值。顺候戟门少农，晤其三、六两仲。又候窦东皋前辈，因其絮话不断，腹甚馁，乘间得别，遂归。晚赴署斋宿。同素。黄济夫、杨宛△[①]、秦△△过。甘立德白事。

廿九(8月19日)　晴。一早自署赴南城灵佑寺正厂、安国寺副厂查阅，每厂仅指挥一人、笔帖式一人而已，最为散漫。

苏亭过。午诣赐庐。

是日复至给孤寺厂，同绰、袁二君议事。

添派范时纪、南城。嵇璜东城。分厂平粜。

---

① 据上下文可知，此阙字应为“东”。徐嗣曾，字宛东，号两松，又号雁隅，实杨氏，出为徐氏后，浙江海宁人，乾隆二十八年(1763)进士，授户部主事。

三十(8月20日) 晴。上御门,予以寅正二刻诣宫门,礼部以二班上。与福额驸商定卖麦事宜。与英公言高仆方姓。事。

同竹虚食于南斋。午归赐庐。

七月朔(8月21日) 晴。闭门竟日,书《金刚经》二千二百字,暮矣。

初二(8月22日) 晴。寅正二刻赴前园该班,奏事四件。巳刻散,食于赐庐。即入德胜门,过蒋少农,不值。即莅中城药王庙正厂,查事而归。酉初仍赴赐庐住。

初三(8月23日) 晴。寅正二刻赴宫门奏事。

未刻归家。

初四(8月24日) 晴。入直竟日,上回宫也。雍和宫膳;看七公主府。接熊公札。奉勅书《药师经》石幢起。

酉正归,见甘立德。

初五(8月25日) 晴。寅初二刻入朝,候上升殿。礼毕即归,顺拜于景汤,不值。既归,于复来,稍谈而去。即湖归。吉早来叙,未出。

接孔亲家体之讣。诰授中宪大夫、直隶大顺广兵备道。闻五月廿四酉时卒。年五十三,六子三孙。

初六(8月26日) 晴。闭门书《药师经》竟日。晚邀孚仲、济时、△△、即湖饮于新斋。

初七(8月27日) 晴,热。一早入朝,于午门前朝服宣旨云:河南正考官着△△△[①]去,副考官着曹锡宝去;山东正考官着刘跃云去,副考官着徐光文去;山西正考官着嵇承△[②]去,副考官着柯瑾去。刘、

---

① 据《清高宗实录》卷八六四,乾隆三十五年七月庚戌日记载,此处所阙三字应为“谢启昆”。

② 据《清高宗实录》卷八六四,乾隆三十五年七月庚戌日记载,此处所阙一字应为“谦”。

嵇以往园谢恩未至。诸公跪聆，九叩首而退。予归。晚诣赐庐。

初八(8月28日)　晴。早诣宫门，奏忌辰牌并刘人睿留部一件。既退，即闭门书经幢竣，酉刻恭缴。闻即呈览，奉旨速刻。

初九(8月29日)　晴。雨。早至南斋。与施学濂语本事。即入西便门，赴西城长椿寺厂，见墉阁学、郑道长。办事既毕，过全浙会馆，视宋洛耆表叔，并答一百十二岁原任训导、赐六品顶带王世芳，将为之奏。即归。袁春圃、陈嵩年、刘芬过。

初十(8月30日)　晴，热。官协揆招同至中城正厂理事。戟门少农具膳，予病不能脯醢。未刻入署，即归。

是日素服。

十一(8月31日)　雨竟日。冒雨至中城正厂，会官协揆、蒋少农赴别屋验磨麦一石。竟日始归。

十二(9月1日)　阴雨，泥泞。入署，定一百十二岁老人王世芳恭祝万寿奏稿。浴。申刻往赐园。

仿苏书《金刚经》告竣。

十三(9月2日)　早阴，即晴，热。卯初诣前园，礼部值日。驾甫至，即传闻大学士、公傅公恒以寅正二刻卒于园中。上办事毕，即入城视和亲王疾，回宫。予归园，食后即入城，入直。傅公以未刻大殓于第，予偕刘、尹、刘。三相国临哭，唁额驸昆季于次，即归家。薄暮闻和亲王以申刻薨于邸。

十四(9月3日)　阴。寅初入城，至忠勇公府。上以卯初二刻亲临奠醊，予偕同列侍班。既，上临和亲王府，予不及随往，即至高梁桥倚虹堂伺候。将以和亲王薨辍朝三日奏也。良久驾至，用膳，不及递折，即随至圆明园恭奏。上请皇太后安后回宫，予随王大臣等跪请圣安。因候奏子，不及诣皇太后宫请安。于公邀食于南斋，即至园。住。

十五(9月4日)　阴。申雨。闭门书《法华经》竟，已未正二刻矣，遂起身入城。至高梁桥，冒雨而归。早陈嵩年过。刘芬晚过。是日中元祭祀，不及躬与，朝梧承祭，朝飏赴国子监考到。夜吉来。

十六(9月5日)。

十七(9月6日)。

十八(9月7日) 晴。阴。雨。晚往赐庐,泥雨中行颇艰。

白露。十九(9月8日) 大雨,自子至午。始用领。闻上于十六日已御领也。往前园奏事。是日上请安,予辈带王世芳同跪泥水中,世芳谢恩。

二十(9月9日) 卯初诣宫门奏事。昨奏傅公不必给造坟银,今仍给葬也。巳正散,至赐园午食,即入城。本部公祭大学士、忠勇公,偕户部诸公坐马神[庙],候齐入奠,已申初矣。归家。剃头。本欲仍赴园,舆夫请以五鼓行,乃止。

廿一(9月10日) 晴。卯初诣宫门。上以和静固伦公主行初定礼,筵宴于正大光明殿,特命满汉大学士、尚书均入宴。予侍宴毕,归赐庐,泥金填如意字。梁三周、谢金圃过。钱少司寇归。

廿二(9月11日) 晴。昨亥至丑大雨。寅正三刻诣宫门。上御门,礼以头班上。既毕,延稼轩同食于南斋。带沈尚书子孙谢恩。

巳归赐庐。

廿三(9月12日) 阴,时微雨。早过刘良臣。李国华、钱少司寇、阿济思、陈嵩年、施学濂、施朝榦过。东安至京。

李国华过。

廿四(9月13日) 晴。入署,顺候诸客,晤在平令叶敏。

汤荨棠过。

明日为余初度,以百务倥偬辞客,一面不设,一烛不留。

廿五(9月14日) 晴。丑正二刻出门。卯初诣宫门值日,为王世芳谢恩,请待十三行礼而归;得旨准行。又奏仪注宴图一件。归,进西直门,候钱少司农,不值。晤史少司马。又过素大人司农,延坐华斋,看贡物。东安是日入北司。

两仓场以劾人自败。石调盛京户部侍郎,欧阳罢,以刘秉恬为总督仓场侍郎。

廿六(9月15日) 晴。寅正二刻入城，趋三官庙就户部祭棚，偕素、范、蒋三公送大学士、忠勇公之丧。步至齐化门外，与额驸握手而归。入署，定宴席位次，即归理贡事。

袁掌科过。晚欲拜客，不果。

廿七(9月16日) 晴。上回宫，设仪仗。予以寅正二刻出门，候正阳门开，赴三座门接驾。继以保和殿筵宴执事，不及候，即由神武门趋保和殿，始知进酒王成滚札布①病，不能行礼。急趋上谕馆，同素公草折入奏。是时上在极乐世界拈香、用膳，奏子不肯接奏。乃独行，诣万善殿，俟上御舟至，同奏事春大人上奏。上改命郡王。札布遂急归，先驾行趋保和殿告知，乃趋本席坐。上未几即升殿筵宴，予随王公、大学士列坐，礼成而退。入直，早食，始未即散。入署，定明日奏忌辰用素服牌。

廿八(9月17日) 晴。阴。寅正入直奏事。进忌辰绿头牌，初九、十一皆用常服，不(褂)[挂]素珠。允行。

召对于养心殿西暖阁，良久而退。午正下直，入署，拈阄送外帘。黄世枢。东安事竟出北司。

承旨:以英廉总理平粜，以钱维城接刘秉恬平粜及搜场事。

是日石仓场亦罢。

廿九(9月18日) 晴。上诣永安寺拈香。予以辰初入直。午初散，即归。昨宋洛耆表叔卒于全浙会馆，梧儿往经纪其丧。可叹也。

窦光鼐革职。

情知一切不与本来相干，而俗事纷来，难于屏挡，终日混混可笑，安得一旦脱然舍我而去，完我本来面目哉。

终日纷纷扰扰，闷闷昏昏，忧忧戚戚，可怜哉，而又不死也。

---

① 滚，亦作衮。成衮扎布，为喀尔喀蒙古赛音诺颜部首领策棱之长子，初授一等台吉，历固山贝子，袭扎萨克亲王兼盟长。

八月朔(9月19日) 晴。寅正入直,午初退。候郭亲家于△△店。兆昌、陈嵩年、刘芬三司员见。晚延门人易文基、李铎燕饮,予以贡事不及陪,两儿与终席。接河南杨臬台书。

初二(9月20日) 晴。理贡事。为刘良臣诸事迟延,彻夜料理,直至次日巳正始收拾妥协,朱凤、双麟二仆押扛诣园。

阿世兄过,同看为彼所办贡物,喜领而去。

初三(9月21日) 阴,雨点。雨后风。入署。济夫过。剃头。连日劳碌,体稍惫,戌正刻就寝。恽载扬辞去。蒋钦五亦去。修十二。元卷二。

遣送王玙润笔廿,从云椒手。

初四(9月22日) 丑雨,渐绵,至申稍止。丑正出门,诣园启事。勅封和静公主请使并仪注。三月奏闻,请派搜士子大臣及龙门查验大臣。未刻归赐园驻。

同官阿桂革去尚书、都统,以内大臣办副将军事。

初五(9月23日) 皇上六旬大庆,予蒙恩允准随皇子及内廷王大臣等与同乐园庆宴。共一百〇三人。演《九九大庆》十六出,曰《八洞九如》,曰《福禄天长》,曰《麟凤呈祥》,曰《千秋彩索》,曰《海屋添筹》,曰《永寿无疆》,曰《女娲呈瑞》,曰《麟趾振振》,曰《虹桥现大海》,曰《霓羽舞诸天》,曰《仙子效灵》,曰《敛福锡民》,曰《舞花上寿》,曰《盛世崇儒》,曰《福缘善庆》,曰《如环转》。以卯正三刻上戏,申正一刻毕。

是日早由宫门进,过洞明堂后,坐舟纡回山水间,过曲[①]院、荷风、金鳌、玉蛛,遂至同乐园。一路而来,此身不知在天上乎,抑在方丈蓬岛间乎。

初六(9月24日)。

初七(9月25日)。

初八(9月26日)。

---

① 此字前有"初六"字样,是王际华为方便写日记而先写好的日期。

初九(9月27日)。

初十(9月28日)　雨竟日夜。寅冒雨入直。未正至署，为废员汇齐诗页，将以明日进呈，并为之请行礼于午门。

十一(9月29日)　晴。为废员奏请行礼，大蒙恩旨。

十二(9月30日)　晴。入直如昨，恭进所办围屏宝座。下直，理贡事。至财神会馆，公席请林下来祝万寿诸公。旁晚散，仍理诸贡事，至子初乃得稍寝。

十三(10月1日)　晴。万寿六旬圣节，寅正朝服。趋直，则庆泰以上亲祀奉先殿，先六刻禁人不得入，乃从掖门穿，诣慈宁宫。上以卯初三刻至，行礼，予随班庆贺。毕，遂趋中和殿，候上升座，行礼。礼成，趋太和殿执事，百官读表，行庆祝礼。礼成，退更吉服，入直。奉命和诗一章。赋得"野无伐檀"，本科试士题也。未初，以乾清家(晏)[宴]关防，遂下直。是日贡物，上赏收如意、汉璧插屏、水盛四、陆师道画一，又赏收大拱璧一件。此大司农所不能被之恩，而予乃得之，感悚何极。

燮堂藩伯晚过。予又代百十二岁老人王世芳进自书寿字、挂屏一、天然如意一，上以寿字进慈宁，赏缎二匹。

十四(10月2日)　晴。寅正赴三座门送驾。卯正二刻驾至，上策马而行，予辈跪送而散。顺候王伟人、周燮堂。吴会昭过。剃头。七十。

十五(10月3日)　晴。丑正乘月起行赴园，为废员递谢恩折。欲为刘锡嘏奏入武英殿，以奉少司马迟至，竟不及递。是日上诣前园请安，仍回至圆明园办事。予随列跕班，往返皆然。于公邀同彭芝庭师、嵇黼庭师、史抑堂、裘漫士、钱立之、钱稼轩、蒋戟门、王伟人食于南斋，刘圃三后至。辰正二刻牌子下，遂散。晚与同寓作月下之饮，亥初二刻礼毕。

十六(10月4日)　晴。丑正出门，诣大东门送驾。是日换戴暖帽。予甫至，立谈间驾已启行，诸公仓卒间不及排班，随便跪送。上骑马回顾,亦不罪也。

刘曰栋见。东木。

十七(10月5日)　晴。入署。拜客。开发各欠项,拮据之至,八年以来未之有也。钱少寇过。王世芳来辞归,以昨日赏缎二匹与之。

十八(10月6日)　晴。候桂林相公于赐庐。语稍舛①。其孙陪。入署。至刘圃三司空处,会同诸城相国、裘京兆、钱少寇、倪少宗伯延彭芝庭师、彭敬止前辈、顾息存少廷尉、钱立之少农饮。陈勾山、梁三周不至。阅《礼部则例》起。

十九(10月7日)　晴。刘良臣过。杨△△见。入署。候博少司寇、永宗伯,俱不值。钱△△见。申正至稼轩司寇处,偕李宗丞延栋坡同年饮。亥正始归。

二十(10月8日)　晴。遣送何捧亭。上秋审班起。与同官永、诺、德。食于朝房。巳正上班,官服。云、贵、川。午正三刻毕。官协揆邀同英梦堂议麦厂事,即归,顺回储宗丞。早遣朱凤送史抑堂司马。潘季孚见。札谢李梅亭太守。

廿一(10月9日)　晴。仍赴秋审班如昨。延李华国、周炎、蒋重耀、沈△、沈△、秦△△不至。饮。亥初二刻散。

以罗源汉为左副都御史。

廿二(10月10日)　晴。亥雨。仍至秋审班如昨。延杨△、黄△、潘△、潘△、柴△、韦△△、不至。王朝鼎饮。亥初二刻散。王化原见。曲阜贡。宋差官亦见。是日清晨先诣内阁递请安折,折仍予办。以落倪承宽名,另办易之。复入直。详定奉旨镌彭元瑞《万福集成颂》。

廿三(10月11日)　晴。素服日期。往东城金华乡祠面厂查视,见工科掌印陈公鸿宝、邱文选郎恩荣,顺答张公逢尧。延熊讳之台饮,蒋熊昌不至,冯、徐绍堂、黄骏昌俱不至。寄曲阜潘令札。以奠孔扁、联付之。遣祝吴恩诏父寿。

---

① 舛,疑应作"喘"。

廿四(10月12日)　晴。午后阴。仍上秋审。看浙江、江西、安徽招册。归送蒋嘉应牧，已早发矣。晚与妾婢三人、一女行打围之戏。

遣送刘东木席。

廿五(10月13日)　辰雨绵绵，竟日不止。冒雨上班，看江苏、河南、山东招册。未刻散，赴倪少宗伯娶媳喜筵，保和[①]。与竹井、莘田、萚石、戟门同席。

廿六(10月14日)　晴。辰上班，看山西、直隶招册。午正二刻散。仪制四司员白事。邱澳南、陈△△晚过。

廿七(10月15日)　晴，风。早阴。早至北城观音堂正厂查看，晤少司寇博公卿额，掌科、巡城王文园显曾，指挥初之朴。午食后入署。倪少宗伯、宜山令何太占熊、盛【以下原文有阙】。

廿八(10月16日)　晴。

廿九(10月17日)　晴。

潘兰圃辞赴四川广安牧任。

三十(10月18日)　晴。未刻阴，雨，风。辰刻至午门前，奉命派同托冢宰庸、温司空福、英少农廉、绰少司马克托看验本月分月官：郎中李誉椿等五员；同知季兰泰等五员；知县周淳等十五员，内邓汝砺、杨尔坊等二员改教；正备凌梦曾等五员；布经刘墀等三员。又补行验看郎中白玠等四员，豫工六十三次分发县丞苏宗时一员。

验看既毕，遂直武英。饭后入署。归已交未正矣。浦苏亭过，酌定平钱文奏折。逢年亦过。寄冀宁徐观察、山西沈运使札。并三桥[②]《前后赤壁》一轴。报房茶金三钱。

九月朔(10月19日)　晴，风。辰入朝，递请安折于内阁。附懋勤

---

① 保和，即保和班。

② 文彭，字寿承，号三桥，别号渔阳子、三桥居士，明代著名书画家文徵明的长子。

事件。札致于公。入署,草《通传十厂卖面》稿。杨△△[①]见。辞回滑。孔博士△△,宫锡率子△△,△[②]铭晚过。

遣送王景伦化原席。曹州同知五德见。

初二(10月20日)。

初三(10月21日)。

钱少寇过。平跻堂过。

初四(10月22日) 晴。阴。微雨。辰至天安门外,朝审刑部重犯。午初事毕,顺候裘京兆,李西华同坐。丰台送菊。八本。次日又十六本。

郝行旃过。

初五(10月23日) 晴。入署。

晚延郝行旃、平跻堂饮。亥初散。

初六(10月24日) 晴。阴,风。早至传心殿,与官、英议事,即定西城二指挥交刑部之折。带同司员甘△△[③]至武英缮折。申初命主事逢年交官中堂,乃归。晚过稼轩议事。

初七(10月25日) 晴。本拟赴素司农吃肉之约。早至传心殿,与英公言事,值其赴四公主三周年,不值。即至西城玉皇阁副厂办事。申正始散。

晚邀陈宗功、何熊饮。亥初二刻散。

初八(10月26日) 晴。早至传心殿,偕官协揆、英九门会同十厂监粜大臣、五城监察御史会议添设面厂事宜。既毕,赴素大司农重招吃肉之订而归。沈奉持辞往保定,晚饯奉持,不及陪。寄保定杨其谟札。寄滑令杨秉鉴札。附钱少寇寄朱守字。袁春圃、陈宝所二掌科,

---

① 此两字原阙,据文意,应为“秉鉴”。杨秉鉴为滑县知县。

② 据文意,以上所阙字为“传锦”“继涛,念”。孔子第六十八世孙孔传锦,字宫锡,袭封翰林院五经博士。其子为继涛,字念铭。

③ 疑所阙字为“立德”,即主事甘立德。

甘纯斋，浦苏亭过。刘良臣过，赠檀(坑)[炕]桌。

初九(10月27日)　晴。榜发，两儿皆被黜。入署。永、诺、德同。闻诸城将赴热河，送之，不值。英梦堂邀至独往园作登高之会，遂同登浮岚暖翠阁，饮于夷犹今古堂，嵇黼庭师、钱稼轩、钱萚石、倪敬堂、蒋戟门同席。归已迫暮矣。

是日沈奉持往保定县杨年友处，不得已而札荐之也。

初十(10月28日)　阴，风。官中堂过。仪制官员过，回话。浦苏亭晚过。与吉小叙。

十一(10月29日)　阴。雨。至东城正厂。金华乡祠盘查麦面，较大小秤；复至花儿市。兵马司正指挥署查验钱文。是日微雨绵绵不绝，竟日颇寒。迫暮乃归。

十二(10月30日)　晴。早至文华殿，会同官、英。议事。奉旨查询蒋少司马事，遂具折；次日递折。又会二公奏五城。不必添厂及大、宛二县添厂事宜一折，俱予草奏。俱在署办理妥协，乃归。晚入署住宿。剃头。拓梦舫前后窗槛。

十三(10月31日)　晴。寅正起，遂出齐化门，至庆丰闸原王家花园，奉旨谕祭故大学士、忠勇公灵前。礼毕，即归。额驸坚留膳，勿应也。入自东便门。陈枫崖、王伟人、曹竹虚、沈云椒、彭芸楣、金△△邀饮同裘漫士、钱稼轩。又嵇黼庭师，不坐而去。于新葺之枣花书屋。以明日遣朱凤赴热河，检点至午夜乃寝。以梦舫展拓动工，至上房住。

十四(11月1日)　晴。一早入城，会官、英。于传心殿，商议平粜事宜，遂归。早食后赴北城观音堂正厂，会官、英。二公盘查是厂，博、钱二少寇，敦、王二巡城咸在焉。同食于稼轩绿云书屋。复同至厂，迫暮始归。

十五(11月2日)　晴。亥雨。早送李国华南归，遂入署。归拜家庙。食后至三里河安国寺南城副厂，会同官、英二公盘查是厂，监粜瑚少宰、范少农，增禄、王懿德二巡城皆在焉。酉初始散。予具点食诸公。与吉小叙。

十六(11月3日)　晴。侵晨赴内阁递请安折。归而早食,遂赴东城正厂,金华乡祠。会同官协揆、英九门盘查是厂,定斋少宰、黼庭副宪、宝所掌科咸在焉。申正各散。蒋少农过。

是日报到,所奏不必设五厂事,奉旨:依议;又查明回奏一件,得旨:蒋少马交部察议。是日晚归梦舫宿。

十七(11月4日)　晴,风。巳刻赴给孤寺中城副厂,会同官协揆、英九门盘查是厂,戟门司农、春圃掌科咸在焉。事竣,邀同坐梦舫,于持洁轩小食。酉初乃散。博少司寇卿额、钱少司寇稼轩咸集。是日宾主咸尽欢。梦舫改拓竣工,即藉诸公落成之。

十八(11月5日)　晴。入署。遂至南城灵佑寺正厂,会同范勉斋,增、王两巡城盘查。申初事竣而归。送马龙安守席。

十九(11月6日)　晴。早至东城智化寺副厂,会同官、英、旌三公暨巡城玛公盘查。寺僧本立具素膳。于方丈。寺为正德中建,后有万佛阁,午后偕诸公同登。传五城司坊各自携大、小秤至本厂公验,惟南城副厂大、小相符,余轻重无一同者。是日裘公招脱粟,以散迟不克往。薄暮赴嵇黼庭副宪师之招,稼轩、葎石同席。有三弦弹词者三人,隔壁唱《风筝谱》及《虢国夫人事》。亥正始归。

闻漕帅黄登贤降三级调用。接于公札。

二十(11月7日)　晴。入署。连日盘查事竣,官中堂邀同英竹井会于其斋议事,遂留饮食,极盛。戟门亦与。予以日暮,不俟席毕而归。是日三处派出司员暨户云南司官毕集商事,官公各犒食之。

廿一(11月8日)　晴。陈内监过。

廿二(11月9日)　晴。赴南城验磨,未果,小坐别庙,与官、英二公议事。即至署,会永公办理拉林都统缴回银印灌铅事。至暮始归,赴张总宪招饮,同程、蒋、俞、刘、钱。坐中失去上上玛瑙鼻烟壶一个。朱凤归,所上芹献蒙赏收金文鼎画一幅、小磁二件。接郭亲家字。

廿三(11月10日)　晴。辰草面厂奏稿。至午,仍赴南城正厂试磨。至晚乃归。戟门司农招饮,剧不克赴。归清郭亲家银事。柯禺峰自山右典试归来谒，是日即赴行在覆命。

廿四(11月11日)　晴。下阴。早至文华，以奏稿请官、英订之，商定诸事。入署，复偕永公办《铸印作伪折》。归。剃头。

廿五(11月12日)　晴。早至内阁递请安折。偕官、英奏《面厂彻底清查折》，本部《为老幼四人谢恩折》《铸印局作弊折》。归家早食。戟门偕绰信庵过。往金桂轩郎中家，偕同人公祝武进协揆、冢宰寿，雅芳班演《南阳乐故事》。亥正二刻始回。

廿六(11月13日)　晴。入署。往祝武进协揆六十庆诞，圃三陪面。

蒋△△、费道峰过。赠仪。偕吉、桂二侍贮夏衣及羊皮诸服。

廿七(11月14日)　晴。是日稍闲，清理上房。迫暮抵署斋宿。

廿八(11月15日)　晴。早起，坐俟报至，传言前奏未回，乃归家。俄传军机寄到庭寄，即趋文华，会同官、英二公启视，即同定议覆奏。归而起草，浦苏亭至，即付之。匆匆晚食，袁春圃又至。俟二君去后入城，城关几下。抵署斋宿，偕永公理事毕，阅《则例》十五册，乃寝。收租吏送小菊四盆。

廿九(11月16日)　晴。早至文华殿，会同官、英二公传集东、南、北、中四厂监粜大臣询问事宜，迟至午刻始各纡徐而来。瑚公世泰不至。英公以食就饷予于文华。随作覆奏，交浦、逢二主事。申正始归。枫崖、苏亭过。匆匆晚食，迫暮入城斋宿。灯下偕永公查办银印灌铅事。归寝，磨对《查奏监粜大臣折》，并点定《再奏铅印折》。司员进出不绝，子初乃卧。

此月以来，节次整葺亦吾庐、持洁轩、梦舫，此日诸事粗就。公子荆之“苟美”，似此矣，第寒士何以致此？皆先人敝庐积累之所庇也。敢不凛诸，敢不慎守诸。

十月朔(11月17日)　晴，辰风。卯初赴太庙陪祀。事竣，偕官协揆、英少农发《查奏折》一件，专驿飞递。归拜家庙。杨世兄过。延裘京兆前辈、彭侍讲、曹庶子、王少詹、金侍读、沈侍讲、陈郎中饮于持洁轩，嵇副宪、钱少寇不至。

初二(11月18日)　晴。赴内阁递请安折。奏覆南皿三房一件、伪印一件。入直，校勘《阁帖》第四册。下直，至武英理事。彭提调仝饭。午正始出西华门，候托湛堂于其第，谈久之。遂至阁学谢金圃宅贺，名曰贺其令郎中式之喜，各出分金二两；刘中堂又云回请廿五日之局。二者未知所从。保和班演剧。客甚不凡，而坐席草草即散。

初三(11月19日)　晴。早起为女儿看裁衣。刘太史权之、潘承焯仝令兄、张凤书、庆格过。

初四(11月20日)　晴。入署。答瑚少宰。柯禺峰自热河回，汪又新自江南试差回，来晤。未刻报到，本部议分房事如议，铅印事亦报可，查奏面厂事得旨：总办亦交部察议。

初五(11月21日)　阴。入朝，欲会官、英二公，不值，遂直武英。至西城，一路拜客而归。草"麦面兼粜"奏稿。

回候郭瑞虹，晤。

初六(11月22日)　阴。午初起身，至戌初抵东石槽公馆住。礼部向例，每堂于出纳所取银十两为公馆饭食之需。愚意接驾当自出己赀，不应用衙门公费；必如五部之例，亦遣人公办可也。永公以为然，德少宗伯亦为变计，惟那公仍取银十两。是日永公以奉派武试不来，惟愚与德公比邻而居。笔帖式△△△△△△办理，甚省而得实益。此亦可以验办事总在人也。亥正就寝。

是日阴寒，始有薄冰。命双麟以诸器具饮食赴赐庐。藏葡萄。剃头。

初七(11月23日)　晴，大风。辰初起。饮食毕，巳初赴南石槽恭迎回銮。内廷另班，予为之先奏请圣安，觉天颜甚喜悦也。随赴宫门伺候周旋，裕、王、官、英、陈皆见，南主副、陕正副亦见。未初散。风甚大，小食清河。酉正抵赐庐住。

补[1]：初八(11月24日) 晴。下阴。卯正起。辰初赴大东门接驾，随绕至大宫门，俟上诣前园请安，同众侍班。往返如之。未初散，回赐庐。食后仍出门，候尹、刘、于三公，即归。晚饮而寝。

初九(11月25日) 辰雪至申，厚三寸，历四时。卯初赴前园。午初散。上在集凤轩办事，出圆光门，予辈于雪中侍班。归园早食。午正收拾回家。晚与内人共食。始睡地坑屋。瑞虹晚过。晚看人扫雪。

札致保昌令安茂远、寄五件。南雄守张孝泉。寄二件。

初十(11月26日) 微风，大晴。入署。邱澳南介其门人获鹿令唐奕恩见。恩赐佛手十枚。

十一(11月27日) 晴。阴。丑正二刻出门赴园，以卯初一刻到，本部值日。召对于勤政殿左个，奉命赴军机处议面厂事。未正始回，到家已迫暮矣。

因地坑湿，仍归上房卧。

十二(11月28日) 晴。卯初二刻出门，进正阳门，趋三座门接驾。上以辰初三刻卤簿大驾至。予随入直次，奉命和初九日雪诗一首，赐哈密瓜。申初归。

十三(11月29日) 晴。寅正二刻出门，入直。上御门，以二班上。国柱以江西试差覆命，受朴。申初归，遇瑞虹。作札致杨督、周藩，以玉器完之。褚筠心过。朱凤、孙德误班。

十四(11月30日) 晴。卯初入直。未初入署。

十五(12月1日) 晴。寅正三刻入直。上以卯正三刻御太和殿，予照常侍班。仍入直。未初入署。姚鼐、刘锡嘏过。

十六(12月2日) 晴。寅正三刻起。卯初二[刻]出门，入直。以受热头疼。召对于养心殿西暖阁。入署。秋崖过。

奉命题李迪《春园游骑》。

十七(12月3日) 晴。入直如昨。上勾到河南、山东。申归，晤杨

---

[1] 原稿之初八日记排在初十日记之后，并题有一“补”字，应为补记。

济时。剃头。

十八(12月4日)　晴。上幸永光寺,往奏事二件。仍入直。未初入署而归。王宸倖见。

十九(12月5日)　阴。午晴。入直如昨。未初入署,改《议覆戴第元》稿。

宋差官见。

二十(12月6日)　上晴。午阴。入直如昨。至军机,同永公率侍郎金甡回奏事件。未初入署。是日上勾到直隶、山西。奏考咸安教习。派博卿额、全魁。陈枫崖得宝泉局监督。

廿一(12月7日)　晴。上幸瀛台。予辰正入直,申初下直归。

廿二(12月8日)　晴,冷。上幸圆明园。午正入署。来往拜客。小春饮予,姑俞、阳皆陪。

廿三(12月9日)　晴。早看裁衣。未刻往内城拜客,即归。仍与小春等饮如昨,惟不召阳。

廿四(12月10日)　晴,大冷。上回宫,予辰初三刻入直,已不及上牌矣。未初入署,草改《议覆颜希深、姚成烈》稿。

廿五(12月11日)　奇冷,日光淡淡。上幸阐福寺拈香。卯正二刻预备。予以辰正入直,驾已回宫矣。陈枫崖以得泉局送菜始。未初入署,偕永公办事。衙门送地租余钱。小钱一百三十八串,赏来皂一串二百文。

寓有白骡一,乾隆十九年春门人南宫衷令[①]所赠也,阅今十七年矣。又黑骡一,乾隆二十二年春于杨梅竹斜街突出,随予轿行,屡驱之,乃去。比予归横街寓,则此骡已迎门作踊跃状,竟入厩矣。因报明城营,出示召认。既而,有一二人来,验之皆非是。官因言且留予厩畜之,再俟人来认为便。久之,竟无人,阅今十五年矣。此二骡,白已老不任驱使者六七年矣,黑骡尚壮健可用。予皆怜之,本日放生于

① 南宫衷令,即南宫县知县衷炳修。

悯忠寺中，赠以香资二金，嘱善养之，尚当时时遣人往视也。

向中城买骡一。

廿六(12月12日)　晴。连日大冷，此日为尤。卯初二刻入直。上以卯正一刻御懋勤勾到。予勾者二十六，方抚军与焉。既毕，予辈遂归殿中办事。未初入署。先慈杜太夫人忌辰，致祀于内寝如仪，竟日斋素。以夜寒，赏门口堆兵二百文。

廿七(12月13日)　晴。入直如昨。入署。

廿八(12月14日)　晴。夜为煤气所熏，榻前二小仆俱委顿地下。甚不快。入直如昨。祝芷堂来。接阿、刘、曹、胡、徐札。始服貂裘。入署，并易本色貂帽。是日入署后拜客。

廿九(12月15日)　晴。以卯初二刻入直。以续办《宫史》并翰林所书《宫史》进呈，同于公奏，奉旨：一部陈设懋勤殿，一部陈设九州清宴。遣吊陈步瀛外艰。遣吊陈桂洲死。遣送永宁道梁翥鸿席。寄郑运台外杨廷俊书[①]。

三十(12月16日)　晴。因暖，微阴。以卯初二刻入直。因上祭奉先殿，阻于上驷苑门，至卯正三刻乃得入。嗣后识之。如不及早，卯正出门可也。召对于养心殿西暖阁。午正三刻入署。少司成朱棻元过。褚筠心学士以督学湖南来谒。

十一月朔(12月17日)　晴，冷。卯初二刻入值。

初二(12月18日)　晴，冷极。卯初入值。上御门，以头班上。奏派磨勘大臣，予以本部不开列。吴白华自广西典试归，来谒。

初三(12月19日)　阴。晴。卯初三刻入直。未初散，随至署斋宿。同永公谈至寅初。汪又新提督闽学。胡主事奠域过。

初四(12月20日)　晴。早阴。卯初三刻入直。未初散，归家。

---

① 郑运台，应即郑大进，广东揭阳人，进士，乾隆中曾任两淮盐运使。杨廷俊，江西永丰人，乾隆三十七年任泰州分司运判。

汪又新过。奉诏题画诗六首,首各异体。既毕,交梧儿书,遂赴天坛公馆斋宿,阳生同往。

初五(12月21日) 晴。辰初起,饭后同阳生上坛周视,并诣皇穹宇瞻仰。稍憩神库,闻钟声即出,至坛上侍班。驾于巳初至,礼毕,诣斋宫。予复同阳生至神乐观看演乐,并访古松。归公馆小坐,即归家。发南信。舜玉、会银。眉叔、甸弟、科弟、晹叔、三姑母、王通判、张宁台道。薄暮诣公馆斋宿。

初六(12月22日) 晴和。长至节。寅初起,食面。骑赴内广和门,诣坛上。上以寅正三刻至,予侍仪。卯正一刻礼毕,俟驾行,予至公馆更衣小坐。轿至,即入值。申正始散,归。敬于家庙前陈鱼宿之祭。拜祝毕,即归梦舫。以惫甚,小饮即寝。

初七(12月23日) 晴。卧至辰正乃起。食后赴午门前,会同九卿议童凤三《条奏停止改经》事并刑部会议事三件。既毕,坐吏部朝房理事。出阙门,答拜申瀛台保。随一路拜客而归。磨勘大臣本日始办起。

初八(12月24日) 晴。晏起,闭户竟日。保宁守蔡朱澄通九过。

初九(12月25日) 晴。卯正起,入直。上回宫。

初十(12月26日) 晴。入直如昨。梁道台送别仪四十,辞之。

十一(12月27日) 晴。卯初二刻入值,因如王逝奏辍朝。未初入署。归,恒笔帖过。

十二(12月28日) 晴。辰初起,赴给孤寺中城副厂,同袁春圃、邵七哥等议事。至午初,仍入值。申初三刻始散。

十三(12月29日) 晴,卯风。卯初一刻入值。是日素服。上诣奉先、寿皇行礼,回宫膳。不见一人。本部奏傅、阿二公入家祠一件。未初一刻入署。吴自堂家人见。托交台费。遣送朴园席。

十四(12月30日) 晴。照常入值。入署。归后烛将上,赴稼轩司寇处,会同嵇副宪、申光禄、王少詹、周少廷尉、宋观察丰绥。公饯朴园。

戌初，二席登席。丑正归。保和班演剧，十七出。有新旦周姓，众为心醉。

十五(12月31日) 晴。卯初起，检送朴园礼物，即入直。始知上幸极乐世界，后幸寿安宫。予午正二刻即散，入署。

十六(1771年1月1日) 晴。卯初二刻入直。朱臬台过。

晚延汪掌科、褚学士二学使饮。孙郎中士毅不至。子初始散。是日奏事，三奏乃妥。直至阅本时，本部犹报奏也。嘻，亦危而无状矣。

十七(1月2日) 晴。昨卧至今辰正二刻乃起，因上幸园也。袁春圃过。剃头。

晚延赵道铨饮，朱臬司椿亦至。子正乃散。

十八(1月3日) 晴。入直，上已回宫。不及上牌。食后偕同列诣寿康宫请慈圣安。未正散，入署。归。薄暮赴吴会昭处，会同申光禄、陈侍读、曹郎中、卢学士、钱司寇公饯蔡守朱澄、眭守朝栋。戌初登席，子正乃归。保和演剧十四出。

十九(1月4日) 晴。上幸瀛台。先请慈安。予早起理家事，送托冢宰八十寿礼。即入直。未初下直，同稼轩往祝冢宰托公八十寿，德锡安陪观剧。归已暮矣。

二十(1月5日) 晴。照常入直。上御门，礼部以五班上。草《平粜麦厂每麦一石减钱一百文奏折》，与福额驸商定，明日具奏。入署，浦司官及刑部永、邱二司官皆来面回事宜。归后二鼓，忽思折内尚有未协处，复添一二语，嘱即湖弟缮清。予先卧，闻缮毕已四鼓矣。

二十一(1月6日) 晴，暖。卯初一刻入直，知减价之折已递函。入内换出，视之，始知户部所办折甚不妥，幸而另缮一通带来也。召对于养心殿西暖阁几三刻余。为于公题《竹石图》。散甚晚，不及入署。恒慎过。

二十二(1月7日) 阴。晴，风，日暖。连日暖甚，如春深。上幸瀛台，予卯初趋赴，奏二十五日行礼仪注。巳初散，仍入直。

未初入署理事，即归。黄照、祝德麟过。

是日平粜减价起。

二十三(1月8日)　晴。入直。稼轩召对。入署。

二十四(1月9日)　晴。入直如常。巳初即散，往贺于公嫁女，即赴庆大人寿筵。未正归。裕庆班。

二十五(1月10日)　晴。寅正出门，至永康门，恰好表至，遂偕金公导至慈宁门下安设，尹、刘二中堂捧表。遂入直。卯正至长信门外，随诸公后。辰初，上至行礼，予辈随班行礼。毕，更朝服入直。巳初即散归。申初至稼轩司寇处，同人集分庆宴，保和班演戏廿一出。亥正散归。是日三席，嵇黼庭副宪，王伟人少詹，曹竹虚洗马，金听涛侍读，彭芸楣、沈景初两侍讲，陈枫崖郎中，钱司寇共十人。外入者，周立厓少廷尉、宋慎亭观察。既而谢未堂太常、庄方耕阁学先后至。天色暖甚，席间皆脱帽，向年所无也。

《扫花》《廊会》《絮阁》《佳期》《前诱》《借茶》《送荆》《装疯》《草地》《赶车》《送女》《逼嫁》《投江》《男盗》《五台》《小妹》《踏伞》《醉归》《活捉》《藏舟》。

廿六(1月11日)　晴。上幸瀛台，予辰正入直。未刻入署。曹容见。奉命书《临蔡帖》一册。

廿七(1月12日)　晴，晚风。上幸雍和宫，予巳初入直。申正下直，不及入署。甘主事过。

廿八(1月13日)　晴，风。卯初二刻入直，恭进《五屏风铭》[1]一册。申正始散。长孙嵩寿聘闽学汪掌科次女，是日行问名礼。晚陪费过亭、戴△△两冰人饮。亥正始散。

廿九(1月14日)　晴，风，稍冷。上幸瀛台，予辰正二刻入直。未正入署。拜汪又新掌科。候晤袁少宰。

浙抚熊公学鹏丁父忧，尊甫公本丙戌前辈。以藩司富勒浑为浙江巡抚，以山东臬司王亶望为浙江藩司。

三十(1月15日)　晴，风，冷。入直如昨，带正、副会试提调引

---

① 《五屏风铭》，即《圣祖御制宝座五屏风铭》。

见，正用刘芬，副用黄世枢。奏派大臣考景山教习，派刘、全、曹、观。奏补张运暹为武英殿纂修。奉命同两刘中堂、于大农、裘京兆覆勘蔡新所进《太学志》。晚饯节五弟、七姑母，同坐梦舫。子正始散。

以姚立德为山东臬司。

钦派大臣初四日考，初六日奏取三十二名，顾宗泰第一。

腊朔（1月16日）　晴。辰正入直。未初入署。褚学士辞赴督学湖南。早拜家祠，入吉祥室。晚见郭家人张姓。

接吴舜玉仪物。寄三房妹子。洗绒、汴绫、红布、绉帽。送汪又新，晤，并晤汤萼棠、王显曾。

初二（1月17日）　晴。卯初入直。上御门，礼以四班上。奉命偕托冢宰、素大司农、程大司寇、福额驸司空、袁少宰、绰少司马验看十一月分选官：郎中介玉潮等七员，知府陆耀等二员，知县卢文起等十七员，内卢文起自行呈请就教，从之。预备知县李振文等五员，州同、经历三员。又补行验看员外李宫一员，主事俞调元一员，博士贾德一员，同知陆蔼吉等二员，通判李绍基一员，知县张东一员。验看毕，往哭德少宰龄之丧，遂归。寄吴舜玉礼物。并完会项。答虚堂札。附牛。又寄暘日、宸占札。睦晓章过辞。郑德淳过。

晚与即湖话别。明日赴闽学幕。

初三（1月18日）　晴，早风。卯初二刻出门，至东华始知上诣永安，遂往奏事一件。既散，入直。因轿误，步行。至申正始归，顺拜制府崔公，又贺金听涛娶媳。袁郎中至，回稿。邱澳南过晤，赠诗。接庆伯札。刘星炜罢。

初四（1月19日）　晴。入直。入署。归遇刘良臣，昨五十。顺贺崔总漕。

以崔应阶为漕运总督，以裘曰修为工部侍郎。

初五（1月20日）　晴。卯初二刻起身，入直，始知上请安后幸瀛台也。未初二刻下直，入署，作《议覆广西抚僧官道官》稿。归而剃头。室安菖蒲。

初六(1月21日) 晴。素服。照常入直。入署。蹝进蹝出,味如嚼蜡。穷又穷煞,闷亦闷煞。

初七(1月22日) 阴,雾。微雪。午初晴霁。照常入直。召对于乾清宫西暖阁,命同于大司农、钱少司寇、彭侍讲联句,以《新正学诗堂联句》为题,刘协揆为序。

以吉梦熊为顺天府尹,以窦光鼐为通政副使。陈兆崙、汪永锡、沈初俱先食俸。

初八(1月23日) 晴。上幸瀛台,予辰正三刻入直。为联句事,直至酉初一刻始散,遣人留城钥乃得归。李屿十过。覆沈运台札。接张瑞文札。遣送潞守。金桂轩酒席、礼物。因连宝行窃,晚责之,遣随杨生。

初九(1月24日) 晴。卯初二刻入直。办联句事竣,交酉乃散。

连日蒙赐克食。以麦事,辰间甚为跋涉。

初十(1月25日) 晴。卯初二刻入直。至军机处,与额驸忠勇公言事。午正二刻散,入署理事。既毕,顺拜客,晤屿十并其长郎飞渚,字云昂。张使入见。

十一(1月26日) 晴。照常入直。

接晋封朝议大夫云涛先生之讣,陈科捷掌科之父也。

十二(1月27日) 晴。照常入直。未初散,赴于大司农招喜筵,雅芳班演剧。申正辞出城,主人尚未归也。

十三(1月28日) 晴。素服。入直。自为春曹长至此一期矣。又一月矣。

十四(1月29日) 晴。照常入直。

自十一月以来暖甚,常年所着厚裘,今岁不能御也。

十五(1月30日) 晴。上升殿,予偕同官侍班于螭坳。礼毕,入直。召对于乾清宫西暖阁。未初散,入署,理事而归。春圃过。候原南安守郭存庄。

闻薛姑夫之讣，入视姑母。此十四日事。

十六(1月31日) 卯初二刻微雪，天明遂大，至午而止。照常入直。未正入署。

送郭存庄席。

十七(2月1日) 雪霁，时晴。照常入直。上有《雪》诗六韵，未命和，亦各自为一首。

十八(2月2日) 晴。卯初入直。上御门，本部以二班上，以本部所纂《则例》二百卷进呈，晚交出。恭进春帖子，麦厂奏发麦事。延李屿十乔梓饮。亥正二刻始散。

十九(2月3日) 晴，风。照常入直。午正入署。

以李湖为贵州巡抚，以吴坛为江苏藩司，以胡季堂为江苏臬司，以宫兆麟为甘肃臬司，以刘世宁为惠潮道。

寄赵铨及张扶青仪礼。

二十(2月4日) 晴。照常入直。午正归。微阴，似有雪意。

拜春帖子，赏福方十、笺纸八、红墨八、湖颖廿矢。

寄庄药泉札。金丝对包、蘑菇二斤；其郎赐笔十、红墨四。

是日立春，拜福、笺纸、墨、湖笔之赐。祀家祠，一献，命两儿终礼。

廿一(2月5日) 晴。上幸瀛台，予卯初起身，往奏忌辰牌一件。已，入直。午即归，料理贡事，同两儿至丑正始和衣而寝。苏首领馈鹿尾，作两日食，甚甘美。

廿二(2月6日) 晴。照常入直。召对于养心殿西暖阁。交午至署，会同永、金二公行封篆礼如仪。礼毕即归。

是日以芹献上，赏收如意、小春说屏、汉玉璜屏、木山万年瑞芝一本、古陶猊鼎、定窖水盛一、宣窖水罐一、宣韶合庆玉合、吕纪《春寿图》。未刻至谢未堂寓，会同钱稼轩、蒋时庵、庄方耕、李西华、毛乃行、史赓载、邵△△、刘△△诸年好公请姚云岫方伯、刘△△观察。时姚以江宁藩司入觐，刘新授惠潮道也。保和班演剧。戌正乃散。祀五祀之神于寝,即以福胙祀先。

廿三(2月7日)　晴。照常入直。彭公请食米粉肉。未刻归。云岫过。

廿四(2月8日)　晴。照常入直。未正食后散归。嵇副宪以子婚宴新亲,招予辈作陪。保和班演剧。亥初始散。

上自回銮以来,程景伊见二次,曹、袁、蒋、李、钱、余、张见一次,余皆未见,惟予则召对七次矣。蒙恩如此,每次所询皆学问经济,予皆无以上副圣意,悚惧孰甚焉。

廿五(2月9日)　晴。上阴。卯初二刻素服入直。颇有雪意,午间遂晴。申正归。侍童有窃银之事,治之。曹竹虚过。赠物。接正定陈令札,即覆,□并以东安所存行宫借用之物还之,内有偿失物银二十两,一总附去。

闻泌阳顾令缘事。

廿六(2月10日)　晴,风。卯初二刻入直。召至乾清宫西暖阁,上亲书福字于龙笺以赐,显、庄、裕、恒四亲王,二刘中堂,托冢宰,素、于两司农,温尚书,钱少司寇,并予凡十人。拜受而归。奉诏咏《周从钟》一首。申初归家。黄照过。赠物。薄暮入署斋宿。

是日,今年新例,文职今日,武职明日。拜獐、鹿、羊及鹿尾、鱼、雉、果品之赐,满车载归。新参阿公到,同军机见。

廿七(2月11日)　晴。卯初三[刻]入直,知所进古瓷鼎已蒙御题。午正散,至家料理诸事。薄暮仍入署斋宿。门人吴霁过。《御题古陶器猊鼎》:古于金就范,今见土依模。问敢致彼楚,制堪缅有虞。肯轻添鸽炭,还觉胜猊炉。周代伯师氏,《西清古鉴》有周伯氏鼎,其形似此。形疑法此夫。

大学士陈宏谋以疾辞位,得旨:止解部务。

今日上书房得福字,外添官中堂一人。

廿八(2月12日)　晴,下风。卯初二[刻]入直,奏仪注。未初下直。奉旨选《从钟》诗八首,予书小楷镌座。刘、刘、于、王、观、钱、王、彭。

薄暮至署斋宿。永不来。邱澳南、鲁赞元两门人候门，立谈数语，予即行。

为裘公题“阳明山人研”长古一篇。

廿九(2月13日) 上以卯初三刻至太庙，行祫祭礼，予侍仪。

高丽使者庆兴君李栴、礼曹判书宋莹中以昨日至部，今日奏闻。

二使外，书状官司宪府兼执义李命彬，大通官朴道贯、庆洪运、李城，押物官二十四员，从人三百二十七员，名马二百一十九匹、岁币二百八十六包、方物一百一十七包、贡米六十五包、开皮四十一包、杻笼四十六包、米一百四十五包、馔物稍头十包、纸四十六包、杂物稍头三十包、白木二包、交木四包、海参七十三包、扇子十包、银六十包共六万两、赤皮十八包。

辰初入直，未初散出。唁于大司农西河之忧，未见。李受之、杨宛东陪，即归。郑德淳、王显曾、李仙洲先后过。接毕臬司沅、姚臬司立德书仪。

本日归上房住，仍以吉侍寝。

三十日(2月14日) 晴。照常入直，拜小荷包之赐。巳初散归，开发诸账目。姚藩台过。张挂三代神像于持洁轩。晚修禊事，并于家祠陈供展拜。同小春、女儿晚食于上房。亥初二刻乃寝。

乾隆三十七年壬辰(1772)

乾隆三十七年壬辰正月壬寅朔丁酉。

元旦举笔，恬静宁谧。身其康强，子孙逢吉。

初一(1772年2月4日) 瑞霭细缊，日中大晴。丑初二刻盥洗，朝服，早膳。入直。至乾清门请驾，诣堂子行礼，诣懋勤拜殿神。稍憩，遂至南斋茶话。卯正二刻，诣慈宁宫，随班行礼。遂趋中和殿行礼，太和殿螭坳侍班。礼成入直，早食，于中堂菜二桌。同直团拜。诸城、武进、金坛、总宪观、少寇钱、中允董及予七人。午初，偕京兆进春。遂退至东城一带拜客，先诣翰林院谒先师及文公，顺拜忠勇太夫人、额驸、诸城相、观总宪而归。拜家祠影堂，子孙、妇女、家人辈行礼。晤济时、薛、沈。和《御制元旦试笔》二律，遂饮屠苏，食鹿尾而寝。是日恭进"元春骈瑞"镶玉如意一枝、恭镌《御制壬辰元旦》诗。"三阳开泰"宋磁水盛一件。恭贮《御制开泰说》，敬跋。

是日子正一刻，上起于养心殿，拜佛，看时宪书。丑初二刻，从吉祥门舆诣天一门，拈斗香。次诣钦安殿拈香。出西角门，诣斗坛拈香，天穹殿拈香。由景和门进乾清宫后阁，肩诣西暖阁拈香。少坐，丑正舆出乾清门，诣奉先殿行礼。丑正一刻五分，还养心殿少坐。寅初一刻，从吉祥门，由隆福门诣坤宁宫神前行礼，灶君前拈香。回乾清宫东暖阁神牌拈香，先师孔子、药房拈香。回乾清宫，升宝座，进奶茶。诣弘德殿，进煮饽饽。寅正，予请驾，上诣堂子行礼。卯初回宫，诣香云亭、雨花阁、凝辉堂、妙莲花室、敬胜斋、如是室、慧曜楼、崇敬殿，各拈香毕，至重华宫少坐，仍诣乾清宫。卯正二刻十分，诣皇太后宫行礼。礼成，回养心殿，于太阳供前拈香，仍回乾清宫少坐。辰初十分，出乾清门，御保和殿、太和殿受贺。还宫，升乾清宫(坐)[座]，受皇贵妃、妃、嫔礼暨皇子、皇孙礼。辰正五分，至重华宫，升(坐)[座]，受贵人、常在、公主、福晋礼。用膳于金昭玉粹。出花园门、神武门，诣大高殿、洪仁寺、阐福寺、寿皇殿拈香毕，回宫。

初二(2月5日)　晴。寅正入直。午初散，由西城拜客而归。蒋老夫人、金坛、史洗马、武进、裘司空、倪宗伯、嵇少空乔梓。刁泰瞻谒。赠二金。未晤。吴舜玉率其三令郎北望恒来谒，留同饮膳。迫暮，予即入城，诣署斋宿。苏馆卿以高丽馆前兵棚夜焚告，即改该司稿参奏。偕永、倪二公酌定付缮，次日稽查，二大臣托、迈俱嘱附衔。就寝已亥正矣。次日奏上，得旨：交刑部。

初三(2月6日)　早阴，即晴。卯初三刻入直。午正归。晚仍至署斋。于大进。

初四(2月7日)　晴。卯正起。辰初诣祈年殿。辰正二刻，驾至，视坛位。予偕同官暨殿上执事、堂上官侍班如仪。巳正归。

陈选君过。迫暮，至署斋。永、倪皆宿坛。

初五(2月8日)　晴。丑正起。寅初出门，诣祈年殿。驾于寅正三刻莅殿行礼，予偕敬堂侍仪。卯正礼成，入直。午正归。遣送诸少宗伯礼，又送恽廷和仪。昨新妇至钱宅。今日俞姨同小春去。

初六(2月9日)　晴。卯初二刻入直，申初始散。以候联句牌子也。归而晚食。仍入署斋。布市火。是日上请皇太后[安]。

初七(2月10日)　晴，风。卯初二刻入直。貂裘，不挂素珠。上请安后，寿安宫早膳。未初散归，同济时饮。命阳生款昭庆住持怀德。并其侍者悟圆。晚仍至署斋。

初八(2月11日)　晴。上幸瀛台。予因先期派出重华宫联句，遂不赴孟春时享陪祀。辰初入直。巳初，上回宫，宣召大学士高公晋、刘公统勋、刘公纶，协揆官公保、于公敏中，冢宰托公庸、程公景伊，大司农素公尔讷，大宗伯臣际华，大司马蔡公新，大司空裘公曰修，总宪观公保，少宗伯倪公承宽，少司马奉公宽、周公煌，少司寇钱公维城，中允董公诰,大司马·公·额驸福公隆安,大司马·公丰公盛额[1],理藩侍郎庆公桂,共二十人,诣重华宫茶宴。演戏三出。《柏梁体》《太白醉骂》[2]《痴梦》《梦梅赴试》。未完。即席恭和御制七律三首。赐碧玉如意乙枝、金星研一方、张渥《雪夜访戴》一轴、沈周《溪午纳凉》一轴,皆有御书题句,续入《石渠宝笈》上等者也。拜恩而出,甫巳正二刻也。申初归家。

初九(2月12日) 晴。卯初入直。申正二刻始散。继配彭夫人忌辰,悬神像于正寝,与陈夫人合祀。楝坡侍御晚过。札致川藩李,汤大宁带去。是日内阁团拜,以散迟,不得去。

初十(2月13日) 阴,微霰。未后大晴。卯初一刻入直。申末始散归。剃头。遣送汤大宁。前日送席,今日送礼敬文佩。遣祝同年庄阁学母八十寿。正日系初九,今始补也。

十一(2月14日) 晴。寅正起。卯初出门,赴西安门内三座门外送驾,到时卯正。辰初刻,上奉皇太后驻跸圆明园也。顺路拜客而归。检点一室。灵德僧△△、吉苍眷过。庄夫人来。

十二(2月15日) 晴。杜门检点一室。恽廷和、黄正夫、何太占先后过。以凛存堂木器归。

十三(2月16日) 晴,暖。涂勉斋过。延张秋芷、陈楝坡两掌科饮。稼轩亦来,作主。坐间有口戏二人。至亥正二刻散。

十四(2月17日) 晴。下阴。丑正二刻赴园,到彼甫交卯初,则太早矣。天明,至宫门,食于南斋。午初归,小憩天仙庙。顺拜诸少宗伯、奉少司马。札致东藩海公。楝坡带去。

十五(2月18日) 上阴,下晴。寅初赴园,卯初二刻到南斋。于

---

① 丰盛额,应为丰升额。据乾隆《御制诗四集》卷一,《耕织图联句》中即有丰升额。

② 黄义枢《王际华日记的戏曲史料价值》(载《中国戏曲学院学报》2017年第4期)认为有可能是《太白醉写》之误。

大司农设食，招同嵇少司空、蔡大司马、周少司马、倪少宗伯、蒋少司农暨裘大司空、钱少宗伯、董中允小饮。既毕，予先后均至正大光明殿前料理庆隆乐舞，礼成而退，遂归。晚祀家庙，并悬设神像于持洁轩，敬修祀事。礼成，邀济时、△△△△饮于梦舫，食上赐元宵。放花筒合子火戏于持洁中庭。子正一刻，乃寝。捐黑漆椅六把于南斋。

雨水。十六(2月19日) 晴。家中料理开筵事起。搭台、铺设，极为费事。

十七(2月20日) 晴。午间至普寿寺，回庙也，俗皆呼礼拜寺。会同永宗伯、裘司空、范都统、钱少司寇，至宫保陕甘总督吴勤毅公灵前祭奠。本部笔帖巴燕宝办理。各出分六金，于、庆皆与分。礼毕，小坐即归。刘墉过。韦约斋过。

十八(2月21日) 晴。午间至东便门外蓝靛厂，会同程冢宰、素司农、裘司空、钱少寇、嵇少空、庆统领，诣故相国尹文端公安所祭奠，以灵辆明发归葬奉天也。此局系蒋少司农承办，分各二金，而蒋最后至，不及共行礼。

十九(2月22日) 晴。寅初赴园，卯初二刻到，以奉命派同裘大司空、观总宪、德少宗伯经筵进讲请题也。裘召见。命以“修道之谓教”①及“辅相天地之道”②为题。午正归。晚翰院以所拟《四书》讲章来，予细加改润，至亥初二刻方定。是日顺拜镇浙将军穆。

二十(2月23日) 晴。巳正开筵，同年史洗马贻谟、庄阁学存与、钱少司寇维城、谢太常溶生、国学士柱、张掌科馨、积道长善、达员外麟图、励编修守谦、介郎中玉潮、邵郎中齐然、吴中翰毅、丁经历文灿、赵太守春福、喻太守敬彰、罗同知鳌、杨令尧臣团拜，毛少常辉祖、观侍讲文、刘掌科圻、边知州镛不至。陈掌科顾灕、任评事文翌已行，亦不至。外请薛兰、徐编修天柱、刘编修锡嘏、闵庶常思诚、不至。又周元鼎、王

---

① 出自《中庸》。

② 出自《易经・泰・象》。原文为“辅相天地之宜”。

行俭皆不至。朱庶常依鲁、蔡中翰超,不至。皆同年弟及子也。戬谷班演《群英会》。至亥初二刻各散。

廿一(2 月 24 日) 晴。巳正开筵,延五城张若翼、魏绍曾、不至。张埰、谭尧龙、董启珽、张楚伟、南应心、胡昌旸、不至。张介裕、柳在夏,本城守备李良辅,不至。本部苏楞额、不至。刘芬、卢耕心、逢年、施学濂、沈世伟,门人黄照、戴丙南、孙秉枢、方祖庚、顾葵、柯瑾、范思皇,不至。小门生周厚辕、孔广森、黄瀛元、不至。张有年,又赵升、郑德淳、吉孔修、不至。吉天申、不至。彭元璟、不至。汪会彤、居仁、杨华、不至。朱日望,教习门人张书勋、黄良栋、李殿图。和成班演《琼林宴》等剧。至亥初二刻各散。钱少司寇二媳至观剧。昨日,浦霖内人、徐天柱内人、费孝昌女、张①。

苏送纸四刀、布四匹、海参一斤、扇、金鱼四串、清心丸十。

廿二(2 月 25 日) 晴,下云。寅正起,入署,以卯时开印也。永公同行礼。倪少宗伯后至,诺、德皆不来。理事既毕,予先归。永、倪、英、蒋四公随至,同早膳。时甫交巳,即开筵,延宗伯永贵,少宗伯诺穆浑、德福、倪承宽,太宰程景伊,护军统领庆泰,大司空裘曰修,少司农英廉、蒋赐棨,少宰袁守侗,内务府总管刘灏②,不至。少司寇钱维城、玛明阿,不至。副宪罗源汉,阁学江廷玙,不至。原山东臬沈廷芳,不至。福建观察秦廷基,不至。户郎冯光熊,掌科虞鸣球、赵佑,不至。及彭绍观、吴肇元、令郎至。李汪度、不至。王懿修、不至。熊之台、吴同瓘、吴恒、不至。次日来。吴蒋源。大成班演剧。《平妖传》。至亥初二刻始各散。

廿三(2 月 26 日) 晴。寅初出门,卯初二刻到园。会同进讲诸公恭进《御论》清汉稿暨各拟经筵清汉讲章。莘田召对。同裘公食于南斋,嵇司空、钱司寇同食。予具馔也。少顷,得旨报允,遂归。午正到家,已开筵矣。延癸未门人沈初、不至。韦谦恒、董诰、吴省钦、祝德

---

① 以下疑有阙文。

② 灏,亦作“浩”。

麟、黄义尊、张秉愚、蒋鸣鹿、张培、王家宾、陈夔、不至。孟生蕙、哲成额、蔡履元、李家麟、浦霖、蒋熊昌、不至。李廷钦、不至。姚鼐、施朝幹、吕元亮、陈其焜、周位庚、费南英、戴璐、苏去疾、白麟、不至。李之英、不至。舒元丰、不至。孙良慧、保兆炳、齐翀、邵一联、不至。鲁河、吴森、黄九叙、不至。王学濂、杨棆、冯丹香、不至。李集、不至。陈良翼、不至。费志学、屠绅、万邦英、张存性、不至。乔钟吴、李声振、不至。高上桂、不至。王嵩高、李调元、祥庆，不至。燕饮，并请米锦、辛巳、癸未殿试。褚廷琛。学士[①]之弟。和成班演《平陵会》。亥初二刻乃散。

开筵四日，极洽宾主之欢。然外顾体面，内耗物力，且大费精神。大非寒素所宜。虽不得已而为之，然自此当知止知戒，并刻自俭约，以补此过。凛之慎之！

此后再不可在家搭台演戏矣，戒之！

廿四(2月27日) 晴，风。入署。理事毕，归吊陈枫崖侍御母朱太恭人之丧，吊仪四金，暨绫扁、对二件。即陪吊，与箨石宫詹暨白华、云树、蔗林同坐。遣送吉苍眷观察酒席。又送魏坊官绍曾酒席。戒酒始。是日改定"伴送同知引见"稿。交裁缝改做乌云豹褂一件。

廿五(2月28日) 晴，午后风。寅初出门，卯初三刻到宫门，奏事二件；"伴送官引见""铸印奏闻"。带领正、副会试提调引见。用姚鼐、施朝幹。召对于勤政殿东书房。时甫卯初二刻。辰初二刻始出。食于南斋。未初始归。小食天仙庙。同年罗鳌过别。索毕藩书，往陕西。交园茶房煤炭二两。奏以阎少司空管西城平粜事。

廿六(2月29日) 晴，大风。入署。同德、倪。苏楞额送琉球土宜，却之。买烛一两二钱十三斤。交孙德买布帘七钱。烛廿七用起，又□[②]命孙德买七斤。

本日以寓中开筵事毕，收拾房屋起。

廿七(3月1日) 晴。步行往邻屋看估价值。闭门，不入署。剃

---

① 学士，指褚廷璋，侍读学士。

② 疑是"续"字。

头。赏以五星。吴舜玉过。为吉苍眷书母夫人贞节坊扁、对。

廿八(3月2日) 晴。入署。理事毕，往内东城一带答谢诸公。为戴丙南点阅诗文。

廿九(3月3日) 晴，春寒。卯正入直，上回宫也。奉勅书辛卯、壬辰两年联句石刻竟。辛卯《学诗堂联句》、壬辰《耕织图联句》。申初二刻下直。酉正抵署，同永、倪二公办事。斋宿。遣吊黄腾达。

是日往见梦堂，调剂平粜事。遣送吉苍眷礼收杭扇廿，薛镜四，上上绢条、绢对。并其母夫人礼。收嘉炉一对。酬喜张修表四金。

二月朔(3月4日) 上阴，雪花缤纷不绝。午后晴。春寒特甚。卯正入直。未正二刻散。答谢庆云溪，赏其使茧绸一端。回家。酉正抵署，如昨。是日冯丹香过。祖继妣金太夫人忌辰，命阳生代修祀事，以予在直也。

惊蛰。初二(3月5日) 早微阴，即晴。卯初三刻入直，上已上殿阅祝版矣。奏事三件。经筵仪注奏添前引；考满教习派素尔讷、玛明阿、景福。户司员兴泰过。未正二刻散。晚膳，以奉命所书联句上。连日俱蒙赐晚克食。酉正抵署，如昨。永不至，偕倪堂事后，彼此往来坐谈。亥初二刻始寝。

初三(3月6日) 晴。未阴。戌正大雪，几二寸。卯初到社稷坛。驾以二刻莅坛，予偕倪少宗伯侍仪。礼毕，入直。饭后，趋文华殿演进讲仪。仍入直。未正一刻，散归。

初四(3月7日) 晴，寒。卯初踏雪诣文华殿，小憩传心殿。辰初一刻，驾莅文华，诸臣行礼如仪。观总宪同予进讲《四书》，德少宗伯及倪少宗伯进讲《易经》。上亲宣《御论》，诸臣跪听毕，仍行礼。赐茶如仪。上即幸园。予更衣，至国史馆视观总宪，进讲时以讲章风，遂不能卒讲。旨：革顶带留任[1]。遂直武英殿。饭后，由西华门归。接门人

---

[1] 《清高宗实录》卷九〇二，乾隆三十七年二月己巳记载："谕曰：左都御史观保于经筵进讲时颠倒失次，不能终讲，甚属不堪，着革去顶带，从宽留任。"

项城令陈谋书仪。耳顺。成衣至，裁帐帘、坐褥。

是日，侍班满讲官：协揆、刑部尚书官公保，署户部尚书素公尔讷，礼部尚书永公贵，户部侍郎英公廉，兵部侍郎奉公宽；汉讲官：大学士刘公统勋、刘公纶，协揆、户部尚书于公敏中，吏部尚书程公景伊，兵部尚书蔡公新。裘大司空出差挑河，故以署讲官倪代讲。晚令人按摩。

初五(3月8日) 晴。上房糊窗。入署。命双麟以物件下园。予以申正二刻食后启行，戌初一刻到赐庐。交双麟换钱五两，交双贵换钱五两一钱七分，同色、同平、同铺，而一易九百四十文，双贵则九百三十文，因命二人同诣铺证之，乃如前数交易之。公平不可信如此。双贵换满钱四千八百二十一文八毫，买倭子纸三刀，大钱一千六百二十文。发轿夫工食。昨赏轿夫头茧绸一匹，沈厨子亦茧绸一匹。又昨命署中茶房买盖钟十件，银一两四钱，由出纳所以余剩予之养廉给之。剃头。小春羽绉一匹，余姨绫一匹，自用布八尺余。又自用湖绉一匹作走水[①]，潞绸一匹作幕。桂香用红棉绸一丈三尺，高丽布一丈三尺。

初六(3月9日) 晴。卯初趋无逸斋，奏事二件。十一忌辰；十五禁屠。巳初三刻返赐庐。札答项城令书。方耕阁学过。家以蔗林所馈青螺及点心二件至。分半与方耕。自用羽纱套料一件。

初七(3月10日) 晴。卯初一刻诣宫门。上以卯正一刻御门理事，礼部以二班上。又奏事二件：一先蚕交内务府届期奏遣妃；一信郡王福晋册封派正、副使。午初退。袁少宰使滇召对，英及金阁学亦召。英见时，即以增小米语之，果得请。答方耕。命孙德回家中取蟒袍补褂来。遣吊朱必楷一两。

以申保为通正使，以曹学闵为光禄少卿。于代奏以嵇少司空监东城厂事。

初八(3月11日) 晴。卯初二刻诣宫门奏事。朝鲜十三、琉球十二

---

① 走水，方言，帐子帘幕等上方装饰的短横幅。

使臣回国。巳正散,至南斋早食。午正回赐庐,另书《耕织图联句》竣。进呈允准发镌,觉尚未妥适。连日居赐庐,午后无事,别书一分。阳生遣人送来鲁食一器,瓦鸭一只。命双麟向南斋取归椅二把。闻吴景照为张逢尧妻所控,言官胡翘元以闻。遣送龙承祖食物。

初九(3月12日) 晴。卯初诣大宫门。上以卯初二刻诣春晖堂请安,予偕同列站班。先少坐于礼部,朝房官人甚夥。既,赴红桥。卯正二刻上请安、用膳清溪书屋。毕,车驾巡幸盘山,予偕同列跪送。各散,回赐庐。辰初二刻。遂饮食,收拾起身,辰正二刻。进城小憩天仙庙。回家。是日次媳初度,饮予于上房。涂勉斋司马送碗九枚。赏以三钱。梦舫内室装饰甚整,可坐可卧,当知止矣。

初十(3月13日) 阴。地气上升,甚温。申后微雨入夜。杜门收拾一切,至亥乃已。勉斋过。门人范恒、赠。陆学逊、王润、赠。孙秉枢过。

敬装上赐画二幅于锦囊。黄照正夫过。调选榆林。沈景初过。

十一(3月14日) 霏细雨丝竟日。亥、子间大雨,风。巳诣午门会议。文绶条奏新疆诸政。既毕,入署。拜客,晤舜玉、北望乔梓。濯足。梦舫卧室始用幕。

十二(3月15日) 辰雪。竟日阴翳。入署。遣送万承式酒席。

二十七月今日已满矣,犹恋恋作终身慕乎,噫!

收藏大毛衣服。稼轩送到前月十三饯陈、张两同年席分一封,璧之。

初十日宴琉球使臣,十二起程。今日宴高丽使臣。明日起身。

年例赏朝鲜物件,已载于上年日记。兹详琉球赏赐于左:

赏琉球国王蟒缎六匹,青蓝彩缎十匹,蓝素缎十匹,衣素缎十匹,闪缎八匹,锦六匹,绸十匹,罗十匹,纱十匹。赏正、副使彩缎各六匹,里各四匹,罗各四匹,纺丝各二匹,绢各二匹。赏都通事綵缎二匹,里一匹,绢一匹,毛青布六匹。赏从人十七名毛青布各六匹。赏留边通事綵缎二匹,里一匹,绢一匹,毛青布六匹。赏从人十五名毛青布各六匹。赏伴送官及土通事彭缎袍各一件。

十三(3月16日)　阴。晴。辰诣阁,偕两刘中堂递请安折。遂直懋勤,较所书联句二分,发镌。归家。汪午庭、收一绫、四墨,赏钱六分。蒋涵海见。陈编修昌图自白舛错来见。晚命何供事制如意,将为上进计也。

十四(3月17日)　入署。始分得户部捐监银九两七钱零。此系正月开印后至三十日止。

舜玉过。枫崖过。赠富寿康宁钱十枚。

十五(3月18日)　朝阴。酉雪。展拜家祠,具茶果。检查上房物件。宋鏵见。札候钟闻轩、余文仪,孔继炘带去。

十六(3月19日)　昨夜雪,积至辰约二寸余。早起,督仆夫扫雪。去冬至今大雪,为第一也。入署。同永。陶廷珍见。往视茶山疾,知已闻外艰,即唁之。

工作至今日毕。札致耐圃、敬堂。遣吊胡高望丧偶,一两二钱。并吊陈宫詹浩。一两。

春分。十七(3月20日)　大雾。后晴霁。辰诣阁递请安折,即赴午门前会议三法司事。即归。晚延舜玉、正夫饮于持洁轩,至子正一刻乃散。有手戏二人侑筵。寄庄亲家字,并本色貂帽一顶、紫貂二个。吴带去。札致袁春圃。送舜玉天马袍统、羔羊贡皮百、香牛皮、绣毯、雨缨二、彝茶十四瓶、普茶膏二匣、花露水四,又漳绒二、赐扇一、如意一、内造靴一、福二,绢条、对各一。

是日裁真驼绒一匹作绵袍。

十八(3月21日)　晴朗。入署。同永。金可庭苑卿邀饮于澹宁堂,雅芳班演《燕子笺故事》。素简斋、嵇黼庭、英梦堂、蒋戟门同席。其兄金辉亦在坐。晚归。命平安往汶上县郭亲家处祭奠,平安即告假回苏视母,同舜玉水路行,今日先起身。涂勉斋、郭茗垞名承纶过。赏平安八金、沉香茧一。

郭仪:缎二匹作轴,白绫四匹,银爵三只,内二系戟门送,一系补购。□①一两五

---

① 疑为"棒"字。

钱,烛三钱,办席等共十两。致乔梓札各一。

十九(3月22日) 上阴,下晴。蒋戟门司农邀饮于敦厚堂,周景垣、英梦堂、钱箨石、金午[1]庭、嵇黼庭同席。有手戏、弹词、度曲诸客侑。晚归。俞姨疾,视之,遂通吉。韦约斋过。舜玉赠四十金。与连葆二(定)[锭]。正夫赠阿乳酒,以梨三十枚答之。邀戴丙南写书子一日,甚钝。

二十(3月23日) 晴。午后暖。舜玉过辞。以王藩伯、徐运使札付之。成衣来,加坐褥绵。梦舫四,园中四。申正起身,赴赐庐。双贵以行李先往。命一厨一役长住。酉正三刻到。舒攀桂贽,未见。经理芹献,将以明日上呈。二首领石青宁绸各一,扇各十。张二,众四,道二。

定园中章程,循例也。每日煤八块,厨子、打杂菜钱十六文,油四文。上一日钱三百,半日钱二百。厨、杂除菜钱,煤十六块,油八文。米,厨子、打杂各一升。余一日六合,半日三合。

二十一(3月24日) 晴,午后阴。寅正起。二刻出门,到清河会同人,五人。迎驾。驾以辰初二刻到。坐轿。先请春晖安,然后入大宫门。遂趋朝房,候上自前园回宫,巳初二刻,侍班。未初自南斋回赐庐,然后进食。贴梁阶平抚军所寄字一幅。芹献,收玉如意一柄,水盛二个。以江苏藩司吴坛为刑部侍郎,以胡吴△[2]为吏部侍郎,即以袁守侗代之[3]。吴坛未到之前,仍以△△△[4]兼署;袁守侗未到之前,以工侍阎循琦署。以增福为江苏布政使,以杨魁为安徽布政使,以瑭琦为安徽按察使。

二十二(3月25日) 晴。午后风。卯初诣宫门,逐队行行止止。回至南斋,又五人援止而止。午正返赐庐,饮食。进城。接海澄令解

---

① 午,疑为"可"字之误。金可庭,即金简。

② 胡吴△,疑有误。据《清高宗实录》卷九〇三,乾隆三十七年二月甲申记载,此处应为"吴绍诗"。

③ 据《清高宗实录》卷九〇三,乾隆三十七年二月甲申记载,吴绍诗原为刑部侍郎,兹因调补吏部侍郎,故以袁守侗代吴绍诗原任之刑部侍郎。

④ 此所阙三字应为"吴绍诗"。

文燧札，绿晶佛头全副。其门人张熙赓带来。使二钱。张送扇、茶、图书。门人陈肇森、使三钱。送神曲、皮毯、茶二匣、夏布二。乔仙伊，送藕粉。俱未接。是日优贡吕相本过，未接。接节五、□[①]三姑母札。

廿三(3月26日) 晴。入署。德、永继至。为沈春田书对。崇望荣名三不朽，高龄遐福万攸同。为涂勉斋跋集。送卜少京兆卷二十分。收十。送江西门人十五分。又送江南门人八分。答陶廷珍午庄。效川。新中。赠以卷。接刘良栋风水札。范思学赠小菜四包。甚微。李中允何炌之婿。二子李镩、庆曾南俱新中，南北榜。来见，未接。赠火腿、南枣。申正一刻诣赐庐，酉正二刻到。

廿四(3月27日) 晴。风。寅正三刻，诣无逸斋，奏派三王九卿从耕、户部堂官进犁，四人。又奏派搜场王大臣、巡场御史，又补请磨勘及查对清供笔迹，又奏初六忌辰牌。是日系本部该班也。巳初散。上复遣内奏事查问耕耤本系何时具题，适永公带有稿在，即交与转奏。是时上往泉宗庙，予与永、倪二公复至圆明园候旨。久之驾回，秦奏事以覆奏交稿于予，遂回赐庐，先因诣园明之便，至此午食。收拾而归。耕耤本系上年十一月初三日题，初五奉旨:依议。从耕，予蒙派出。吏，万少宰。户，蒋少农。兵，周少马。刑，△△△[②]。工，德少司。都，黄副宪。通，申大瀛。大，邓廷尉。正卿派出者惟予而已。归(带)[戴]貂尾小帽。新制。云南藩司钱度缘事，以云南臬司王太岳补之，韦谦恒补授云南按察使。韦约斋晚过。宋长溶、范思学过。宋赠二土物及小仪。

项焜过，未接，嘉兴，新中。

廿五(3月28日) 晴。风。入署。同倪。汤炳、送鸡、鲞，赠卷。使五十。邹见龙、赠卷。万廷树、陈肇森、周熙赓、赠卷。汪本直、韦谦恒、

---

① 疑为“旻”字。

② 据《清高宗实录》卷九〇四，乾隆三十七年三月己亥条记载可知，此所阙三字应为“玛少寇”，指刑部左侍郎玛兴阿。

李华国赠卷。带尊人世杰书并仪。先后见,四人[①]。遣祝御史邵庾曾祖母八十。一金。遣吊翰林(芮)[芮]永肩。六钱。遣送吴安世、嗣富子。李镕、李庆曾卷。申正三刻诣赐庐,以篷匠二人来修整葡萄架。明日出葡萄即掩之,以时尚早也。用小绳十把,大绳三把。为郭茗垞、吴香亭书横披、对联、册页等。补送江南门人卷三十分。沈清藻沈亭,仁和清任之弟。来。新中,未接。

孔昭烜拔贡。来。新中,未接。字晴峰,衍圣公从弟,以其札来。

孙德先来,筭一日,与菜钱十文。

廿六(3月29日) 卯初雪,至未始止。晚霁,甚寒。卯初十分诣宫门,奏派郎中苏楞额随阿哥往陵。奉旨:知道了,不必派。军机传往奉旨申饬,以耕耤本从前不合事宜故也。崔大司寇至,见。韦臬司见。食于南斋。午初散。至赐庐小饮,陶情而归。遣吊褚学士廷璋夫人。八金。门人潘元扬见。仪。

是日素服。灯下萧闲之甚,与二小仆作诗、写字、吃酒而已[②]。此岂好为是哉,闲极,无如何也。

廿七(3月30日) 早阴,辰正后晴。亲买炭。一百十七斤,每斤八文半筭。记用部饭十四桌。正、二两月。

入署。申正冒雨往赐庐。以银五两四钱五分换满钱十千五十六文。除底八十。带园共二千三百。发篷匠七百。买炭共九百九十四文。又带园一千。

廿八(3月31日) 时阴时晴。卯初诣宫门。上御门听政,本部以头班上。食于南斋。辰正三刻召对,时军机大臣先对于东书房,既退,奏事内监引予甫入勤政殿,而上已出,即命予见于殿前。对毕,带领保题郎中刘芬、姚鼐引见。旨:用刘芬。少顷,牌子下,遂由南斋归赐庐。即入城,候稼轩,坐丧次。谈久之。陆丹叔亦至。长沙太守潘经

① 疑指赠卷者四人。

② 此段前有一段小字"闻陆曷歌加钟夏仁柏癸接形林辞尤敝明枚哗浴棠等共忤辰",不明何意,有可能是教小仆所写之字。

驭过，带投吴藩司虎炳书仪。查元爚、门包。李文渊、黄恩、胡焕祚、俞尚栋并仪。至，未晤。遣祝浦苏亭母寿。送二羊、二酒。其内子出帖邀女眷，欲于浙绍会馆观剧，俱不令往。

廿九(4月1日) 晴。李屿十、黄正夫、蒋少农过。往吊刘圃三司空之丧。二金。又吊钱稼轩司寇之父铸斋先生之丧，仪二十金。即为作陪宾。酉正归，顺拜客。晤沈云椒侍读，即送其行。以初二日奉继祖母丧归。胡焕祚、赵、良震、良霨。翁霪霖来，未接。

三十(4月2日) 晴。始有春暖意。卯正入直，上回宫也。巳刻出至午门前，奉命派同程冢宰、官司寇、福司空、瑚少宰、英少农验看本月选官：员外王维宾、陈其焜、郑忬，主事许体健、秦清，大理丞韩隆基，司务郑达，同知蔡超、朱遐龄、张埰、商安图、董邦翰、郑沄，知州孔继升，通判图纳、方经纬、苗虔，直隶州同李浩、罗振朝、杨华，知县孟秉坚、赵椿龄、赵大经、张庆源、秦钺、胡春熙、宫晋飏、凌天佑、曹铭、王煊、刘若雨、张朝缙、石燕山、宋树縠、洪成鼎、刘纯泰，又正备知县莫元龙、孙良慧、孔传是、王临、封尔爵五员。布理[①]胡骐，直州判刘毓珂，州判陈兰芝，府经张玉辉，巡检顾尔杰，典史沈鹏翀，又补行验看知县范绍义，上年十月分。共四十八员。又本月内乾州州判郝秉忠人平庸，该员系捐纳，应照例办理。又补验上年十月分睢州知州李瑛，果如直督所云，难胜知州之任，亦照例办理。验看既毕，坐朝房办事。仍入直。草考取中书稿。酉初下直归。韦臬台同次郎懋哉来见。云椒过辞。刘、卢二司员来白事。郭亲家家人梁姓以信至。见。强义随蒋时庵同年祭告归。见。白事。定折稿。是日与二赵二金。门人李逊小门生吴英培过，未接。俞怀祖过。亦未接。李赠胰一、扇二；吴赠纸、茶、枣粉；俞送物，收小刀、《痘书》。

---

① 布理，布政司理问，为布政使司属官。

"围筹谱"[①]。系钱状元所说。

狐。得者人供一雉,凡得黑者,罚一雉饷之。有幺则否,他人不得放鹰犬。有二只者仍放。但衔獐鹿,不取雉兔。

鹰。准放雉兔。犬。准放兔。放者得黑则罚偿。

鹰犬二合取獐鹿,三取豹,四取虎。

狮准夺,不准他物取。

幺二三为顺水鱼,二三六为双飞燕,黑四仝,幺四仝,二三五夺,为夺钱五,六金夺,为六夺钱五。

三月朔丙申(4月3日) 阴。晴。卯初入直。天甚凉,同人忽请换季,已递折矣,予掣出之。入署。理事毕,顺答大司寇崔公、河东运使沈栻、原正定府单烺。四弟妇率二媳见于梦舫。

初二(4月4日) 清明,雾。晴。阴,风。寅正二刻入直。奏进《耕耤仪注》,不夹四推单。奏派搜检士子近信大臣,奏派龙门查对大臣,奏请随四阿哥往孝贤皇后陵;又条奏中书事宜;又带领补员外郎引见,用施朝斡。共六件。申正散归,顺过韦约斋臬司。施,众泥之,欲其所遗之缺出稍迟,则可补用卢耕心。予以卢虽好,应补,但施将入闱提调,一月余乃出,其父八十外老人,保无不测乎?故排群言,以奏补之,庶成就一勤劳办事之人,以为众劝也。

门人张培以典试贵州所得士周人凤、齐栋、罗体善、王禧、胡大柱、曹宫桂、郎涝声、徐杰、杨钊、李培、倪本毅、欧阳士瑃、钱玉琳、陈万言、熊辐、陈学溥、陈廷修、杜廷薰、李华国、张营嵘、谌守业、白凤翔、但文彩等二十三人来谒,予在直次,未接。何供事以此本样十册来缴。

初三(4月5日) 晴。卯初入直。会同军机奏试院酌留人员事。

---

① 周越然《旧籍丛话》(北方文艺出版社2017年版)收有《围筹》一文,可参考。

殿上纂修杨寿楠告假，以陈初哲代之，奏如所请。和亲王薨逝，随具牌奏请辍朝二日，以昨日亥时薨，算一日；今日算一日。并照例斋集。皆予独为之，同寅惟永公赶到耳。午初诣耕耤所，试演从耕，即归。赵大经过。新得乐亭令。敬堂晚过言事。庚辰江西副榜第一名赖元薰，以辛卯中式来谒。癸未门人陈廷牧过，未接。送程茧、扇、桂元肉、蜡丸。

河东运司沈栻以盐政瑞龄札来，并币八。遣送沈栻酒席。

初四(4月6日) 晴。午后风。寅正二刻诣先农坛。稍迟则轿不能入。坐本房帐房设于西门。敬堂亦至。稍憩，遂诣坛。驾以辰初三刻莅祭所将事，予侍仪于坛上。礼毕，上于具服殿易吉服，予辈急换蟒袍，遂从耕。上始用三推礼，前者皆四推。予辈九推。礼毕，上启行回宫，时方巳初二刻也。予归家。饭后入直。酉初下直。刘、卢二司员来白事。良臣晚见。

侍予播种，汉学训导程式濂；牵牛，耆老廖国胜；执鞭，耆老荀□[①]；扶犁，农夫杨国用、杨九现；接套，农夫柳陞。

初五(4月7日) 晴，冷，风。阴。黎明，吉祥如意者。甚畅。赖元薰谒见。年四十二，宁都，字陶庄。入署。归过敬堂，不值。札覆郭瑞虹。并致谢泗州札，俱梁姓带去。札谢吴虎炳藩司。孙中垣见。一室萧然，可叹。保全送礼，收蘑菇。同年范崇棨来，未接，送茶、火腿、南枣、菊。戴司夏、杨济时在梦舫，同晚食。子初散。河东运使沈栻过，榆林令黄照过，俱于灯下见。黄有仪。夜阑，就寝。梦东方大火，烈甚。

初六(4月8日) 辰雪，大如掌。午间晴。酉初往赐庐。

初七(4月9日) 上阴，下晴。卯初诣宫门，奏牌子二。一、换季，奉旨：着二十五日；一、亲耕牛交内务府养。召对于勤政殿东书房，甚久始命退。食于南斋。候于公至午正，始得叙话，即归赐庐。苏南坡过。

昨顺天府送予所从耕牛，璧之。止收其所餙，赏以二金。

出葡萄。

---

① 疑是“憨”字。

初八(4月10日) 晴。卯初诣宫门请题,内奏事以二匣捧出交予。是日上诣前园请安,部奏十一忌辰牌一件。予以送题,不候也。遂入德胜门,至贡院龙门,启关,交与知贡举,如仪而退。入署理事,即归。裁小呢羊皮褂及大红坐褥二执。

初九(4月11日) 晴。送车夫胡大于戴坊官处,责二十板。入署。门人哲成额以得吏部堂主事来见。字维城。酉初一刻赴赐庐。五、刘、卢三司员以永大人所改予明日奏稿至,阅之,甚不妥协,殊为怅怅。凡稿必改,改必欠通,不知其何苦如是。极好人,偏有此毛病,如何?

检点书札竟日。剃头。

初十(4月12日) 晴。暖。卯初诣宫门该班,永公先遣凌主事来言,仍用予所定之稿,遂奏进,得旨俞允。已取之中书等落卷,毋庸送内帘。又奏十八日禁屠一牌。食于南斋。办事至午初而散,归赐庐。出蒲桃小食,归家。陈嵩年以赴宁武守任来辞。

十一(4月13日) 上晴,下阴,风。早直武英,素服。验定新补誊录萧因。汉阳拔贡。镜澜并杨、戚二生皆至。入署。内帘寄札,要《子史精华》。以文覆之。往来顺路拜客,晤钟比部赓华。出差回之笔帖咸送礼,予各收其一,欲联堂属之情也。全保,收蘑菇一斤;恒慎,收茶叶四小瓶。札△△△,收干桂花一匣。安贡灯宝座于厅事之西,晚荣书屋遂精洁。薛应阳弟、儿去,之天津。

十二(4月14日) 细雨如藕丝,自辰至夜不已。终身之丧,素服斋戒,虔修祀事。

申初赴赐庐。

十三(4月15日) 夜雨渐浓,至午乃已。是日上巳,御绒帽绵袍。辰正二刻至南斋。俟稍明,诣宫门。上御门办事,本部以五班上,奏事。既毕,食于南斋。以无事可以不入,既而思非恭敬之道,遂仍诣宫门。既而召对于勤政殿。良久,命出。命改《宫史序》内讹字,十数,讹数十。又玉板字填金。未初返赐庐,遂归。刘、卢二司员白事,与联不畅。

十四(4月16日) 晴。入署。看库。前日以五千文买大皮箱一，此项未归结。长四尺三寸，宽二尺一寸，高一尺五寸。今以小毛衣贮之。检点箱房物件清楚，上灯甫食。

癸未门人李之麟、胡一鸿过谒。是日屋上拘抿[①]开工，付田头二十金。

庚戌。十五(4月17日) 阴。展谒家祠。寄秋厓札。二媳谒见非时，却之。

本年壬午科以前举人会试应入挑选者二千四百八十九名，上次各省共挑二千人，大省一百八十，中省一百二十，小省七十六名。内一等八百五十名，二等一千一百五十名。本年予所取门生赴会试者，丁卯顺天二人，庚午湖北二人，庚辰江西三十七人，戊子江南八十二人，共一百二十三人。命阳生具柬，将以二十二日延一饭也。

本日钦天监推筭当月食，亥正初刻八分初亏，丑初二刻十一分复圆，计月食十七分四十一秒，食限内凡十四刻三分。食既，夜子初初刻五分。食甚，夜子初三刻十分。生光，十六日子正二刻十四分。

晡时入署，在则例馆稍憩。亥初诣太常，俟月食届行礼，与诸少宗伯、德少堂三人更番迭跪，至九番乃复圆。救护礼毕，归署。饮食而寝。

十六(4月18日) 是日上幸香山。卯正二刻起，与刘郎中酌定木兰、热河帮贴事宜。辰正始归。梦舫后院丁香花开，与内人等小饮。札寄秋厓学使。

十七(4月19日) 晴。拜客，晤同年李本仁、朱以伦。癸未门人李集亦在焉。戊子门人黄本纶言如、艾辰，庚辰门人姜师圣、郑斋塘见。复与内人辈小饮丁香下。

十八(4月20日) 晴。入署。往候永宗伯弟服[②]，自刎于车。遂出崇文门拜客。承泰以弟丧告，付以一两。

---

① 拘抿，同“勾抿”，河工用语，以桐油灰、石灰为主料，涂抹盖面之石与石、砖与砖之间隙。

② 弟服，指为弟弟服丧。

十九(4月21日) 晴佳。早大吉,大如意。李文渊、胡焕祚、夏熙。丁甡鹿。以夔堂札来。为人冯丹香、赵大经、叶敏、刘良臣。书单条、对联半日。

癸未休致门人蒋鸣鹿昨日见。候选门人南海陈廷牧丛桂见。剃头。

二十(4月22日) 晴。早赴南城副厂、中城副厂、北城正厂,查平粜事宜。午后延赵世兄良震、良霨肃徵,同年李本仁、七十二。朱以纶、陈球、范崇桀、郑弘撰、钟赓华饮,皆戊午同榜也。章宝传不至。

廿一(4月23日) 晴。卯起,接知会,六阿哥福晋以戌刻逝。即赴园,具奏事宜,与永坐朝房。恭请圣安。遂回赐庐,枯坐竟日。上以此日由香山归。

廿二(4月24日) 晴。辰、巳间小雨,午晴。寅正三刻诣宫门,礼部值日,诸王、三品以上俱至请安。带领坐补主事阿兴阿引见。同裘司空、嵇老师、吉京兆食于南斋。午正,俟于公,尚不至。回赐庐,即归。小食天仙庙。

是日,南书房奏请随驾,奉旨:不必。内阁派出全魁、德风、富察善、塔永阿四阁学,九卿内派曹秀先、胡绍诗、全甡、倪承宽、周煌、蒋元益、崔应阶、鄂宝、申保、王铤、申甫、刘纯炜、昆笃、喜常、德尔泰。派庄、简、诚、信四王,诸城,托冢宰,毛袋[1],素司农,福额驸,迈少宰挑选举人。

是日,于浙绍会馆开筵,命朝飏延会试诸门人燕饮。

直隶李逊○[2]、范德昭○,湖北胡心安×、舒攀桂×,江西李崇礼○○、张嘉榖○○、姜际圣|、张梦吉|、邹栻○○、万廷树○○、彭时敏○○、余濬○○、张耀奎|、李中孚○○、袁烜○○、曾瞻云○○、胡守约×、魏荣祖○、郑齐瑭○○、罗维垣○○、晏成玉×、王修爵○、黄思

---

① 不详何人。后文亦有。

② 本页下方有一段文字被删去,但依稀可辨其中一些:"○○者,送卷□赴席者;○者,赴席不送卷;|者,送礼而不赴席;×者,并不送礼。"

敬○、袁嘉保○○、邓湄○、黄一元|、俞尚栋×、萧文熙○○、危言○、邱瀚|、余尚训○、叶荃○○、杨琮○、陈大理○○、汤炳○、余芬○○、赖元薰○○、王世暄○○、万廷芮○○，江南张曾扬○○、杨昌霖○○、范恒○○、吕兆鹏○○、狄司稼|、黄本纶○○、周景福○、童熊瑞○、施润○○中、黄恩○○、金襄○○、孙乔年○○、赵万里○○、程鼎|、陈万○○、柳仙根|、夏熙○、徐三秀○○、洪榜○○、胡焕祚○○、沈起凤○○、王廷铨○○、卞琢○○、陆学逊○○、董熙×、邹见龙○○、陈震○○、蒋涵海○○、常循|书、张凤翼○○、乔仙伊○○、张曾效○○书、谢光斗×、褚文彪○○、汪之鲤×、胡业宏○○、王润○○、季美锦○、杨棻○○、瞿顒○○、黄会亨○、俞怀祖○○、秦严玉○○、李文渊×、焦岐|、林蕃钟○○书、钱麟○○、戴丙南○○、高中×、华桓○○、栾培○○、艾辰○○、汪鸣球○○、卞谟正○○书、吴瀜○○、范思学○○、方栻○○、徐兰森○、徐枞○○、赵文元×、王金键○○、张仲芳○○、许楠○、孙秉枢○○、戴世篆×、唐宝树○○、胡光琦○○中、潘元扬○○、张曾仁×、毛西岩×、朱琦○○、邹江千○○、戴栋|、王浚○○、陈筠○○、宋长溶○○、陈其名○○、杨步超○○、葛桂芳|、李锦文×、李元煓○○、汪彔○○。

到而有礼者○○，到者○，传未书知者|，知而不到者×。

到者共九十四人。雅芳班演剧。予以自园归迟，不及赴，作札告知筵间而已。

廿三(4月25日) 晴。入署。候裘司空于赐第。毛袋、麻袋、欧阳、赵升同小食，饮。

遣送赵大经席酒。遣送李华国席酒。

廿四(4月26日) 晴。辰赴西城正厂查视，南、邬后至。看铜塔。归途拜客，晤观音庵僧德寿。并见湖南僧。

本日选君陈夔以所得江南士见。

刘台拱、何鸿习、顾心潜、刘作浵、董治、路学宏、孙全、李大绶、陈国鸣、何南英。

前以厅事凉棚架移搭上房院中，今日盖席。

廿五(4 月 27 日)　晴。入署，即归。换季，始易凉轿。看裁油围，共用油绸三匹，每匹二丈四尺。大门外搭凉棚。

廿六(4 月 28 日)　晴。入署。答看陈燮。答钱宫傅乔梓书，并札药泉。遣补吊沈臬司萩林先生。挽扁、对二丈，仪二两。故人陈道之子陈守中、履堂，拔贡，庚寅举人。陈守誉果堂，优贡，辛卯举人。来谒，送礼，收碗八及小磁、红布四匹。袁嘉保、曾瞻云以挑列一等来见。沈钦伯送乌云豹褂料、羊皮百张、潞绸、泽缎八，答以玉卮一件、三十六两。霁红瓶一件、十两。王石谷画、从前蔡送，裱工四两。手卷一件，连买、裱八①两。又扇一柄。又赏其家人四钱，绸二匹，约十两。共约银六七十两。又酒席四两。寄答瑺龄书。扇二柄，绢条、对。收二家约一百五十两。

廿七(4 月 29 日)　晴。入署。

廿八(4 月 30 日)　晴，风。阴。夜雨。酉正三刻抵署斋宿。

廿九(5 月 1 日)　晴。阴。往贺申仓场。保，不值，已下通州。至东州副厂、无一人在彼照料，可叹。见副指挥谭尧龙之弟舜俞。南城正厂查阅，即归。

持洁轩、梦舫杂植花木。晚仍至署斋[宿]。

三十日(5 月 2 日)　阴，风，冷。入直理事毕，复值武英。誊录戚、杨二人在焉。食后遂至午门前，奉命偕托、程二冢宰，官、崔二司寇，英少农验看本月选官。

员外缪琦，国子监典籍胡朝栋，知府徐观孙，同知朱端揆，知州骆大俊、陈藻文，直州同杨廷钊，知县侯作吴、莫元龙、王汝霖、孙良慧、冯丹香、齐翀、封尔爵、邓攀桂、李宏照、杜侯度、梅运昌、薄尔臧、许希贤，又正备知县：陈正烈、王仕、王嵩高、王崇极、侯温、张珣。按经汤培泰，直判贾峨，州判高大成，府经周兆鳌，吏目文风普，巡检白平、温而肃；又补行验看主事李体中，上年十月分。知州刘思诚、上年四月。龚一发，上

① 此字迹有些模糊。

年八月。共三十六员。内邓攀桂广西。一员，人平庸，难胜山西乐平县之任，请改教。引见时，旨：以陈正烈补其缺。验看既毕，已未正矣，遂归家。食后赴赐庐住。官保必要将莫元龙改教，予以进士向不曾改教止之。又要将许希贤改教，看其人颇精神，亦持之，不听改。二人非予坚正，则竟为广文矣。

正月十四至二月初九，共九桌。以银园饭六两三钱换钱。归还买箱大钱五千文。又借五百文买花。又发园一千五百文。四月十五，又发园一千文。合钱十一千三百四文。除底九十文，净满钱十一千二百十四文。

夏四月朔(5月3日) 阴。晴。冷，灰。寅正二刻诣宫门，礼部值日，奏事三件。初八浴佛，三月奏闻，庆隆舞等请赏。食于南斋。未初归赐庐。以受寒，命轿夫归取衣，次辰始至。两腿受寒，几不仁。坐拥棉衾，下以火逼之，然后回和，得自如。此亦老象也。

初二(5月4日) 晴。寅正二刻诣宫门。上御门听政，礼部以四班上。食于南斋。召对于勤政殿东书房，久之始出。午正归赐庐。诸城相国约往看新开池，适有鹤一至，以为瑞。并看牡丹。具酒食款予，至申正始散。予乃入城。是日，上面谕命臣往贡院钤榜。颇思旧日相好，内则季孙、意如，外则福珠、瓶儿、福珍等，今皆成故人矣。

立夏。初三(5月5日) 晴。上回宫斋戒。予以卯正入直，申正散归。戌初诣署斋宿。同永。是日，挑选举人引见。斋宿于馆，以旧居现在修理也。

初四(5月6日) 晴。寅正二刻入直，奏事，请派磨勘硃○，程景伊、观保、周煌、景福、黄登贤、窦光鼐。又代考官递元魁卷。并考官、知贡举请安黄折各一，封奏一。膳后，并下其卷，尽可阅看。予以不阅为是，即同内外奏事面封讫，仍送内帘。申初散归。薄暮，赴天坛道院公馆斋宿。

初五(5月7日) 晴。阴，风。卯正食后，诣天坛。上以巳初二刻诣坛，展视皇穹宇及坛位，至巳正礼毕。予侍班。归家。徐以坤见。贽。戌初仍诣公馆斋宿。是日，予制茧绸袍三件，□、连各一，连又衫一。

初六(5月8日) 阴。晴。丑初二刻起。丑正诣坛，赴皇穹宇请神牌，行三叩礼，得早二刻为宜。遂至坛之上层侍仪。上以寅初一刻莅坛将事，寅正二刻十分礼毕，各散。予小憩公馆，候舆至归。督僮仆洒扫。午后倦甚。剃头。

初七(5月9日) 晴。卯正起，完汪本直银十两，买画一幅。完刘良臣银三十两。汪上林不收，算送宋画一、翡翠壶，答以四菜；又收去澄泥研一、荷包四。与刘良臣子：潞绸二、和包二、缨二、扇一。办理诸事。面食后，交辰正起身入署。理事毕，遂奉印入闱钤榜。至龙门，御史褑克济、富盛、积善、费南英等传鼓开门，知贡举倪少宗伯，御史书通阿、玉麟、吴湘、沈咸熙迎入。步行以今岁场事未完，不许闲人入内也。至至公堂，予带主事阿兴阿、史积容，堂书陈篪、鲁洪，家人朱凤、孙德、双桂，较上次不止减半也。倪邀饮食于知贡举室中。午初，坐至公堂，传鼓入内帘。与主考刘纶、奉宽、汪廷玙相会于聚奎堂中，内帘御史兴德、赵锳偕众房考，提调姚鼐、施朝幹，收掌官阮葵生、丁文灿，及御史书通阿等以次公座。交午正遂开榜填写。早大吉。

双○○者翰林，单○者部属，△、者即县。

会元○○孙辰东，浙江，归安，附。

○○庄通敏，江南，阳湖，附。

△景江锦，浙江，仁和，廪。

△王基，江西，金溪，廪。

△、沈可培，浙江，嘉兴，增。子初二刻填五魁。

第六名起。

商琏，直，平山，廪膳。

王佩葵，江南，婺源，副贡。

李廷佑，山东，邹平，附监。廿一。[1]

周汉，湖北，黄陂，副贡。中。

---

① 参照后面名单中罗修源条可知，此廿一应为年龄。后面类此者均表年龄。

李棨，江南，长洲，廪膳。
许学范，浙，钱唐，监。廿五。
△铁保，满，监生。二十。户。
△来起峻，浙，萧山，廪。
陈光鉴，浙，秀水，附。
颜崇沩，山东，曲阜，廪。
林露，浙，瑞安，廪膳。
王步瀛，浙，归安，附。
胡光琦，江南，婺源，廪。中。
吴俊，江南，吴，附。
○△张百龄，内府汉军，监。
熊言孔，大兴，廪。
○△蔡廷举，福，闽，廪。
△、施灏，江南，宝山，训导现任，拔。
○○平恕，浙，山阴，增监。
马文灏，山西，左云，廪。
△○朱攸，山东，历城，现任助教，附。
○△苏青鳌，广东，南海。
△○莫瞻菉，河南，卢氏，廪。户。
△颜培天，江西，萍乡，附。
潘大礼，江南，无锡，附学。中。
陆湘，直，清苑，附。
朱钤，浙江，长兴，拔。
○△王坦修，湖南，宁乡，廪。
徐世锦，江南，怀宁，廪。
△○图敏，满洲，内府，廪。
张天爵，山西，阳曲，增。
黄河清，浙江，临海。

△陈大文，河南，杞。
焦式中[1]，山东，章邱，拔。
杨复吉，江南，震泽，附。
陈九叙，福，长乐，附。
○△闵惇大，浙，乌程。
党云龙，河南，偃城，廪。中。
毛上炱，江南，镇洋，监。
○△朱绂，江西，新建，廪。
△○俞大猷，大兴，监。
单瑞龙，浙，钱唐，附。廿三。
○○钱樾，直，清苑，廪。
○○潘曾起，江南，荆溪，附。
查复经，江西，星子，廪。
芮振宗，直，宝坻，附。中。
王照，浙，仁和，附。
陈任重，山西，翼城，廪。
施润，江南，上海，副贡。
△、凌浩，河南，中牟，附。
王安上，浙，永嘉，廪。刑。
△李静渊，江西，廪。
陈万言，贵州，毕节，副。
朱恒庆，直，天津，附。
○△彭元琉，江西，南昌，附。
吴诒[2]清，江南，桐城，增。
李元坦，山东，济宁，增。

---

① 焦式中，应作"焦式冲"。
② 诒，应作"贻"。

△陈化龙，福，长乐，拔。
王珣，江南，当涂，副。
杨元璋，江西，新城，附。
刘印全，宛平，监。十九。
○△王汝嘉，四川，铜梁，廪贡。刑。
△李世望，江南，昆山，恩贡。
揭廷锦，江西，南丰，廪。
徐愈达，湖北，蕲水，廪。中。
吕云从，江南，旌德，附。
王永绪，宛平，附。廿三。中。
章煦，浙，钱塘，廪。廿四。
杨续时，河南，武安，附生。
贾为焕，山西，阳城，增。
詹坪，山东，诸城，增。
○△茅元明[①]，江南，丹徒，廪膳。廿二。户。
△徐大榕，大兴，监。廿二。刑。
△郑宗彝，江南，江宁。
周琢，广西，临桂。填至此，少住用饭，申初三刻。

△钟定邦，江西，分宜，拔。
杨墀，浙江，新昌，廪。
李玩莲，陕西，会宁，廪。
彭钰，河南，夏邑。
马道澍，江南，英山，副。
赵骧，广东，东莞，附。廿一。
詹鹤龄，江西，安义，廪。廿五。

---

① 明，应作“铭”。

郭燮,福,侯官,廪。廿五。

○△邹炳泰,江南,无锡,附监。廿九。

吴端立,山东,单县,附。〢夂①。

○李镕,浙江,仁和,监。〢二②。

张能照,江南,仪征,附。廿五。

○△胡敏,云南,宁州,廪。九十五名。

○△方炜,江南,凤阳,拔贡,现任中书。九十六名。

刘云锦,直,广宗县,廪膳生。九十四名。

谭泽溥,湖北,天门,廪。户。

△吴贻桂,河南,光州,廪。

侯在容,山西,解州,廪。

△金汝珪,浙江,嘉善。二十四。

○△张家驹,江南,含山,拔。

陈凤漪,江西,奉新,廪。

○○邱庭漋,宛平,监。二十三。

胡喈凤,江南,山阳,廪。

○、周崧晓,江西,鄱阳,附贡。

陈沄,浙江,钱唐,副。〤〥③。户。

△李阳棫,四川,新都,拔。

孔广什,河南,汝阳,拔。〢三④。户。

△黄永祺,广东,番禺,附。

叶诚,浙,仁和,附。

吕荣光,江南,武进,附监。

---

① 这是苏州字码,即三十九,指年龄。下同。

② 这是苏州字码,即三十二。

③ 这是苏州字码,即四十五。

④ 这是苏州字码,即三十三。

贵逢甲，湖北，武陵，监。
林聪，福建，晋江，拔。廿八。
贾策安，陕西，咸宁，优贡。
○△裴谦，山西，阳曲，拔。廿八。
董西亭，山东，聊城，廪。〢〤①。
△○金榜，江南，歙，廪，现任中书。
徐曰言，江西，奉新，附。
黄启骏，福，晋江，副。
△蔡大均，江西，上犹，廪。二十五。
○△沈孙琏，浙，钱唐，廪。〢一②。
△李翮，山东，金乡，廪。廿五。
○△王兆泰，陕西，三原，廪。廿九。
○△许兆椿，湖北，云梦，廪。廿二。
△沈文炳，浙，萧山，增。
戴树屏，江南，荆溪。廿四。
杨绅世，山东，诸城，副。稍憩。

戌初二刻。
赵宜勷，江西，南丰，监。
△魏博，直，南乐，拔。
詹龙光，江西，乐安，廪。刑。
△李坚，河南，祥符，增。〢三③。
龚渭，浙，西安，附。廿七。

---

① 这是苏州字码，即三十四。
② 这是苏州字码，即三十一。
③ 这是苏州字码，即三十三。

刘鹏，山西，闻喜，副。〤三①。

罗修源，湖南，湘潭，增。十八岁。

○△张飏扬，福，闽，附。廿七。刑。

△冯灿，陕，宁夏，副。三十。中。

宋镕，江南，长洲，监。廿一。

傅通，满洲，附。廿三。

聂智瑜，江西，德安，拔。四六。

张潮普，江南，丹徒，岁。四七。

周谦，浙，仁和，附。廿四。

文楠，川，涪州，附。廿四。

○△萧九成，山东，日照，拔，训导。三十一。

△、焦长发，直，曲阳，拔，训导。

△罗正墀，湖北，汉川，廪。廿三。

罗汝明，山西，榆次，附。

姚玉麟，广东，增城，廪。三十四。

余瑚，江西，奉新，现任助教。四四。

朱倬绂，福，平和，廪。三十二。

李承暄，江南，仪征，增。〣〩②。

△袁镐，山东，长山，附贡。三十一。

○○黄寿龄，江西，新城，附。〡二③。

○△李尧栋，浙，山阴，附。用以储梁栋，情犹访薜萝。十八。

陈所蕴，陕，蒲城，附。〣一④。户。

---

① 这是苏州字码，即四十三。

② 这是苏州字码，即三十九。

③ 这是苏州字码，即二十二。

④ 这是苏州字码，即三十一。

△李承报，广西，博白，廪。〣〤[1]。

△、吕公滋，河南，新安，监。〣〦[2]。

冉广燏，川，酉阳，拔。〤〣[3]。

○△王福清，奉天，海城，附。〢二[4]。

萧凤翱，贵，贵阳，拔。〣二[5]。刑。

△周元良，大兴，附贡。〣〤[6]。刑。

△周凤翔，福，永春，廪。〣一[7]。

陈琯，河南，杞，增，现任教谕。作栋徵爻象，维桢著雅歌。〤〦[8]。

张尚怀，湖南，长沙，廪。〣〨[9]。

○△黎溢海，广东，东莞，附。〣[10]。

△阎泰和，山西，平遥，附，现任教谕。〣三[11]。

齐圣渭，贵，普定，廪。〢〦[12]。

贾策治，陕，咸宁，附。〢〨[13]。

○○陈科销，广西，郁林，廪。〣〨[14]。

---

① 这是苏州字码，即三十四。

② 这是苏州字码，即三十六。

③ 这是苏州字码，即四十三。

④ 这是苏州字码，即二十二。

⑤ 这是苏州字码，即三十二。

⑥ 这是苏州字码，即三十四。

⑦ 这是苏州字码，即三十一。

⑧ 这是苏州字码，即四十六。

⑨⑭ 这是苏州字码，即三十八。

⑩ 这是苏州字码，即三十。黎溢海生于1750年(乾隆十五年)(参李君明编《东莞文人年表》(上)，广东人民出版社2015年版，第746页)，故此数字可能有误。

⑪ 这是苏州字码，即三十三。

⑫ 这是苏州字码，即二十六。

⑬ 这是苏州字码，即二十八。

刘大绅,云,宁州,增。〢〥①。

熊德芝,川,涪州,附。〢②。

亥初三刻十分抄完。小饮。

小饮后填五魁,对榜,签榜,用印,封榜,入匣,主考等拜榜,层次办理。丑初三刻竣事,遂传点开门出榜。予以匣钥交主事阿兴阿等送入署中,命主事凌云送榜张挂。以兵护。予遂以丑正一刻诣园,寅正二刻到万寿山。

中正榜:汪日章浙、宋枋远苏、毛凤仪苏、吴锡龄安、吴熊光苏、王庆长山东、张曾效安、范来宗苏、冯培苏、程维岳浙、叶葵浙、沈恩湛浙、涂日焕江西、李荃苏、沈凤辉浙、李照浙、沈清藻浙、李威福、吴瓖安、潘有为广东、朱绠直、汪镛山东、刘景岳顺、罗万选湖南、常循苏、吴垣浙、陈木浙、张亮采福、周铉浙、翁树荣苏、蔡必昌顺、谢登隽安。

初八(5月10日)　晴。上幸万寿山。由正门入侍班。各衙门向以是日停止该班,予以铃榜事竣,具折奏闻,得旨:知道了。时甫卯正三刻十分也,遂归赐庐。饭后入城,过西城副厂,适监粜大人、御史皆在议事,予入与坐谈片时即行。时该城为金吾所纠,该管人俱令明白回奏,当局甚迷,予稍醒之。传监粜司官逢年、邬凤翊,以事付之,令白英少农。既而返命,复见之。

新中门人施润见。疲甚,以酉正三刻小饮而寝。

初九(5月11日)　晴。入署,验新进士亲供、默写首艺。金甡归乎。郭逢卓至。舍于阳生处。梧儿归。自杭州来。

初十(5月12日)　晴。入署。晚陪郭逢卓饭,两儿皆与。接姚申甫书仪。

十一(5月13日)　晴。【前阙】敬堂过。作札致姚三老爷,为朝梧讨关。薄暮赴园,顺答敬堂。

---

① 这是苏州字码,即二十五。

② 这是苏州字码,即二十。

十二(5月14日)　晴。寅正出门,诣玉泉山奏事。忌辰牌。既散,归赐庐,遂留书扇。戌初即寝。始用席。始服棉纱。

十三(5月15日)　晴。既而时阴时晴。亥雨,至丑。寅初二刻起,面食。寅正起身,赴六阿哥福晋厝所。承旨读文,赐祭礼毕,归家。濮启元见。徐大榕、向之。贽。方玮碧岑。贽,璧。见。嵇少司空过。同郭,见。蒋少司农过。与陈安言郭事。剃头。不用内钱。持洁轩藤花始放。

接药泉札,朝珠、杠头、火腿六。立之札,玉璧柿屏。张珽札,红呢、笔百、毯一、漳绒二。达明札,红呢、漳绒二、洋毯、洋毡。边廷抡札,《春秋》一部。云阶札。茶四瓶、藕粉。

梧交上赵左画、沈士充画、水池一、扇廿、木一段。

姚送二十四两足纹,内换钱三两六钱。胶百文十两。剃头百文。连保一百二十一文。合钱六千六百九十六文,除底五十四文,净满钱六千六百四十文。

十四(5月16日)　晴。早雨犹霏丝。早履旋来,同早饭,沈祖宗大儿亦与。入署。履送铜盆、手炉、茶碗、酒钟。闻钱塘令芮泰元为钟制台所参。钟真可谓公正慈爱之大臣,杭民感戴之忱与湖山并不朽矣。快哉,为浮一大白。

交插屏页册匣于何供事玉二。

十五(5月17日)　晴。姚编修颐介彭元琉来见。以轿加油帏,不得入署。晚至赐庐住。札致临清万牧,遣陈安去。送靴、搢绅[①]、玉洗、内造包。癸未门人欧阳新至,未见。收二葛、二腿。与香合,两胫如浸醋矣。

十六(5月18日)　晴。寅正诣宫门,本部值日,带泰斐音、委署主事。瑚图、灵阿引见。并奏磨勘留交军机。与官保、英廉议事。食于南斋。午正归赐庐。入城。李予申、张曾效、顾葵先后见。

十七(5月19日)　晴。以写扇杜门。户部员外浦霖白事。李予申赠仪。不惑。以银一(定)[锭]十两余。交厨办席,明将请客也。

题挂屏二。

---

① 搢绅,疑指《搢绅录》。

癸未会试榜补附于此，以省查考。

戊子，云南。莘士。○孙效曾，侍读。浙江仁和，附，庚午。卫肃[①]。恂士，心莳[②]。

○李调元，吏部。四川罗江，廪，己卯。学录。王文治。羹堂，雨村。中书学录。

○秦大成，状元。江苏嘉定，廪，己卯。戴第元。澄叙，簪园。

程琮，瑞玉，惕斋。湖北麻城，廪，壬午。罗典荐。王燕绪。

吴霁，革。浙江钱唐，优贡，壬午。王昶。

陈彬，学正。宛平，廪。学正。卫肃荐。王懿德。

铁如。施朝干，礼部郎中。江苏仪征，优，壬午。王大鹤。铁如，小铁。

○董潮，浙江海盐，监，丙子。中书。中书。赵翼。晓沧，东亭。

杨明伦，山西平陆，廪。教谕，阳城。秦黉。

○鲁鸿，河南，县。江西新城，拔，辛酉。教谕，万载。秦大士。

○苏去疾，刑部，州。江苏常熟，廪，己卯。内阁中书。罗兴。献之，园仲。

○易文基，改县。湖南长沙，附，庚辰。梅立本。占履，□□[③]。

苏亭。浦霖，户。浙江嘉善，廪，丙子。宋铣。雨生。

○吴省钦，侍讲。冲之，白华。江苏南汇，召试中书。诸重光。戊子，贵州。庚辰，广西。辛卯，湖北。己卯、辛卯、壬辰，俱会试同考。

林振采，九苞，仪廷。福建长乐，副，己卯。翁方纲。

○董诰，侍读。浙江富阳，监，壬午。汪存宽。雅伦，蔗林。

○李汝麟，泰顺县。江苏山阳，廪，己卯。张霁。佩堂，仁圃。

○鲁河，江西新城，廪，壬午。肇伦，润堂。

哲成额，县，吏部。满洲正白，廪，庚辰。维九，守庵。

朱子璠，奂若，元鲁。山东武定，廪，庚午。

---

① 卫肃，会试考官。下同。

② 莘士、恂士、心莳，均为孙效曾之字。以下参此。

③ 此两字已漫漶不清，疑为“芝田”。易文基，字芝田。

陈钦元，有韵，古泉。河(阳)[南]祥符，增，丙子。

○姚鼐，礼，刑。安徽桐城，附，庚午。姬传，梦穀。

李曜庚，旭培，东轩。广西宣化，拔，辛酉。汪存宽。

○黄九叙，赓飏，鹭墀。浙江钱塘，廪，庚辰。秦大士。

高上桂，云南邓川，廪，壬午。翁方纲。殿元，月峰。

华允彝，江苏。

卢圣存，广东东莞，廪。存之，义门。

谢景谟，龙先，蓉江。山东福山，优。

李荣陛，江西万载，廪。奠基。

沈世焘，刑。浙江仁和，廪。函九，荇纡。

湖南学政。○褚廷樟，侍读学士。江南长洲，拔，中书。左峨，筠心。

贾构，陕西洛川，拔。尔肯，竹阴。

○舒元丰，昌乐县。直隶大兴。春谷，鹿野。

唐来松，甫邻。江南歙。

潘相，曲阜县。润章，经峰。湖南安乡，拔。

傅宗元，四川新都。枢化，怀柳。

○牟元文，贵州安顺，拔。思贻，素田。

戴璐，工。浙江乌程，附监。敏夫，葭塘。

○祥庆，汉军。革。

邵伦清，江苏常熟，本休宁。古音，钧亭。

○乔钟吴，江苏上海，贡。云门，静轩。

庚辰，陕西。陕西学政。杨嗣曾，户。浙[江]海宁。宛东，两松。

○涂宁先，县。江西靖安，廪。致远，秀峰。

汪百名，江南歙，廪。实宾，定斋。

○邵一联，大兴。敦之，迁庐。

山东学政。○韦谦恒，探花。云贵臬司。安徽芜湖，召试中书。慎旃，约轩。

○王学濂，砀山县。浙江。志周，廉泉。

禹文煦，河南汜水，拔，庚辰。

○李廷钦，兵。福建。

王麟书，泗徵，静庵。大兴。

○王嵩高，江南宝应，附。

○李集，浙江。

张钧，兵，州。陕西。衡宇，南峰。

李名扬，景修，秋坪。河南卢氏。

范龙，浙江。

洪銮，辂门，阮溪。安[徽]芜湖，歙人。

汤萼棠，刑。浙江。铧斋，千泉。

刘治传，云南石屏。方周，岐阳。

王铃，荫槐，素○[1]。江南和州，廪。

○刘幽，县。江西金溪。完璧，琰亭。

陈鹏飞，四川涪州，廪。之南，砚涛。

汤愈，江南昭文，廪。闻起，勉耘。

○濮启元，轩淳，玉岩[2]。浙江桐乡，廪。

○冯丹香，双流县。浙江慈溪。燕山，窦枝。

○程沆，江南安东。琹南，瀣亭。

危履亨，福建南平，廪。正存，省斋。

蒋熊昌，户。江南阳湖，监。辛仲，澄川。

穆凌烟，直[隶]束鹿。题阁，青峰。

平圣敬，县。浙江山阴。丹珂，跻堂。

○白麟，刑。满洲正白，廪。应雍，西厓。

---

① 朱大绅修《(光绪)直隶和州志》(清光绪二十七年刻本)卷二三《人物志·文苑》收有王铃传，但只提到其字为荫槐。

② 李廷辉修《(嘉庆)桐乡县志》(清嘉庆四年刻本)卷六《进士》载，濮启元，字显仁；卷七《列传》载，濮启元，号玉岩。

〇陈良翼，湖北蕲州。孔十，卦峰。

庚辰，四川。〇祝德麟，浙江。趾堂，芷塘。辛卯、壬辰会试同考。

王为俊，礼。江南含山。

吴本，江西崇仁。

史才，山西忻州。

汤大奎，江南武进。曾辂，纬堂。

费南英，工，御史。浙江乌程。希文，道峰。

〇薛鼎铭，匠山，苇塘。江南上海，增。

〇刘启秀，贵州都匀，原湖南邵阳。怀芳，息园。

〇杨慰，山东兰山，廪。安临，健庵。

商衡，县。浙江会稽，监。季野，童初。

沈翰，江南震泽，廪。周屏，立斋。

吴森，县。江西南丰。奉璋，云衣。

匡文炅，山东胶州。淑辰，橘亭。

邓克明，四川眉州。

熊爵勋，江西安义，廪。懋功，桐江。

吴珏，江南歙，樨玉，并山，廪。解元。

赵苏门，徵民，萝村。山东海阳，廪。

曹焜，县，州，泸州。浙江嘉善，廪。己卯、庚辰副。秋渔，小牧。

尚五品，山西沁水。

杨廷柱，直隶大兴，廪。立山，石斋。

〇胡一鸿，县。江南山阳。

〇保兆炳，江南通州。

聂宗阳，江西德化。

费承勋，浙江仁和。

刘正撲，时叙，一亭。湖北汉阳。

高荧，部。浙江德清，廪。青如，谦谷。

吕尔昌，刑，捐。江南武进。复宇，硕堂。

魏廷皋,直隶柏乡,廪。赓明,梅林。
袁树,县判。浙江仁和。铁存,芗亭。
○屠绅,江南江阴。贤书,笏轩。
汪知松,吏。湖北江夏,廪。作鳞,秀岭。
杨宗岱,江西大庾,廪。钝夫,麓青。
费淳,刑,常州守。浙江钱塘,廪。朴安,芸浦。
张存性,革。直隶涿州。
包祖贤,景哉,介轩。浙江鄞。
倪允迈,县。贵州开泰。宗庭,抑斋。
张希贤,山东益都。
徐天骥,户。浙江德清,中书。德士,松坞。
齐翀,始兴县。江南婺源,廪。雨葑,雨峰。
观永,满洲正白。季谐,寄亭。
袁嘉德,县。江西,副。赣。粹中,春舫。
○孙良慧,县。江南桐城。松霭,颖生。
费志学,湖南巴陵,廪。所之,兰谷。
申士秀,书升,清川。山东历城。
张兆鳌,钦玉,亦沧。福建仙游,廪。
杨景山,广东万州。
辛卯,贵州。中。张培,浙江钱塘,守田,蓉沚,优。
朱光训,庭方,梧冈。江西乐平,廪,副①。
○刘征泰,阶符,东亭。直[隶]临榆,廪。
○蒋鸣鹿,休。舜游,东崖。云南鹤庆,廪。
崔映淮,临汝,南皋。代州,廪。
冯麟,壮廷,苑嘉。广东东莞。
胡鹏云。

① 副,指乡试副榜。下同。

周于德，维世，仁亭。四川乐山，拔。

詹斌，中定，钧堂。广东饶平，廪。

吴锦元，集五，絅斋。江西瑞州，廪。

许凝道，由伯，整亭。彰德安阳，优。教谕。

钱璟，希宗，广平。鄞都，鬼籍。

萧栴年，丹山，雪崖。山东福山，拔。

李树启，左翼，锦江。四川三台，廪。

○沈初，榜眼，侍讲。景初，云椒。浙[江]平湖□□，中书召试。

陈士凤，彩珍，丹崖。河阳①，副。云南。

冯文止，山西壶关，廪。解元。

韩乾元，健安，学山。保定府新安，廪。

徐国柱，殿中，砥斋。沔阳，副。

成兆丰，武芑，德川。邹平，廪。滕县教谕。

薛善时，适可，甲楼。河南原武，廪。

欧阳新，我充，晴岩。江西安福，优。

蔺怀玑，仪仲，斗三。山西左云，军②，廪。

林德明，二如，镜湖。汉川。

李中龙。

赵来章，解元。同万，丰中。麻邑，廪。以教职俸满，用知县。不认师生。

刘映棻，芳渠，午亭。广西临桂，廪。

戴观，京瑞。颙斋。宜兴，廪。寿州学正。

吕元亮，刑。靖一，潜斋，柳溪，□□③凤台，廪。

胡绍基，中。桂花，杏山。福[建]长汀，廪。

蔡履元，户。万资，梓南。浙[江]石门，廪。

---

① 河阳，云南河阳（今澄江）县。

② 军，应指军籍。

③ 此两字模糊，据文意，有可能是“山西”。

○高墉,省垣①,壁茨。江西。
王家宾,中。觐宕,梅岑。中书。昌平。
王遵典,徽五,伯丑。山西平定,廪。
○张秉愚,葆灵,梯南。陕[西]绥德,廪。
李九苞,德辉,损庵。河南原武,廪。
张世法,平度,潭州。湖南湘潭。娶亦姓张,不解。
○周位庚,刑。迁岐,介亭。广西临桂,廪。
马葆善,刑。锡存,隼峰。直[隶]献县,廪。
陈廷牧,丛桂,荔园。广[东]南海,本姓关。
牛问仁。
李声振。
○黄义尊,御史。道庵,达斋。湖北江陵,廪。
邓大经,敬敷,叙轩。广[东]东莞,廪。
万邦英,人骥,德峰。贵州独山,廪。
张瑢,和叔,柳村。河南柘城,副。丙子。
龙仲槐,宗传,检斋。广西洛容,廪。
陈宏衢,康九,心白。福州侯官,拔。
○陈其焜,刑。介琰,琬同。广东新会,廪。
张昆,文石,西轩。陕[西]泾阳,廪。
胡翘楚,迈丛,迤楼。山东肥城,廪。
汪谟,次典,澄渠。江西乐平。
颜璹,其蕴,陋溪。永春,拔。
刘升,中木,紫田。陕[西]临潼,增。
张联芳,捷飞,青圃。安州,廪。
周肃文,履刚,潜溪。江西金溪,附。解元。

① 陈骧修《(道光)鄱阳县志》(清道光四年刻本)卷二二《人物传·文苑》载,高墉,字隼垣。

陈燮，吏。贻赞，和轩。福[建]闽，教谕。

◯龚骖文，刑。熙上，简庵。广东高要，廪。

李之英，含斋，步瀛。大兴。

潘宪武，立山，静存。贵[州]贵筑，廪。

杜元躬，麟标，穆庵。河南登封，副。

宗开煌，刑，州。星渠，斗南。江西南昌，□。

杨抡，子才，仁山。甘肃中卫，廪。

陈肇森，桢夫，立斋。福[建]侯官。

张崧，雄五，尧封。绥德，廪。

◯孟生蕙，吏。鹤亭，兰舟。山西太谷。

李家麟，户。仁哉，唐苑。陕[西]三原，廪。

林爱霖。

宁有诚，丹亭，纯夫。奉天锦县，廪。

◯李铎，县。振文，琪园。山东寿光。

十八(5月20日) 晴。早薛兰过。李淑度过。延李集、濮启元、齐翀、李汝麟、胡一鸿、陈廷牧、欧阳新饮。王嵩高以疾不至。

遣送淑度席。迫晚诣赐园。

十九(5月21日) 晴。寅正诣前园，奏殿试事宜。既，返赐庐，遂止不行。敬堂过。

二十(5月22日) 晴。寅正诣宫门，候官师泉、英梦堂不至，遂撤牌，领读卷官本归赐庐。草草一饭，入城。

晚荣书屋藤花始盛，同四美小饭于下。予先寝。

是日，上御单纱袍。晚膳时去领。

廿一(5月23日) 阴。晴。戌雨，甚渥，至次日丑时小雨，彻晓未已也。寅正出门，诣太和殿，以策试进士提调也。先与永公食于上谕馆，既直武英，再食。晚憩诰勅房，再用晚膳。亦武英食。余坐昭德门竟日夜。

廿二(5月24日) 辰渐晴。卯正一刻始净场，第一铁保，最后【阙】。

众监试王大臣各散。予候轿,小坐诰勅房而归。剃头。

酉初诣赐庐。

廿三(5月25日)　寅正一刻诣宫门,奏胪传仪注,并请派察看标识大臣。食于南斋。候于公,闲话。至午正,回赐庐,小食而归。是日凉甚,仍用领。

廿四(5月26日)　晴。上回宫。予以卯正入直,申正散。引见前列十名,予经理诸事如昨年。

廿五(5月27日)　晴。寅正入朝。上以寅正三刻升殿,胪唱,予陪位。礼毕,趋前朝,奉命同素大司农捡选山东巡抚徐绩请从九品四员、未入流四员,吏部传集应挑各项九十三员,内拣选得陈又新、王裘、白琏、舒越、吴调政、覃维楚六员,又刘洁宝、杨瑶、李蟠根、郑士均、赵建德、王嘉会六员。事毕,入直武英,考验新补誊录举人丁△△。湖南人。同镜澜饭后归。

廿六(5月28日)　杜门。

廿七(5月20日)　庶常散馆。

廿八(5月30日)　卯、辰雨已止,午后晴。上御门,予以寅正二刻诣宫门,礼部以二班上。礼毕,食于南斋。召对于勤政殿东书房,巳初二刻散。入德胜门,蒋戟门少农邀饮食,同崔、曹、蒋三公。刘、卢二司员白事。

河抚馈面。

廿九(5月31日)　晴。入署。传中城指挥张若翼、魏绍曾见。

湖北庚午门人柯编修堉以本年分校会闱所得士胡光琦、婺源。莫瞻菉、卢氏。芮振宗、宝坻。张家驹、含山。徐名言、新建。黄启骏、晋江。李阳棫、新都。张潮普、丹徒。齐圣渭贵州。见。

五月朔(6月1日)　晴。晨起拜家祠,荐樱粽如仪。巳刻趋午门前,奉命派同程冢宰、素大司农、迈少宰、傅少司农、阎少司空验看四月分选官,郎中姚鼐、谢王琰,员外郎张鸿肇,主事张若翼、费孝昌、魏绍曾、金埏，内阁典籍朱芫星、徐扬，知府邵齐然，同知郑沄，通判孙霑、白玑，知县单熽、麟书、官庆、汪垕、吴森、王学濂、李汝麟、胡一鸿、郑如玉、赵上达；又正备知县鲁河、李集、何□玉、张珣、燕居广，吏目赵宠绂。又补行引见正月分主事何梦潼，二月分江西粮道灵泰，上年。十二月分知州图敏，本年三月分知州苏泰，共三十三员。既毕，复奉命派同诸公于阙门外挑选兵部江南宁国营参将一缺，以云麾使刘文敏拟正，范宜恒拟陪。事竣各散，归寓。料理贡事，差朱凤押往。并送额驸屏、扇。懋勤诸公扇俱今日送去。

董十六两。吕十两。喜张五两。二赵四两。匠人六两。众共十六两，分八包。天仙庙二两。□□□□□。

南斋于二两。刘二两。郭二两。园茶二两。部朝房茶五钱。内朝房苏拉五钱。苑户二钱。扇五。又三钱。□日，扇二。

初二(6月2日)　丑初赴园，奏停止平粜，于前园会同在事诸公同递，得旨允准。复奉宣至军机处，发看河南巡抚何渭奏折一件。遂由赐庐饮食而归。

遣送玛兴阿少司寇往叶尔羌，赠以二贡纱、四葛、廿扇、十二茶。

初三(6月3日)　俞尚栋见。发往甘肃。赠仪。入署。拜客。费过亭、升刑[部]主事。顾颖元新改部属。来见。昨贡下，赏收承露披薰插屏、翔瀛集庆插屏、重轮拱璧插屏、水礶、水盛、玉镶(合)[盒]、沈士充画、皑仁垂训一(合)[盒]、熙阜宣淳一(合)[盒]，共九件。冯丹香过。

初四(6月4日)　晴。杜门，料理扇债。阳生误发扇十柄。剃头。酉正诣赐庐。一应扇俱今日料理竣。

本年书扇：耕作二十一首，蚕织二十四首，生夏二十首，一字至七字诗十首，樵具十咏，渔具十咏，茶具十咏，拟古乐府四首，狮子林八首，续题狮子林八首，《五明扇说》，读《刘昆传》，《古玉斧佩记》，《论重瞳》，《抑斋记》，读《韩非子》，《开泰说》，读苏轼《范增论》，杂说，《淳化轩记》。

初五(6月5日)　上晴，下阴。寅正一刻诣南斋。嵇司空、董宫允同食,予所办也。辰正入内,看铜器。出理字画,听于公谈戟门,可恶亦至。巳正返赐庐,遂归。遇盛司寇夫子之孙承泰于门,赠以一金而去。分发欠账。古道杨虚堂赠书仪。一百。祀先,行礼。与杨检斋、杜履旋、沈祖宗、大儿作解粽之饮。戌正一刻散,即寝。

初六(6月6日) 晴。巳、午间雷雨。入署,遇雨而归。德赠青花烟壶。发钱宫傅乔梓、庄药泉、寄香药十七件,完珊瑚珠、雨缨,并赏钱使五钱。彭云楣、收葛纱四匹,赏使一两。杨虚堂、送扇二、伯虎画,使四两。尹藩台、嘉铨。舒。李藩台、本。冯。李臬台世杰。冯。各书。邹梦皋过。

初七(6月7日) 晴。午微雨。沈省堂云南粮道。过。晚答之,赠以绢对、主脚等身。一扇。舒玉怀、胡光琦、方玮收扇三十。过。入署。恽,徐,薛。

昨祝芷堂德麟以会闱分校士王佩葵、潘曾起、朱恒庆、茅元铭、李玩莲、邹炳泰、金榜、杨绅世、李坚、余瑚见。补记于此。

初八(6月8日) 李汝麟以得选浙江泰顺令来谒。早与吉遇。

午间诣赐庐。小坐天仙庙,遇易山光禄。

初九(6月9日) 晴,热。寅正诣前园值日,奏带卢耕心引见,留部。又武英奏请校刻《御批通鉴辑览》人员列名,并补提调陆费墀、纂修张秉愚。召对于讨渊书屋[1]南轩,久之乃出。即带引见,归寓饮食。申正入城。奉命派同武进中堂,蔡大司马,观、张两总宪,周少司马阅看朝考卷,是日即驻宿文华殿东配殿。

题:"处之一则能化而齐"论;拟答张布诏;拟官才议;赋得"日临仙掌动",得"清"字八韵。

考者共一百六十二人。

初十(6月10日) 晴,热。阅卷竟日。予送饭、酒二次。午膳后,与武进汇总六人之卷,公取三十二本。灯后会饮,至子乃寝。

十一(6月11日) 晴。早会群公定甲乙,即各贴签谨封。鼎甲三

---

① 讨渊书屋,疑是"讨源书屋"之误。

人一封，取三十二本一封。毕，会食。即与监试满汉御史四人作别而散，时甫巳刻，予遂往赐庐住。

十二(6月12日)　晴。阴。夜雨。寅正诣宫门，奏呈朝考取卷。既下，□原拟□动一人。发出时已启弥封。予遂归赐庐小憩。未正复诣宫门，奏取卷名单。不得上，乃归。接杨宛东书。不惑。

取进士朝考名单

观。[1] 许兆椿，林[2]

刘。庄通敏，林

周。潘曾起，小[3]。林

观。邱庭漋，林

王。平恕，小。林

周。沈孙琏，林

周。陆湘，小。中[4]

张。方炜，林

周。宋镕，中

刘。李棨，中

蔡。章煦，中

刘。吴俊，中

王。王兆泰，林

刘。钱樾，林

刘。李镕，林

张。朱绂，林

王。裴谦，林

---

① 指考官之姓。

② 指翰林，即选为翰林院庶吉士。

③ 小，疑指小门生。

④ 中，指选为内阁中书。

周。李世望,部[①]

蔡。吕云从,中

张。施灏,县[②]

刘。朱攸,林

观、毛上炱,中

王。郑宗彝,部

蔡。来起峻,小。部

刘。王照中,中

观。莫瞻菉,小。林

观。李尧栋,林

刘。颜培天,小。部

刘。蔡大均,部

张。张家驹,小。林

茅元铭,小。林

蔡。邹炳泰,小。林

以阿尔泰为四川总督,原督桂林革职提问。

始服芝麻地纱。德锡安熏扇并络。

十三(6月13日) 阴。晴。酉雨。杨昌霖归。索与彭学使、胡臬台书。薛兰见。入署。嵇、阎二少司空来查修葺署屋工程,陪小坐,茶果。复至仪、祠二司,验看而去。予复再坐办事,乃归。

李进士、镕,自铭。方进士炜过。为薛兰募同人赆仪。李、蒋、谢、庄、钱、邵。

十四(6月14日) 阴。晴。雨。吕云从。剃头。

十五(6月15日) 晴。阴。雨。拜家祠。吴侍讲省钦以会闱分校所得士来起峻、浙。熊言孔、大。平恕、浙。朱攸、山东。颜培天、江

---

① 部,指分部学习。

② 县,指选为知县。

西。陆湘、直,邹。王坦修、湖南。闵惇大、浙。彭元琉、江西,张。周琢、广西,秦。孔广什、河南。叶诚、浙。周谦、浙江。吕公滋、河南,邹。萧凤翱,贵州,秦。并湖北连捷士徐愈达、罗正墀见。朝考进士门人郑宗彝见。吴俊奕千见。酉初二刻诣赐庐。天仙庙遇蔡、周。门人潘冠武见。

十六(6月16日)　雨。阴。晴。寅正一刻诣宫门。上御门,礼以头班上,奏事一件。廿三忌辰牌。食于南斋。带领仪制员外正施学濂,陪邹凤翼。并主事卢耕心,实授。引见。午初退至赐庐,写扇。至酉初,以上命书泥金花卉三十种扇缴进,遂入城。俞姨四十初度。以董诰为侍读,李汪度为侍讲。

十七(6月17日)　晴。雨。晴。雨。晴。雨。晴。上回宫。极乐世界膳。予以卯正二刻入直。新进士引见。

赏皂保之侄五钱,小刘儿五钱。

十八(6月18日)　阴。雨。晴。以题本优贡一件改奏。不得已也。奉旨:依议。申正回家。晚抵署斋。本日裘、英二公谳雄县事归复命。新进士引见。

十九(6月19日)　晴。寅正二刻入直。前后皆同。申正下直,归家。晚仍至署斋。同永、金。遣吊严长明。本日引见中书、学士。

二十(6月20日)　晴。奏考优拔贡生一折。召对于养心殿西暖阁。寅正二刻始入直。上已视祝版,回宫。申正散归。戌初仍抵署斋。湖南臬司敦福过谒。

二十一(6月21日)　寅、卯间大雾,既而大晴。丑初一刻起。丑正出部,诣方泽坛。上于寅正一刻莅坛行礼,予偕金海住侍仪。卯初十分礼毕,予稍徘徊,易衣归。薛兰以明日往榆林,阳生见之。

廿二(6月22日)　晴。暮雨,彻夜。寅初得大吉梦,放荡之至,可惜老而不得畅游登陟。醒而自笑也。卯赴署,考各省贡到优生二十一名,选拔二名。钦命题:“盍各言尔志”至“愿闻子之志”①;赋得“夏至颁

① 出自《论语·公冶长》。

冰”,得“改”字五言八韵。饭于斋所。写扇二柄,题诗二首,草请银刷书奏稿。未初,张大司成裕荦、朱大司成棻元来会考,同食于堂。酉初,各卷全缴,弥封。公阅取二等五名,三等十八名。各散,予遂出德胜门。诣赐庐,已亥初二刻,未出城即遇雷雨,至园尚不止也。即寝。

二十三(6月23日) 卯、辰、巳皆雨,既而晴霁。寅正二刻诣宫门,奏昨日试卷。午初返赐庐。札答陕西学使杨宛东。赏使二金。

奉勅书董侍读泥金画扇十柄,临帖。今日写竟,酉初恭缴。小饮而寝。为吴景照事乞竹井,似属已成。

二等:方梦蓝、浙。钟锡圭、浙。洪桂殿、安。李黉、江西。阮增荣。浙。

三等:孙谋、江西。邓友枟、江西。许嗣临、安。沈自煌、安。查瀓、浙。伍舜其、江西。陈世愷、河南。王汝盘、江西。朱镇、安徽。宋广备、河南。周兆麟、湖北,拔。柯汝成、福。郭瑸、江西。夏大鼎、湖南。苏元善、河南。江龙光、贵州。杜相、河南,拔。吕相本。浙江。

二十四(6月24日) 晴。寅正二刻诣宫门,本部该班,奏九公主下嫁筵宴;初定筵宴,皇上前停止,内宴仍设。得旨:知道了,交内务府。又予独奏修书处请银一千六百余两,作通行书籍资本,荷蒙俞允。二皆予前日独对奏请,已蒙旨允行之事也。

是日上诣前园请安,以卯初往,卯正归,予偕同列侍班于大宫门外。同裘公食于南斋。

答敦臬台于公馆,即来顾,谈久之去。庄、谢二阁学过。谢交上书房请安单。李庶常尧栋东采过谒。接稼轩同年札。

廿五(6月25日) 晴,日红色,热。寅初二刻出门,诣大东门送驾。上以卯初刻启驾往热河避暑山庄,奉安舆偕行。是时上骑马,予与同列跪送。咸吉服。俟过,各散,予遂返赐庐。食后检点,苏首领来,与阳生扇袋、香包等。予先以所售磁器三件还之。巳正入城。双林尚留,不尽之物俟明日车再取也。归坐梦舫,始启北牖。

随驾:富察善、吴绍诗、德福、倪承宽、周煌、崔应阶、三和、王铤、国柱、德昌、申甫、刘纯炜、袁芳松、昆笃。

廿六(6月26日)　晴,日如昨。杜门。吴森、湖北建始令。蔡大司马、李宗丞过。晚俞姨以十六日四十初度补饮予。令庭院如常。遣祝陈淦母寿。一两。遣祝悯忠寺僧八十寿。二两。

廿七(6月27日)　晴。早延鹿耳门同知成同年城饮食。梧陪。门人浙江泰顺令李汝麟来辞赴任。赠而立①。遣送敦臬司福酒席。以后似此等人,断不可送与物。昨接临清万牧札,今答之。

廿八(6月28日)　晴。辰会同列于午门议狱二件,俱刑部承旨也。既,直武英,酌议卖书各项。与提调镜澜、丹叔饭。午正入署。遣阳生贺邹道长梦皋,因子炳泰馆选开宴也。寿俞姨红羊绒三丈、扬银二(定)[锭]、月白绫一匹、玉子。

廿九(6月29日)　晴。戌大雷雨。为俞姨补祝,早面食,晚饮,俱于梦舫。吉、筠俱侍,二女亦陪。张、胡二姓弹词。与以二扇。胡一鸿以选得龙川令来辞赴任。亦而立。接王廉泉书仪。不惑②。

三十(6月30日)　晴。新庶常裴谦子光过谒。入署。吴森云衣过。

六月朔(7月1日)　晴。卯初至阁,恭递请安折,遂入直。四阿哥属题《芥如舟》二绝五言。入署。本日起,堂上理事毕,即赴槐下小斋坐,阅本部《则例》。家中送饭来食。未初散。归拜家祠,以半月行事告。送费过亭扇、茇席、台皮。

命梧儿书诰轴。服葛纱起。

送门应兆、诺穆浑。

初二(7月2日)　晴。夜雨。卯正诣午门朝房坐,阅《则例》久之。辰正奉命会同托、程两冢宰,蔡大司马,官大司寇,英少司农验看五月分选官:员外毛德济,知府温葆初,同知陈胪声,知州袁治、德魁,

---

① 而立,指三十两银子。下同。

② 不惑,指四十两银子。下同。

通判侯于蓟,知县元时、舒元丰、章锦、邢铨、张珣、崔岩、马用观、梁大煓、刘伊、文运隆,又预备知县陈鈖、郭维本、鲁河、陈球、谢文在、王临,共六员。典史夏世华、鲁日瑞,驿丞杜受镒。又补行引见治中[①]唐尹,上年十月分。知州陈新槐、上年八月分。朱懋炳、上年十二月分。韦之瑗本年二月分。等廿九员。事毕入署饭,看《例》。未初始归。

送七姑母宁都贡布一匹。札答陈抚军辉祖、刘臬司秉愉,吴森带去。

恒慎,收醉鲥鱼、菊花。

初三(7月3日) 晴。延温州守同年邵齐然早饮,蒋少马、李宗丞陪,自[②]辰至申正始去。韦郎缴房租三十,以初七日出屋。

初四(7月4日) 晴。辰入署。饭。午正散。是日来往俱拜客,甚众。

李佩堂、胡南庄过辞。请安折归。接于、倪覆札。接军机札,为安南事。

接军机札,言安南事。

初五(7月5日) 晴。夜风,雷,小雨。入署。饭。拜客。剃头。周崧晓过。

初六(7月6日) 晴。晚阴。夜热甚。祝嵇少司空寿,顺拜客,不入署。作对联送达韬庵、书扇并绢条;画一幅,是文柟《环绿轩图》。成成山、绢。李佩堂、绢。胡南庄、吴云衣,并金扇。达二。又作札韬庵解。札宸占,佩堂带去。邵太守送别敬,却之。

初七(7月7日) 晴。入署。早王廉泉过。以选调砀山令。

初八(7月8日) 阴,微雨。吊绰司寇鼓盆,仪四金。顺拜客,入署。饭。两提调哈、刘。白事不当,抑抑而归。癸未门人陕西张昆见。贽四。袁烜辞赴安徽试用。交大纸与鲁洪,觅人作西洋画。工以六金。寄李芳杞札。索墨。又送达明文柟《绿荫轩图》。

---

① 治中,官名,正五品,为府尹之辅佐官。清代唯顺天、奉天府置。

② 此字原文较模糊,推断为"自"。

初九(7月9日)　晴,下阴。亥大雷雨。李屿十过。借玉牛、玉虎二件,贡灯十对。东头拜客,入署。饭。午后归。

初十(7月10日)　晴。早补服赴阁,递请安折,遂入署。饭。午归。

寄徐克家、厚梁札。并九卿公祭润亭分金。沈厨明日婚娶,赏以二金。晚具酒食献,与妾、女辈酌于梦舫。

十一(7月11日)　晴。晚雷。寅正三刻入朝,候六阿哥自热河归,于传心殿恭请圣安,即归。顺送成成山台湾司马。晤。素服,先祖母祝太夫人忌辰,躬率二子修祀事。午后,体不爽,卧至晚,仍沐而寝。金少宗伯送笔袋。

十二(7月12日)　招李集语。

十三(7月13日)　入署。

十四(7月14日)　僧△△过访。入署。武英彭、陆二提调过。

延王廉泉、欧阳△△[①]饮。王嵩高不至。

十五(7月15日)　雨。晴。阴。展拜家祠如仪。以上半月行事告。草覆军机札安南中官。并武英稿。又札致周蘧庵、倪敬堂、于耐圃。剃头。凌姓见。

附记戊子副榜二十二人于此。

孙溶,王青云,程橘,贵池,附。韩廷秀,江浦,附。王朝鼎,何慎慰,青阳,附。汪昶,歙,附。己丑中。李蓁,朱邦瑾,元和,廪。己丑中。陈瑎琪,王藻,江宁,附。王元,婺源,附。纵耿,李志点,丹阳,增。蒋重曜,柏芳华,戴标,朱大庭,镇洋,监。杜翰英,邓祬永,江宁,廪。王正焕,黄金台。

记丁卯顺天乡试《礼记》房,

　　戊辰会试《书》四房,

　　广东罗定一州二县所取进文武生员,

　　湖北庚午乡试,

---

① 据上下文,所阙两字疑为“晴岩”。欧阳新,字晴岩。

江西庚辰乡试，
江南戊子乡试，
癸未会试，
丙戌教习庶吉士。

以上皆真门生也。

记本月应请之门人：杨棆、潘宪武、胡翘楚、万邦英、李声振、高上桂、张崧。

附记小门生。

壬辰会试：柯瑾、吴省钦、祝德麟。三人分房。

辛卯乡试：陈燮，江南。张培，贵州。吴省钦，湖北。蔡履元，杨嗣曾。分房。

辛卯会试：吴省钦、祝德麟、姚鼐。三人分房。

庚寅乡试：边继祖、浙江。褚廷璋、江西。吴省钦、李廷钦。广西。姚鼐、湖南。祝德麟、四川。杨嗣曾、陕西。柯瑾。山西。

己丑会试：边继祖、虞鸣球、褚廷璋、吴省钦。四人分房。

戊子乡试：姚鼐、山东。虞鸣球、河南。柯瑾、广东。孙效曾、云南。吴省钦、贵州。韦谦恒。顺天。分房。

丙戌会试。

乙酉乡试。

癸未会试。

壬午乡试：范思皇、福建。边继祖。贵州。

辛巳会试。

庚辰乡试。

丁丑会试。

丙子乡试：刘湘、四川。叶宏。山东。

甲戌会试：虞鸣球。分房。

癸酉乡试。

壬申会试。

辛未乡试。

辛未会试。

十六(7月16日)　阴。雨。下晴。入署。上房东厢拔衖[1]。

十七(7月17日)　晴。卯初入直,见皇四子,白《通鉴辑览》事。遂直懋勤而归。延金少宗伯甡、钱宫詹载、赵鸿胪佑、朱少司成棻元、张掌科三宾、李进士集并会馆值年谢阁学墉、郑道长宏撰、孙郎中嘉乐、董侍读诰于持洁轩燕饮,为全浙余谊园公议也。金又附议仁钱会馆,朱附议禁采湖石。竟日始散。刘福始来。

十八(7月18日)　晴。入署。新庶常彭元琉来谒。鲁[2]。

十九(7月19日)　晴。卯初至阁,递请安折。入署。饭。门人沈文亨以河南令推升云南牧来。赠知天[3]。接秋芷、竹虚札。其使次早见。

二十(7月20日)　晴。佛山司马陈胪声见。金少宗伯过。言会馆事。交《寻乐斋诗》一册于萧供事处恭录。入署。同永。浴。

前十八日堂吏鲁洪以诰命四轴至,赏以库灰潞绸一端。即以一轴貤赠外祖父母者交履旋表弟收讫。

廿一(7月21日)　上晴,下雨。孟兰舟过。辰入署。饭。永公至,谈不已,至未,不得办事。归途遇大雨。

廿二(7月22日)　早霏雨不绝。午晴。检点诗文稿竟日。顾颖园辞省。陆丹叔过,白事。

廿三(7月23日)　时雨时晴。入署。潘△△[4]过。接其尊人经峰书祝。谢金圃阁学过,言事。早桂□[5]根。□[6]氏诰命刻成。鲁馈纱二、扇

---

① 衖,同“弄”。

② 此字原文较模糊。

③ 知天,即知天命,指银五十两。

④ 据日记可知,王际华与潘相(号经峰)之子承炜、承焯均有往来,不知此处所指是哪一位。

⑤ 疑是“无”字。

⑥ 疑是“杜”字。

二、笔五十、缨。

廿四(7月24日) 入直。晤头巾公，遂入署。饭。郑道长宏撰过。

朱司业棻元过。此明日事。

廿五(7月25日) 晴。阴。邀沈文亨、鲁赞元两门人饭。

廿六(7月26日) 阴。夜雨。入署。饭。蒋戟门司农过。西城南指挥过，白事。衕成，拟改。雷夜不绝。

李六洛先，田三元长。

廿七(7月27日) 晴。晚至署斋。永自戌谈至子刻，几十万语，犹未已。

廿八(7月28日) 晴。阴。雨，热。早至内阁递请安折。拜客，归。种紫薇二树。仍至署斋。

廿九(7月29日) 阴。晴，热。早自署拜客归。晤陈世兄绳祖。遇尚佐。谢金圃阁学过。交(艮)[银]八百两，为义冢也。

戊申，甲午。七月朔(7月30日) 丑大雷雨。雨止，交寅初自署趋太庙殿中侍礼。同秀、王、永宗伯。礼毕，諴亲王行礼，后殿果郡王。遂趋午门朝房朝房二间，为宗伯办公之所，自来离披无状，予亦因循至今。顷命笔帖式巴燕宝作芦席顶，隔改木坑为五，为正堂、左右堂，如署中之式。不独予迩来时奉命办公到此，即外国使臣亦往往于此待礼，亦须稍饰观瞻。所费不过十六金，而整齐严肃，无复当日败落景象矣。志之。看《则例》。俟至辰正二刻，奉命偕冢宰托公庸、程公景伊，司农素公尔讷，少农英公廉，少司空阎公循琦验看六月分月官：员外常居广，博士官伟，通判承□[1]、刘叔枫，知县王泰曾、陈球、谢文在、秦重仁、王临、朱湘、丁志振、邱青藜、朱孔璋、段星若、燕居广、孙念祖、朱怀珏、杜文衡、蒋尚宪；又正备知县，欧阳新、鲁河、张方载、吴振、林振钊，共五员。州同李中大、邵嗣桂；又

---

[1] 疑是“福”字。

补行引见主事李章堉，上年十月分。知府阿林，本年二月分。知州沈文亨、上年十二月分。张凤鸣，本年二月分。共三十员。又豫工六十七次分发未入流费琮一员。验看毕，各散，遂直武英。膳后归，拜家祠。

门人李集过。南指挥过。陈絙桥早过。耳顺。

查《藏经》内尚有二册可用：太小为嫌。"才"，《佛心济诸方等学经》；"深"，《佛心帝释所问经》。

初二(7月31日) 拜李友洙端夫，解州牧也。又拜南应星、张凤鸣。入署。鲁道长馈酒二罇。送申仓场绢对、诗画扇。

初三(8月1日) 延陈胪声、郭承纶饮。送邢铨席。

遣吊徐。

初四(8月2日) 晴。阴。夜大雨。入署。陈选君燮以派往四川南路办粮，吕比部郎中元亮以派往西路办粮，俱驰驿，于初六日起程，来辞。

初五(8月3日) 晴。阴。夜雨。李端夫过。送八缎、一盘，固辞之。邢铨送礼，亦辞之。病，不克入署。送絙桥貂豸补、绢对、诗画扇、陈嘉言《延龄不老图》。送端夫扇、对。刘启秀来谒。贽。舒春谷过。申仓场以梧所制案五至，赏使荷包一对。梧发一千。

初六(8月4日) 晴。力疾起，送陈絙桥、李端夫、陈和轩、吕潜斋。

南指挥晚过。

日出卯初，日入戌初。

初七(8月5日) 晴。文节先生忌辰，牲羞致祀。入署。

札致金坛、倪宗伯。以地事语之。邢山启铨。见。

初八(8月6日) 晴，热。早赴内阁递请安折。入署。顺拜范宜宾。即命子来谢。

李宗丞、南指挥过。金△△来。送收菊花四、薛镜二、粉，绸不收。

寄潘经峰札。次子鲸湖带去。与鲸绢对、扇。

立秋。**初九(8月7日)** 晴，热。往报国寺后相度广谊园地，又往看新屋一所。访报国大慈仁寺僧悟明,武清人,六十,腊。看窑变观音。

书二扇,题。赠心斋并其郎瑛宝,伴以扇袋一、香囊二。上赐。

书对并扇,诗。赠邢公山启。

初十(8月8日) 阴。晴,热。子刻电、雨。早稍清凉,往送邢令。复至拈花寺前拜江西巡抚海受川成,观亭。又拜田三老爷、诚善。入署而归。与永办事,不许,陈简告退。

是日素服。

十一(8月9日) 晴。吉祥如意。入署。接素余札。油纸。买生桐油三斤,二百四十文。

十二(8月10日) 晴,热极。

十三(8月11日) 晴,热极。南指挥夜过,言事。

十四(8月12日) 上晴,热。午后大雨,入夜。早入直,与金少宗伯、谢阁学言事。过署不入,以热甚也。赠李洛先、田元长泥金字画扇。

十五(8月13日) 阴。夜雨。辰入朝,刑部会议。亦过署不入,归。展拜家祠,午修祀事,以中元节也。

十六(8月14日) 早雨如注,至巳晴。入署。检点梦舫外楼物件,记档。

十七(8月15日) 晴。入朝,递请安折。遂赴署,同永办事。闻西城□奏会馆旷地事。收藏画幅。与梧《直庐粹美》一册,两儿琉球扇各一。接秋厓札。上房左间糊窗,厢东亦糊饰。

十八(8月16日) 阴雨。接陈抚军札。并币四、香二、小玉花。西城御史范宾过,即留膳,久谈而去。遣送耀州牧张凤鸣席。

十九(8月17日) 阴。晴。

二十(8月18日) 阴。晴。夜雨。报至,知西城所奏事已蒙准行,即至南指挥处谢,并缴地价一百五十两。二两平①。元丝,加二色,共三两。

---

① 二两平,指银每百两比库平少六两。

廿一(8月19日) 雨连日夜。

廿二(8月20日) 早霁,即晴朗。邀胡翘楚、潘宪武、陈肇森、刘启秀、张崧、鲁河、乔钟吴、舒元丰饮。晚邀杜、金、沈三表弟饮。

廿三(8月21日) 晴。夜大风,早晨顿凉。入署。

廿四(8月22日) 晴。阴。札德定圃、姚申甫、张南雄守孝泉、袁英德令□德、蔡主事蒲斋,附洋磁笔山。并送陈鸿亭胪声好扇、好对、好条。

是日陈夫人忌辰,书祭文,祀于中堂。付田三百金①。

遣吊彭冠母夫人。

廿五(8月23日) 雨,阴。初度,屏居竟日。来祝者甚多,两儿接之,款以酒面。荆茂田客入见。同面。白华亦晤。

廿六(8月24日) 晴。卯至阁,递请安折。遂赴午门,刑部会议。既毕,入署。札致海抚军。赠以好扇、对,履旋带去。午出谢寿,晤张牧凤鸣,命陈安饭。

廿七(8月25日) 晴。郑宏撰、沈文亨过。张牧过,为筮得震。点去。

入署。乔钟吴、谒选得新昌。闵太史思诚过。延宋五鏵言事。晚饯履旋,金、沈二表弟陪。

廿八(8月26日) 晴。早过蔗林,不值。朝梧初度,举家面食。

巳入朝,奉命同程冢宰、素司农、永宗伯、蔡司马、迈少宰验看本月选官:郎中王士棻,知府袁文观,直州王永芳,知州吴鹏、吴璟,通判张肇扬、莫如忠、谢维祺、汪时,直州同王仕,知县乔钟吴、张震、陈世瑛、何思温、杨廷琇、林振钊、武绳祖、赖袭、林鸿章、刘树芳、胡翘楚;又正备知县,袁文涣、杨新台、欧阳新、杨镳、吴镇、韩修凤六员。县丞王铨,巡检刘若洙,典史拜相第、高廷钧;又补行验看知府李□性,上年十月。知州陈旭光,本年四月。光禄寺署正帅奎璧等三十四员。

---

① 原文有标记,是百金,不是三百金。

陈鸿亭过。赠玻璨轿窗。何宝慧以陈楝坡书来,皆非也。

札致忠泰、王站住。忠,履旋带去;王,春谷带去。

廿九(8月27日) 助承泰一金。

八月朔(8月28日) 晴。敬谒家祠如仪。敬办芹献竟日,以明日吉辰命朱凤以驮赍赴热河。

初二(8月29日) 晴。早诣午门,九卿会议。顺拜永、海、范三道长。归而午食。遂往广谊园,破土祀神。过大慈仁寺。送悟明香金一两、对一、扇一。南指挥亦来。

初三(8月30日) 晴。早赴广谊园丈量钉界,过会馆后□踏看。晚至署宿,顺过金圃。

初四(8月31日) 晴。早过观总宪,遇副宪高公,遂归。晚仍至署宿。

换班。塔永阿、德风、汪廷玙、曹秀先、金甡、蒋元益、明德、观保、巴彦学、德尔泰、皂保、喜常,除观初六随阿哥外,余俱今日起身。

初五(9月1日) 晴。丑正八分出门,诣文庙有事,至则方排班矣。丁祭礼毕,天尚未明,拜客不可,遂归,抵城门甫开也。至浙绍乡祠一看,见僧以真。苏州人,年八十六。拜客。入署斋宿。晤同年陈球、郑宏撰。并晤其郎绪,字缵成。

初六(9月2日) 晴。寅初出门,诣社稷坛陪祀。祀毕,天尚未明,至午门候开。随赴景运门,偕同列稍坐,俟众位皇子起身赴热河,跪请圣安。又赴内阁递请安折,遂归。至浙绍乡祠,延道长永明、海晏、范宜宾并其郎,大兴令吴△[①],宛平县沈△△[②],兵马司南△△及鲁道长赞元,请谢阁学墉、郑道长宏撰、李进士集饮燕,雅芳班演剧。至晡时始散。

① 所阙字应为“鳌”。其时大兴知县为吴鳌,安徽休宁人。

② 所阙字应为“承业”。其时宛平知县为沈承业,浙江会稽人。

送王藩台二席、二尊。

初七(9月3日) 晴。癸未门人杨慰见。刘锡九字桓符，年三十二。见。执贽，并羽绉四、茶四、笔、燕菜二斤。承泰妻逝，助一金。入署。往北城拜客，晤高副宪旭亭，朴。冯太占过。

初八(9月4日) 昨亥正雨，以后雷电不绝。既而大雨如注，冰雹交作。辰阴，至暮。辰到阁递恭祝万寿折，补服。顺候王藩司，赠百文。不值。凡三诣，皆不值。同年陈球辞赴三水任。陕西。送十二。命双桂往赐庐采葡萄，得七十斤，甚佳美。

初九(9月5日) 晴。丑、寅梦得美宝。为王方伯题扇。渭璜、味隒①。

昨后窗易玻璃，始闭后窗。接虚堂札。赠百文。入署。

初十(9月6日) 上阴。下午大雷雨。始食芡。送程冢宰郎完姻。收笔二匣、笺二束。

十一(9月7日) 晴。夜雨。入署。朱凤自热河归，蒙赏收如意、经函、拱璧、笔筒全分、水盛二、天然山子、赵左《松阴论古》、宋人观音。早往送稼轩嫂南归。接耐圃札并二百金。

札致味隒方伯。赠以扇二、陆治《丫兰图》。赏家人潞绸一，又银一两。札答边秋崖、褚筠心、金听涛、王伟人、徐恕、李梅亭、邵孔诏、曹竹虚、吴舜玉、杨虚堂。赏家人四两。送同年陈球扇、对、缙绅、荷包三对，并毕秋帆书。晚与内人辈持螯十斤共饮，亥初散。

麻梦麟。鸭四、月饼。大兴吴鏊。酒八、普茶八，使三钱。江兰。兰花二盆、酒二，使二钱四分，力百。刘启秀。节敬六两，赏二钱。屠绅。节敬，赏钱二分。徐大榕。酒四、腿四、茶二，余璧，使四钱。张崧。节敬二两，力六分。戴丙南。别敬四两。邓湄。节敬二两，使六分。张崧。节敬二两，使六

---

① 渭璜、味隒，王亶望之字。

分①。黄义尊。节敬四两,使一钱二分。吉孔修。八两,三钱②,荷包。鲁河。节敬三两,一钱二分。申仓场。酒八、皮蛋、乳腐、糟油,赏荷包、一两。褚廷璋。缎二、香珠,赏荷包、三钱。邵一联。三两,一钱二分。施朝幹。四两,一钱六分。胡翘楚。四两,二钱。乔钟吴。三两,五钱。

十二(9月8日) 晴。至一处听剧,大悔而归。香金二两。作玉、存叙带答制府书,带与吕八、赵四、郭一。

十三(9月9日) 晴。寅正二刻出门,俟城门启,入至乾清门,随同留京办事王大臣及内直内府侍卫等行叩祝万寿礼。随入直次,同武进中堂、裘大司空、董蔗林酒、面。吕首领所备。稍坐,遂同赴蒋戟门司农之招。南刘中堂③,素司农,英少农,蔡司马,袁少寇,裘大空,阎少空,嵇少空,申仓场,葛副宪,吉京兆,庄阁学,谢阁学,庆统领,金苑卿,董侍讲。

宜成班演剧。酉初一刻归。

十四(9月10日) 晴。与桂五、莲五、吉大二、桂大一。入署。接又新"不惑"④书。赏衙皂四金,赏西城家人、吏役共六两。送诸大人羊十斤、茶一(合)[盒]、烟十斤、火腿二只。

戴丙南过别。札致余中丞。接筠心书。

十五(9月11日) 晴。早诣内阁递请安折,即归。拜家祠,一应如仪⑤。与俞四,谢四二二、三一,梧妇绸一、香 ·(合)[盒],飏妇同,桂八钱,莲四钱。

十六(9月12日) 入署。

戴丙南过辞。为易号蕉岩。

十七(9月13日) 晴。阴。申大雨。早至浙绍乡祠,延戊辰门人虞鸣球,庚午门人柯瑾、鲁赞元,庚辰门人邓湄,癸未门人扬抡、邵一

---

① 这和前面记载有重复,可能是误记了。

② 这应该是赏使者之钱。下同。

③ 刘中堂,指刘纶。

④ "不惑",疑指银四十两。

⑤ 此处字迹不清。

联、王嵩高、李家麟、欧阳新、戴璐、保兆炳、鲁河、陈廷牧、刘启秀、周位庚、陈其幌、蔡履元、孟生蕙、祝德麟、张崧、濮启元、万邦英、潘宪武、施学濂[①]、张秉愚、费南英、施朝榦、黄义尊、李廷钦、浦霖、董诰、吴省钦、张培、王家宾、杨慰、胡翘楚、乔钟吴、陈肇森、李集、屠绅、陈良翼、辞。姚鼐，不至。又褚廷璋之弟廷琛，戊子门人施润、王照、去。戴丙南，辞。又助教门人费孝昌，教习门人施学濂，考职门人方祖庚，读卷门人彭绍观，辞。又南应泰之兄南应星，及裘、金、沈三表弟，两儿一孙，于巳刻开筵。雅芳班演剧。至酉正二刻始散。并延较武门人王宸倖，投拜门人徐坤、郑德淳，俱至；景如柏不至。

十八(9月14日) 晴。入署。拜客。札覆钱宫傅乔梓并锄经。

送同年太守王鸣席。送戴丙南四色并扇、对。又李芳杞札。又范栴札并扇、对。晚与内人辈持螯，爱不与。刘芬告假归，以出纳所存余饭银八两八钱零来缴，予即以四两交书办陈篪作抄书费。接耐圃札并会馆章程。

闻亡叔伊仲婶母于七月初十日卒。

施、卢、史三司员白事。

十九(9月15日) 晴。入署，永、诺。遂至诸城中堂处言事。丹叔、芷堂先后过。

二十(9月16日) 晴。先祖忌辰，具祭如仪。施、卢二司员白事。

廿一(9月17日) 晴。寅正二刻出门，至传心殿，于换班回来之公大臣前跪请圣安。遂入直。札致耐圃。出诣天安门外朝房早食。上秋审班，昨日起，予照上年不入班。看四川、广西招册。午散。拜客，晤敬堂。送庆云溪郎完姻，送[②]宫绸二、帽纬二、宫香五百、如意一枝。送吴会昭郎完姻，收花炮四合、宫香五百。

廿二(9月18日) 晴。早拜客。上秋审班，看广东、福建、奉天

---

① 此名字被圈出。

② 送，疑是"收"字之误。

招册。午散,赴云溪喜筵。雅芳班演《三笑姻缘》。

廿三(9月19日) 素服,不上班。小春往长椿寺礼金塔,报国寺礼窑变观音。门人吴本见。

廿四(9月20日) 上晴,下阴,夜雨。辰上秋审班,看陕西、湖广招册。午正散归,稍憩。拜客。赴吴会昭喜筵,保和班演剧。起更,冒雨归。

廿五(9月21日) 晴。候锡安、谢梦堂,遂直武英,验考拔贡宫跂,山西宁武府△△[1]县人。两提调皆在。午,下直,遂赴广谊园看工而归。

见门人徐国柱。敬堂惠扇四并蕨菜、米粉。

廿六(9月22日) 晴。李星曜见。接束鹿唐奕恩书仪。

以秋分陪祀夕月坛,申初去,酉初行礼,酉正乙刻十分归。

廿七(9月23日) 晴。早出门拜客。晚复至阎少司空署言事。

晚与连佳夕。

命裱糊者补缀书房者凡三日,为塞向墐户计也。

廿八(9月24日) 晴。赴秋审,看浙江、安徽、江西招册。

奉勅书大对一、条幅二。梧代。

敬跋世藏《苏东坡草书醉翁亭记》。

廿九(9月25日) 晴。辰赴秋审班,看江苏、河南、山东招册。裘大司空招饮,雅芳班演剧。迫晚归。永自今日始不到,为演炮也。

三十(9月26日) 晴。辰到秋审班,看山西、直隶招册。施润、乔钟吴过。德少宗伯过。乔为而立。晚与诸内人饮食。云溪馈枣。

剃发。发何抚军及滑县札。

九月朔(9月27日) 时阴时雨,申始作凉。晨拜家祠,早食。巳至午门前,奉命偕托、程两冢宰,蔡司马,英少农,袁少寇验看八月分月

---

① 宫跂为神池县人,故所阙两字应为"神池"。

官：郎中邓大林，员外蔡文学，知府陆㷲，同知于殿琰，知州陈藻文，直州同潘汉型，知县吴世贤、周裕、何瓖、福兴、张衡猷、吴履和、欧阳新；又正备知县，鲁河、周崧晓、姚光国、吴镇、陈憕。州同张廷杰，巡检钟先振，典史贾思鲁；又补行验看知州邵陆，上年十二月分。共二十二员①。

是晚始穿羊皮褂，寝去席。验看归后，跋《神仙告梦碑》凡五则，不见一客也。

接俞尚栋札，明日以二。属铸铜图章二方，象钮。

初二(9月28日) 晴。辰入朝，会诸公朝审。上年此月初六寅刻窃上房物之刘陞与焉。未午即竣而归。(余)[俞]尚栋之堂叔沛然见。晚送沛然火腿一、酒一、海参二、鸭二、茶八瓶、藕粉二、挂面、饽饽二。覆获鹿札。使二两。

初三(9月29日) 晴。辰诣阁递请安折，同倪入署。买刘必通笔。覆俞尚栋札。谢董二两。蔗林兄也。

初四(9月30日) 晴。料理贡务竟日。郭亲家至，晚与之便饭。

初五(10月1日) 晴。遣朱凤往热河。入署。拜客西城一带，俱不值。

初六(10月2日) 晴。延郭瑞虹饮。收拾古董竟日。门人龙仲槐见。萨道长欣见。晚南应星过。胡翘楚赠别敬。

初七(10月3日) 晴。胡翘楚见。入署。金可亭延饮。予分八金。保和班演剧。晚怒。

初八(10月4日) 晴。入署。晚延袁文观饮。袖赠数金，可笑也。

初九(10月5日) 微雨竟日。早诣内阁递请安折，以今日銮回避暑山庄也。迟瑞虹旅舍，携樽小饮，瑞虹不果至，作诗示之。

初十(10月6日) 晴，凉。早过瑞虹。拜客。遂至广谊园验工。晚携尊至瑞虹寓，延郭念祖聿修同饮。

十一(10月7日) 晴。札答周制台。以公启二十封寄之。入署。

---

① 此处字迹不清。

袁少宰招饮,泰成班演剧。

十二(10月8日) 晴。阴。微雨。辰入朝,于内右门俟诸位皇子自热河归,跪请圣安。诸城师请安后即趋赴行在,同人再跪请圣安。食于直次,同裘、董。径归。札谢汪又新学使。并费,即犒家人一两六钱。郭瑞虹偕聿修至。吴少宰乔梓招饮。保和班演剧。予分四金。

十三(10月9日) 晴。嵇少司空师过,观《告梦帖》。李宗丞先来,同茶点去。朱凤自热河归,蒙赏收小磁瓶一、陈汝言画。

十四(10月10日) 阴。雨,晚甚。雨入夜。入署。发轿夫帽银。发山西徐观察浩书十九封,并寄其夫人娄挽联、挽额。又发河南何抚台书十六封。赠裘漫士《盛京志》《盛京赋》。昨日、今日三美毕臻,亦异事也。

十五(10月11日) 晴。始换暖帽。早起,肃诚拜家祠,即至阁恭递请安折。

札覆各处。送南应星珍珠皮百张、嘉炉二事。送吉孔修笔廿、砚一、镜二、豹囊二。赏门应兆宁绸一端、豹囊。送大兴吴鏊漳绒二、绣毯二、宜壶二、画眉一斤①。晚至署。亥正赴太常寺救护月食。子初十三②分初亏,子正一刻四分食既,丑初十一分食甚,丑正三分生光,寅初八分复圆,共月食十六分三十三秒。偕同人行礼毕,即回署宿。鹤翘上人辞归云林,赠以四金。

十六(10月12日) 晴,暖。辰初起,归家。寄春圃札。又寄怀德札。和鹤翘诗。往送郭亲家,中途遇,同徒步归,与之同聿修早饭。小饮。阳生与其妇同郭亲家往汶上,赏其内外家人五金。不及候行,即入署,偕同事商参奏一事。

地租处送来菊。南十六盆,北十六株。欧阳新过,未接。有所将也。

以署中送来饭银余存者七两八钱换净制钱,除底共七千二百三

---

① 画眉,疑指画眉绒。

② 此处字迹不清。

十五文。付轿夫加班一千六百，车钱二千，带圆明园二千，备途用三百五十。

十七(10月13日)　晴，暖。施小铁来，予改定奏稿付之。南应星过。

晚与内子辈赏菊。夜宝。

十八(10月14日)　阴。晴。巳正二刻起身，酉正一刻到东石槽公馆住宿。先期仍派笔帖式恒慎领银办理。心中耿耿不安者，为不能阻同寅奏昨事也。永宗伯邻寓，彼此来往，剪烛谈，亥初二刻乃寝。

十九(10月15日)　晴。早起饮食后，辰初启行。小憩怀柔县东门外，登崇阜碧霞元君祠，瞻眺久之。其东北云山万叠，殊畅吟怀也。未初抵密云县旧城内，住天泰号张姓。粮食店内，与永公前后院，彼此来往。后庆云溪过，蒋戟门复偕范缓斋至，永心斋亦未去，剧谈。后继以酒、果，至亥初二刻始各散，就寝。

二十(10月16日)　晴。早起面后，辰初二刻诣行宫东二里许迎驾。诸公俱先在矣。巳正三刻，上骑行至，内庭特班跪迎。既至行宫，即蒙召见，奏对久之。恩眷有加，愧悚靡已。既出，董、倪二首领邀坐于直房，遂至宫门，与群公应酬。因昨所奏事，兵部、都察院蒙旨诘问，俟其覆上报闻，始散，已申初二刻矣。遂返寓，更衣，饮食。酉初乃行，秉炬乘月。至子初一刻抵东石槽，住下处又非昨日矣。小饮，食粥而息。今岁天晴暖，上犹御棉袍、绒领，予辈俱服棉蟒袍，亦绒领迎銮，前此秋蒐归所未有也。

吉凶、祸福、行止，俱不能自主，只好守住良心，听其自然而已。

廿一(10月17日)至廿五(10月21日)　【阙】。

廿六(10月22日)　晴。卯初一刻起身，候正阳门开，至三座门，坐一故衣铺内。辰初一刻法驾卤簿至，二刻乘舆至，予偕群公照例吉服跪迎。遂至西华门，于武英档房易衣，入直。予送菜，又馈于公四器。申初二刻散归。仇墺霞峰见。欧阳新辞别，往苍梧任。

今年甚暖，上犹御棉袍、绒领也。

廿七(10月23日)　晴。卯初入直。未正三刻散归。

廿八(10月24日) 晴。卯初二刻入直。未正三刻散归。晚入署。

廿九(10月25日) 晴。阴。申雨,入夜。卯初入直。未正三刻散归。姚河帅小坡过,交广谊园银,并面致仪。迫暮入署。

十月朔(10月26日) 晴。寅正一刻诣太庙。上以卯初二刻莅临行礼,微雨。予偕倪公侍仪。礼成,入直。食后即出领鹿肉赏。遂至午门前,奉命偕程冢宰、永宗伯、崔司寇、瑚少宰、傅少农、袁少寇验看九月分月官:知府席芑,直隶知州宗开煌,知州吴璟、李焜,通判董启嘉,知县丁尹志、觉罗续林、鲁河、李集、焦长发、邓瑸、姚光国、陈憕、朱簾;又正备知县,袁文涣、卢秉彝、陈肇森、凌浩、王崇极、吴镇,州判赵□恕,吏目潘兴祚,典史徐克绳;又补行验看二月分主事张金城、沈名掞,六月分知府方立经,共二十六员。验看毕,入直。未初至蒋少司农处,同程冢宰,蔡司马,观总宪,周少马,嵇少空,高副宪,金、倪两少宗伯公请河东总督姚公立德,保和班演剧数折,即出城矣。分金七两。

初二(10月27日) 晴。上御门,予以寅正二刻出门入直,本部以二班上。申初三刻散归。旆、施二司员白事。送倪公孙礼,收四龄一锁。

本日犹棉袍、绒领将事,前此未之有也。

初三(10月28日) 晴。卯初入直,未初散出。赴庆云溪招食肉。赠仇墺霞峰八金。施、施、△、史四司员白事。

初四(10月29日) 阴。晚晴。卯初入直。未正二刻散出。鲁河以调右玉令来谒。草驳欧阳永裿条奏。

初五(10月30日) 卯初朝服诣太和殿。上以卯正三刻升殿,予偕同官侍班而退,遂入直。带领施朝幹引见,郎中,施学濂陪;又盛京、蒙古教习二人;俱用正。又奏事五件;又奏呈览安南国黄公缵交出黄扶黎朝银印一方;又湖抚梁国治送来民人掘地得元时铜印四方,俱暂留内。浏阳州蒙古教授印一,交懋勤认识,系蒙古篆文,竟不能知也。午直武英。考验誊录武。始用皮领、皮袍。上但御皮领。

初六(10月31日) 卯初二刻入直。召对于养心殿西暖阁。

未正入署。延癸未门人徐国柱、龙仲槐、吴本、鲁河、张存性、邵一联、王嵩高、陈肇森、刘启秀饮。

初七(11月1日) 奉命偕福额驸添办《礼器图》一分。未正入署,遂直武英,草章程稿。

初八(11月2日) 晴。卯初入直,始知上幸瀛台。是日上始御羊皮袍,前此皆棉也。午直武英。未正三刻入署。吉孔修、黄捷(三)[山]过。

传纂修陈昌图办事。

初九(11月3日) 晴。卯初入直,申初散归。九额驸被责,上书房更定散学章程。十二日归九额驸于上书房读书。

遣吊陆燝,仪一两。

初十(11月4日) 晴,暖。卯初入直,偕福额驸奏《礼器图章程》,赐哈密瓜一枚。申初散,偕同年四人蒋、李、庄、丁。饯同年长沙太守王鸣,保和班演剧廿二出。亥正始散。

十一(11月5日) 晴,风。上幸园。晏起,检一室。食后拜客。倪敬堂邀余陪客,作汤饼会,纳之。未终席而内城客散,予亦归。

遣送太平沈守、绛州黄牧酒席。晚独卧梦舫,僮出不返,关之门外也。

十二(11月6日) 晴。辰直武英,办废图。同姚颐早食。未正散,顺候雅少司寇。黄绛牧过。收地租吏送菊花签十盆。

本日剪持洁轩瑞花,鸡冠也。自七月至今几百日,花作重台九芝,大如斗,色红,目所未睹也。同自开紫、白二种菊花,自旧年根上发出,花叶俱佳绝。伴以红蕉,花盛开。养于大霁红旧磁瓶内,作清供。余居京邸四十三年矣,此日有此佳花,从来未有也。札候钱臬司鋆,蔡鉟带去。

十三(11月7日) 晴,始冰。上回至紫光阁,阅武射,始御小貂帽。予辰入直,申初二刻始散。奉命书古人画扇八柄始。

庭花皆萎,独霁红瓶贮者鲜艳异常,可喜也。张存性过。

吕盛馔请于。

十四(11 月 8 日)　晴。上在瀛台阅武试。予以辰正入直,同额驸奏图事,得旨允准。申初一刻入署。平安归。宗开煌过。接石埭令周梦仁札。札致萨欣。言新屋事。

十五(11 月 9 日)　晴。上以卯正三刻升殿,武试传胪也。予卯初入直。侍班,即入直。召对于乾清宫西暖阁。申初散,入署。长媳以初度酒面献。朔州牧朱△[①]见,呈徐飞山札并广谊银三百两。札答滑令。接舜玉札,并锦二、春裯二、补二、绵二。又药泉札。茶、火腿。捷(三)[山]赠百并皮百。

十六(11 月 10 日)　晴。卯初一刻入直,易黄绛牧朝珠。申初散出,入署。郑弘撰、柯支澍、黄捷山过。遣双林与南兵马话。

十七(11 月 11 日)　晴。照常入直。福额驸邀至其第燕饮,王府新班演剧。留前门,送予归。同席者为庄亲王,札贝子,弘二爷,五都统,博阁学,慧、春两奏事,景侍卫,暨刘、刘、于三中堂。

十八[②](11 月 12 日)　晴。阴。照常入直。未刻散归。祝张总宪寿,七十寿,分四金。小坐即归。雅芳戏,酌。延门人绛牧黄、四川候令柯、阶牧宗饮,亥正散。遣送朔牧朱濬酒席。

十九(11 月 13 日)　子雪。晴,风。照常入直。午入署,即至福额驸处公宴,和成班演剧。戌正抵署宿。此举总为△△所误,看来庸吝牵人者也。分二十五两,十一月十五日付去,交梦堂。

二十(11 月 14 日)　晴。自署入直。未正入署。剃头。

廿一(11 月 15 日)　晴。寅正三刻入直,上御门,礼以头班上。申初散出,入署。朔牧见。遣双麟办街道事。

苏赠高丽纸、璧。布四匹。大兴送龙泉炉一、墨四。金榜送墨四、茶四。

廿二(11 月 16 日)　晴。阴。卯初诣悦心殿奏事。巳初入直,未

---

① 参下文,所阙字应为"濬"。

② 此条原在十九日之后。

至二刻散。入署，改定驳欧阳永裿稿。李淳过。赠马二。札覆徐飞山。遣送袁少司寇寿礼，不收。上始御天马皮袍。

廿三(11月17日)　入直如常。直隶勾到。未正到署。

祝袁少宰寿。礼不收。

桂婢饮予。

廿四(11月18日)　入直如常。奏事三件。申初散归。札贺钱鋆。柯支澍带去，并附耐圃致李本札。

交田匠买屋银四百五十两。与吉一两，桂一两，贵五钱，宝五钱，修表二两，新得一两，偏头一两。

廿五(11月19日)　晴。辰正入直，以上诣阐福寺，故迟迟。食后赴斋宫办册页。未正诣武英办事，不吃饭。延彭、陆二提调，张、张、姚、陈、徐、刘六纂修□。出西华门，往谢萨道长欣，遇诸其门，不令入而归。出顺城门，往广谊园看工；复至买宅内看工，乃归。

廿六日(11月20日)　晴。先慈杜太夫人忌辰，中堂修祀，斋素竟日。自乙亥至昨年，每遇兹辰，皆诣直次，从未能闭户穿孝，在家竟日者。今因上诣园，故得申终身之丧意云。先洁除厅事，次及持洁轩。沈既堂太守、二十金。黄庸斋牧、柯编修瑾见。张尔臻，不惑。王大有之弟见。字鲤庭。

发纸五百张于何、萧二供事。年下条、对也。

廿七(11月21日)　晴。拜客，见黄庸斋。入署。同永公办事毕，复拜客，归。

廿八(11月22日)　晴。札致朱藩台珪、徐道台浩、金太守墉、陈太守嵩年、俞太守调元，庸斋带去。赠以恽《松竹梅》①、对绢。又札致刘道台墫、李歙县芳杞，并赠以莫是龙画、对，既堂带去，并赠既堂画、对。

交陈汝言画价于丹叔处。送金榜酒二、腿二、海参二、藕粉二、茶二、枣二。

---

① 应是指恽寿平的《岁寒三友图》。

中城指挥缪、勤三。送礼,收香。南城指挥南并其子为山晚见。收不堪朝珠一挂。

接药泉、立之札。内有史札。

廿九(11月23日) 晴。上回宫。予辰正入直。申至署。

三十(11月24日) 晴。卯初入直。上尚未诣奉先行礼,竟得先入。赏木瓜。申正归。姚颐、李集见。

何送木瓜、面、永枣、榴。使一两,素包。姚送木瓜、岗榴。使花对包,一两二钱。宗赠,李赠:面、挂面。使各一两,荷包一对。

十一月朔(11月25日) 晴。卯初二刻入直,申初二刻归。展谒家祠。

初二(11月26日) 【阙】。

初三(11月27日) 卯初出门,奉命承祭先医庙。礼毕,卯正入直。申初入署。

陈肇森、特调旌德。周松晓[①]新选浏阳。见。薛鼎铭见。

初四(11月28日) 晴。卯初二刻入直,召对于养心殿西暖阁。申正入署。

初五(11月29日) 晴。上升殿,予卯初出门入直,即趋螭坳侍仪。礼毕,仍入直。恩赐《淳化阁帖》一分,又加赏册本一分。申初入署。作札致瑞虹,并谕阳生遣平安往迎取来京。

初六(11月30日) 晴。卯初三刻入直。与额驸言事。申初入署。董首领五十一岁寿,吃其饭焉。遣吊董熙义丧。

初七(12月1日) 上微阴,下晴。卯初三刻入直。上以卯正二刻莅懋勤殿勾到。约一刻余。事毕,予辈遂归殿。申初入署。

初八(12月2日) 卯初三刻入直。申初到署。

接周制府书并捐输义园公项。汪沁过谒。赠龙卷、玉章。鲁河过

---

① 参照他处之记载,此应为周崧晓。

辞。赠。

初九(12月3日) 晴。照常入直。病,不克入署而归。延李淳饮。

李集辞归嘉兴,附寄庄药泉。貂帽、银鼠褂,升煦银一百两。接竹虚书仪。

初十(12月4日) 晴。卯初三刻入直。入署。余即前一行字也①。

十一(12月5日) 晴。上御门,卯正二刻。予以卯初起身诣直次,礼以五班上。未正二刻莅署。许凝道整亭。过谒。赠以八金并文画手卷。延韩宗海念哉。视疾。不服其药。郭念祖过。办送李淳物,既而不果。嘱梦堂一事甚妥。

十二(12月6日) 晴。卯初三刻入直。午后酌定《奏着赔礼器图》稿,遂归。顾昌选见。临清牧万绵前见。赠仪。

大孝是三年,仍然教守制,示民无终乎?予"于予改是"②。三、四出痘。

十三(12月7日) 晴。照常年素服入直,以卯正往,恰好。申正始散。奏赔图,扫兴。晚延管干珍松崖、姚颐雪门、平恕饮,亥初二刻散。

十四(12月8日) 早晴。午阴。申、戌雪。卧至巳初乃兴,大可笑也。李宗丞过。拜客。入署。复拜客。至广谊园。又拜客,晤吉可亭。赙董△△,丧媳。四金。

十五(12月9日) 雪,庭积,一望琼瑶,犹霏微不已。未后大霁。辰起,展拜家祠,理贡事。申正入署。永宗伯招议闲事。薄暮散出,遂赴未堂奉常之招,同蒋时庵、毛乃行、丁△△、庄方耕、李恒斋。亥初席散。

---

① 此句疑指上一段"李集辞归嘉兴……",应系于此日。

② "于予改是",出自《论语·公冶长》,原文作"于予与改是",意为"这是由于宰予的事而改变"。

小铁耕心、大成先后过。蔗林送画来,留一。

十六(12月10日) 晴。遣送裘大空孙爱出阁礼。收香及二炉。又送临清万牧守愚礼。交竹井处公分二十两。交锡安制鞍十五两。

十七(12月11日) 晴。上奉慈辇回宫,予以辰正入直。午初诣寿康宫请安。薄暮而归。

十八(12月12日) 晴。卯初三刻入直,薄暮归。阳生自汶上回来。

奉勅书金面扇四十柄,今日恭缴。

十九(12月13日) 阴阴晴晴。卯初三刻入直。未正入署。归候孙右阶臬司,未晤。三女痘。

二十(12月14日) 阴。穿蟒袍起。卯初三刻入直。上在寿安宫称庆,进仪注。午正二刻即归,料理贡事也。

为钱氏乔梓递请安折。陈崙东安丞。见。

廿一(12月15日) 阴。未刻大晴。照常入直。上在寿安称庆,贡上,蒙赏收二件。申正二刻归。

廿二(12月16日) 阴,霜。雪。卯初一刻入直。上以卯正三刻递如意,寅初初刻率群臣朝贺慈宁宫,仍至寿安宫称庆。未正归。以宛如痘危,心绪不宁。

晚毛、庄二公邀至其家小叙,蒋、李、丁皆在焉。于公病,是日归遂告假不出。

廿三(12月17日) 阴。雪。照常入直。因上幸瀛台,以辰正入。申正二刻散归。以于公病疮,不入直始也。

河抚何公属朱同知家濂以助广谊园银至。德公以鞍至。视宛如疾。是夜竟卒,伤哉。

廿四(12月18日) 阴。微雪。照常入直。与夔堂语于朝房。申正散出,候之,并馈以酒食。遂至署斋宿。同永、金、倪。

廿五(12月19日) 辰霏雪愈大,至晚犹不已。照常入直。召对于斋宫东室。午刻冒雪往视于公疮疾，同饮食于其寝，晤其大令坦[1]。申初别归，雪大而路滑，舆夫三失足也。

晚仍赴署斋。

廿六（12月20日）　雪稍微，至晚乃风。辰初赴皇穹宇琉璃门前，候至巳初，上御礼轿至，拈香，予偕各执事堂上官侍仪。礼毕，遂归。款朱司马家人，赏以十金，并答河南同乡当事书十六封。

廿七（12月21日）　大风，奇冷，比岁罕有。寅初一刻起身赴坛，风大不能骑，两仆掖之而行，幸而得升坛。上以寅正三刻莅坛将事。卯正一刻礼毕，予身已麻木不能动，憩神库片时乃出。风卷雪沙如潮不断，目所未睹之奇观也。幸而得出坛，坐轿入直。奉旨和《斋宫对雪》诗一首。未正二刻散，入署，遂归。荐鱼菽于家祠，一献即归梦舫。惫甚，遂寝。

周崧晓惠诗一首。十六句。

李友洙：《司马光集》，耆英刻；四十金。

廿八（12月22日）　晴，风，冷，两耳欲堕。卯初一刻出门，诣瀛台奏安南贡表。巳正入直。申初入署，遂归。山西徐飞山观察寄到银四百十两，为义园用也。遂自弹兑银八百两，交阳生明日送还谢金圃阁学，归借会馆项也。

廿九（12月23日）　晴，仍冷极。照常入直。奏事，带刘人睿引见，铸印员外。办椒屏、岁烛。未正二刻散归。延同年蒋少马、毛少常、谢太常、丁都经、庄阁学、李宗丞饮，自酉初至亥正二刻乃散。邀周崧晓，不至。励自牧以病危辞。毕藩司寄诗一首。柏梁体。遣吊陈士龙。

腊朔（12月24日）　晴。卯正二刻起，入署，考试优贡等六名，

---

[1] 令坦，称对方女婿的敬词。

"抑亦先觉者"①,"太音声正希,平字"②。钦命题也。早膳后赴午门前,会同程冢宰、素大农、瑚少宰、英少农验看十一月分选官:员外吕光亨,知州熊之台、刘钟芳、那衍,通判王忻,知县单𤏩、宋殿金、汪廷琰、朱家庆、袁文涣、韩修凤、陈鈖、叶立德、曾受益、胡大衍、顾家俊、杨新基、郭州;又预备知县王裕增、董继允、曹坦、王锡瑑、李家瑞、屠绅;又再备知县杨镳、谢杰泰、巫道纯;又州同连颐山,州判周方炯,县丞张曾翥,典史许熙,驿丞陈以鑛;又补行验看知州孟玫,上年十二月分。共三十三员。内知县顾家俊、郭州二员年力衰庸,不胜知县之任,改教。验看既毕,仍赴署。大司成张公裕荦、少司成朱公棻元至,会同阅卷。迫暮同膳,封卷出城。

以捐西湖刻碑禁采石银八两交朱少司成。

今日款飞山使,赏以六金。赵大经叔常过。

初二(12月25日) 晴。卯初诣瀛台奏事。巳正入直。申初归。

初三(12月26日) 晴。上御门,予卯初入直,礼以四班上。未正入署。

杜太守之子召伦,子寿。过。熊之台、内用。屠绅过。

初四(12月27日) 晴。卯初三刻入直。未正三刻散,入署,遂归。

孔宪培过。送于爱出阁,收好如意、玻璃镜二、线一斤、梳具。送宪培,收笔、墨。

吴白华过。亥、子间得大吉梦,老而弥佳也。

初五(12月28日) 早雾凇极大,午晴。上幸瀛台,予以辰正三刻入直。未正二刻散,入署。答朔牧朱濬札。送石花鱼六,赏五钱。

袁文涣、四川定远县。沈世焘、施朝幹、顾昌述、姚颐过。毕秋帆藩寄五绝五首,绝古雅也。

---

① 出自《论语·宪问》。

② "太音声正希",为宋邵雍《冬至吟》中的诗句。

初六(12 月 29 日)　早雾凇极大，午阴，淡日。卯初二刻入直。未正三刻散，入署。

送傅敬斋玉如意、玉瓶、唐伯虎《美人》、仇英《花卉》、大缎四端、杭纬二斤，俱收。赏八两。

鲁涔药舸。过。遣送姚恬斋子完姻。羊二、酒四。

连日景甚奇，可谓一望琼林而地不积，日出光淡淡，霏霏不绝，想十万天女散花乎？贺鄂忻嫁女四两。

或云“霜凇打雾凇，穷家备饭瓮”，或云“落冰介，达官怕”，然益民而损官，两应正不相妨也。

初七(12 月 30 日)　晴，冷。卯初二刻入直，知上幸悦心殿，遂至其处，因兵部有会奏事也。既而又闻撤去，乃退。觅轿久之，始得进西华门入直。此一时间，恍如乱梦纷纭，不知始末，大可笑也。联句下，戌正二刻乃散。平恕过。顺过姚雪门。

腊八(12 月 31 日)　大凇。睡起徐徐，已巳初矣，遂入直。作诗竟日。酉初归，至前门，遇一鬼，面青蓝色，长出门洞者五尺。熟察之，似将有所陈诉。出一呈纸，则云云，似尚谓前者贵州告状之虚。因叱之而醒，始悟梦也。姚颐过，酒食出。

真似梦，梦如真；奈何景，奈何人。

初九(1773 年 1 月 1 日)　阴。入直如昨。于公出，作诗如前。刘公退。酉初归。亥正寝。卢耕心、郑、魏三司员迫门白事。

初十(1 月 2 日)　晴。入直如昨。酉初散出，即至李宗丞家同年小叙。仍是廿九日所延之人。亥初二刻乃归。

十一(1 月 3 日)　阴，晴。卯初三刻入直。召对于养心殿西暖阁。

缴联句诗。《淳化阁帖》颁赐群臣。未正二刻散，自初七日至此日，赐克食。入署。陈肇森辞赴旌德任。赠四十韵诗。沈庆伯运使以东字韵五律二首属和。

昨席归，见稼轩使卢顺，知稼轩病亟，如何？

遣送温州同知章全节酒筵。

十二(1月4日) 晴。卯初三刻起身入直,奏参陕西学政并安南陪臣行礼二事。未初二刻入署。答贺孔公子。遂出顺城门,至广谊园看工而归。以沈公诗和得八字,抵青钱万选也。

十三(1月5日) 晴。入直、入署如昨。晚丁文灿招饮,仍是李宗丞家诸客也。

十四(1月6日) 晴。入直、入署如昨。良乡县丞张兆旭过。有所赠,陋极。

接瑺龄书。并柿霜、胰子、豆粉、潞绸。

十五(1月7日) 晴。上以辰初升殿,予卯初二刻出门,至螭头侍班。安南国使臣三员随班行礼。礼竟,入直。刘谢子臬恩,于谢妾淑恩。未初即退,入署。归,理种种事。

倪少宗伯过,知同年钱少司寇以前月十七日卒于家。

十六(1月8日) 照常入直。为稼轩同年进贡,噫,不知乃遗物也。上加恩恤为全收,共五件;别有旨加赠尚书,予恤。

见钱使。

接金桂轩《寄怀》三绝句。

丹叔过。

十七(1月9日) 照常入直。

寄毕秋帆荷包、刀子七件,墨林山人画一幅。

寄沈庆伯荷包、刀子七件,包山《水仙》一幅。

寄金桂轩荷包、刀子七件,绢对、福字一个。

十八(1月10日) 晴。卯初二刻入直,上御门,礼以二班上。

看丹叔送来翔鹤堂遗画九十件。

吴白华赋五律志别。

十九(1月11日) 照常入直。

吊史赓载六金,且为陪吊半日。顺贺于淑人之喜。

石太守赠四言诗四韵。

二十(1月12日)　照常入直。未初出，入署，即归。

廿一(1月13日)　晴。辰正乃起，午初入署，偕同官封印。归，料理贡事。

裘司空自盛京归，上见之于瀛台。

谢其炳寄五绝一首。

杨虚堂寄《百韵诗》。丹叔赠元人《雪景》。

廿二(1月14日)　晴。上幸悦心殿，趋往奏事二件。是日不知有此信，至直乃知之，遂步行往返。归，顺入礼器图馆。

芹献，上赏收七件。方胜炉瓶三事、御制花香霁月玉屏、韶春丽景珐琅插屏、年年如意暖手春帖子、官窑七弦瓶、回壶提壶①、元人《雪景》。申正散归。

屠绅赠诗言别。接钱宫傅乔梓及药泉札。

晚祀五祀之神，始用祝文。

廿三(1月15日)　晴。照常入直。申正归，顺入署。

寄闵少仪书。吴鳌带去，并王麓台画、绢对。宋廷採过。官中堂惠糖。杨藩司惠五律一首。宋同年焕自峄令调简来晤。口占五律。官协揆馈糖②。遣送宋焕酒席。答潞守书。荷包六件、福字、对子。

廿四(1月16日)　晴。入直，奏事一件。上膳后松竹寺拈香。巳刻至午门外，朝服，颁安南赏。坐朝房，陪臣段△△等前跪致辞，以理折之。未初归家。王嵩高过。

王阁学杰惠诗五律一首。两儿在梦舫料理条、对。灯下写《恭跋四生诗》。遣双麟送额驸(褂)[挂]屏二、大横披连四。

申仓场送花八盆。见胡绍台。

上赐果三桶并耿饼、小葡萄，为人侵蚀殆尽。

是日大内照常立灯竿。

---

① 回壶提壶，疑为“回回提壶”。

② 官协揆馈糖，疑与前所载有重复。

廿五(1月17日) 晴。下阴。素服入直,覆奏胡翘元冠服条陈并命妇行礼折,又初七忌辰等牌。申初始散。裘见面。

延吴白华、屠笏轩饮,亥正始去。

廿六(1月18日) 晴。照常入直,蒙赐福于乾清宫西暖阁。

未初归。何谦之寄百二十韵诗。边秋厓寄百韵诗。遣送石之珂满席、汉席、饽饽、酒。于公为其婿进贡。并附于百韵。

与诗笔帖缎一端。条、对。赏衙门四两。与赵总管潞缎二端。送姚雪门十二两。与偏头、得住、小刘儿共荷包三。银三两。

晚至署斋宿。永、金、倪。

今日散条、对已毕,畅哉。

本日恭进春帖子,蒙赏如例。

廿七(1月19日) 阴。晴。卯正自斋所趋直。未正散归。寄钱夫子札并银十金。

上赐麞[1]、羊、鹿尾、鸡、鱼盈车;又拜貂皮、荷包之赐。

晚仍诣署斋。

廿八(1月20日) 晴。卯正入直。未初散,分散各【阙】注。予诣慈宁进奏,蒙赐饽饽一盘。【阙】同奏。覆何抚、南田册页,大小荷包十件。正定李令、直杨藩、【阙】淇令、錾金刀一、老钱福寿、荷包六件,又对与福字。曹学使秋厓。晚诣△△[2],同金。倪少宗伯调补仓场侍郎。

廿九(1月21日) 晴。卯初诣太庙,候至卯正一刻,上亲行祫祭礼,时新定仪驾由东阙门进庙后门,转至前殿上香。时上于肇祖前行礼,诚、裕二亲王并四、六、八、十一、十二、十三阿哥分诣八位祖宗前上香,献帛、爵。易以近支亲贵。礼毕,交辰初矣。予偕海住宗伯侍仪。礼毕,入直。午初散归。吴会昭馈炭。四十斤。施小铁赠六言绝一首。

三更,诸事俱毕,快哉。是日奏高丽贡使到。陈焕赠五言三韵,即札

---

① 麞,疑为“麐(獐)”字而误书。

② 此处原文有残缺。据上文推测,此所缺字可能为“署斋”。

答之。

三十(1月22日) 晴,寅宝。卯初二刻入直。巳初命回家过年,遂退。

送平恕六金。送董诰六金。与吉二,桂一,又桂一,宝×[①]。

吉可亭送鹿尾。即以花四盆、春元九、木瓜十、福一、对一答之。与裘表弟一两。荷包一。

皇四子履郡王送福字、对子、绢条、荷包六个。

恭悬祖考妣神像于持洁轩,晚修馈祀之礼。

送大兴吴令绢条、对。送汪老四绫二匹、荷包六件。

本年事尚有条理,戌初诸事已毕。

家人辞岁。赏平安四金。孙德借大钱【阙】。陈裁缝借银十两。

---

① 应为苏州字码"四"。

乾隆三十九年甲午(1774)

乾隆三十九年甲午正月丙寅。

元旦举笔,笔端五色。以润鸿猷,以彰伟业。敬慎安和,靖共正直。冀酬主恩,勉副世德。赐第宠荣,永保贞吉。

乙卯初一(1774年2月11日) 晴明和暖,万象光昌。寅正二刻起,盥洗,朝服,饮食。出至仪门,具酒果、香烛拜门户之神,声爆。肩舆出门,交卯初一刻,炬一、灯三导。由西南方行入西华门,诣慈宁宫稍候。上于卯正二刻至,行礼,予偕同列随班庆贺。礼成,趋太和殿东墀列坐。上于辰初升殿,予忝为百僚之首,导众随班列跪,俟宣读表文,行庆贺礼。礼成,更吉服,进懋勤直次,拜殿神。金坛相公具食于南斋,邀同董学士、陈道长用毕,舒中堂、梁少宗伯、索少宗伯、袁少司寇四军机先食。董首领复具小酌于直次。未初散直,诣翰苑拜至圣先师暨文公祠。归,顺贺傅文忠师母及金坛相公,诣护国寺拜佛。归赐第,拜家祠影堂,儿孙拜于西厅事,妇女拜于上房。稍憩,复与宾友周旋。遂旋寝室,改定《跋白塔山五记》骈体文一篇,并恭和《御制元旦试笔》二首。随食鹿尾,饮屠苏而寝。记是日应补服,除夕及初二同。

初二(2月12日) 晴。交午阴。卯初二刻入直。未正二刻散,出拜观总宪、嵇大司马、梁少宗伯,顺过刘良臣看古玩。

初三(2月13日) 晴,风。上幸瀛台,予以办《开韶骈喜》小册,至辰正三刻始入直。未初散，出东华门，拜慧椿亭①、英竹井、汪文端师母、金可庭、高旭亭、范绥斋、范勉斋、舒相国明亭、官师泉、蒋戟门。归见香河令张昆。拜家祠影堂，命阳生祀司灶之神及司井之神。接钱太傅札。是日早，吉祥如意。

初四(2月14日) 晴。卯初三刻入直。午直武英。食。归，理上呈诸件。烛后始起身赴署斋宿，同戟门少农理事于堂。既竣，偕往看范勉斋，以病痔也。予斋于贵州司。

初五(2月15日) 晴。寅初，命双贵回家，同双麟照料贡物至景运门，予仍照常入直。候至辰正二刻，始至，遂上呈镶玉如意一枝，八十金。镶玉匣子一件，玉三十五金，匣子二十金。册页一，六金，又谢董椿二金。又扇合一件，二十四金，座子二金〇②。册页一，一金〇，又谢汪荷包一金〇。珐琅大吉挂屏一对，一百金，又花六金。《三阳开泰》一轴，二十金。太监使费，二十金〇。玉胜一件，十二金〇。共费三百三十两。未正归。所呈元人《三阳开泰图》已蒙上题诗，书于画间矣。札答吴舜玉。以所寄四十金还之，附去上好荷包一匣，皇子书四件。款来使，又犒六金〇。烛后起身至署斋。戟门来贵州司，谈久，沃茶数十觥而去，已亥正矣。恩赐燕窝一斤。

初六(2月16日) 晴。辰正诣天坛斋宫。上以巳初二刻辇莅皇乾殿右，易礼轿将事。既竣，仍御礼轿至斋宫③。予偕同列侍班。时

---

① “慧”应为“惠”。《清史稿·惠龄传》载：“惠龄，字椿亭。萨尔图克氏，蒙古正白旗人，……起户部主事，仍直军机。乾隆四十年，予副都统衔，充西宁办事大臣。”

② 据本年二月初一日记可知，“〇者此月所用，余皆上年所用也”。本月一些钱款后面加〇者，表明为本月所花销。

③ 《清朝通典》(浙江古籍出版社1988年影印本)卷四十一《礼·吉一》载，(乾隆)三十七年十一月，大学士等奏言：“……祈谷前一日，皇上乘辇入西天门，于斋宫东御礼轿，至西砖城左门间降舆，步入琉璃左门，诣皇乾殿上香。其视坛位，即令视牲之亲王恭代。”

易新制,予五年礼官,久不与此矣。礼成,遂至署。会同永心斋、英竹井、蒋戟门办京察事,遂同膳。时甫未正,乃归赐第。晚仍至署斋。

接王方伯亶望书,赠五言律五章。

初七(2月17日) 晴。丑正二刻起。寅初二刻诣祈年殿前。上以寅正三刻莅殿,行礼。卯正,礼成。予偕众随班行礼。毕,即更衣,以忌辰,貂裘去朝珠。入直。因上诣慈宁请安后,寿安宫早膳毕,遂往各处拈香,予不上牌子,仍入直也。未初归。晚仍至署斋。往候戟门于山东司,留小坐茗饮。是日,丹叔过赐第。

初八(2月18日) 晴。卯初二刻入直。因有联句之局,不及诣太庙陪祀。辰正,奉派偕大学士舒公赫德、于公敏中,协揆冢宰程公景伊、司马福公隆安、宗伯蔡公新、司寇英公廉、总宪观公保、张公若溎、少宰曹公秀先、仓场倪公承宽、少宗伯梁公国治、少司马奉公宽、少司寇袁公守侗、少司空谢公墉、李公友棠、读学董公诰、侍读纪公昀、陆公锡熊、编修陆公费墀共二十人诣重华宫茶宴,赐坐于东厢。辰正三刻,御制诗下,各恭和二章①。看戏三出,《柏梁体》《柳梦梅上路》《张旭等饮中八仙》。赐旧玉如意一柄、歙砚一方、董祥《瓶兰》一轴、居节②《山水》一轴,皆有御题,续入《石渠宝笈》上等者也。拜恩而出,甫巳初耳。是日,予具馔食于公,未正陪食,始归。札答王兆棠。赠以绢条、对、羔皮百张。见其使,款之,犒四金〇。

初九(2月19日) 晴。卯初二刻入直。午正奉命散直,遂出城至同年吴会昭接叶亭,公请梁少宗伯暨主人及其二子,同年仅倪仓场、申银台、陈道长而已。予出分二十金〇。三席。梅花班加宜春班,十二出。薄暮入城。是日中翰团拜,予不及往,与分一两二钱,例也。是

---

① 这是指《汇刻四库全书联句》,收在乾隆《御制诗四集》卷十七。

② 黄之隽等编纂《(乾隆)江南通志》(广陵书社 2010 年影印本)卷一百六十八《人物志》:"居节,字士贞,吴县人。少从文徵明游,诗、律、书、画,徵明之门未之或先也。"

日，予奏请以查莹充纂修，蒙允行。

初十(2月20日)　阴。卯正霏霙，至晚尚不已。卯初二刻赴西安门内三座门前钱铺内，同永公促膝久之。上以卯正二刻过此幸圆明园，驻跸。予与同列分跪道左右送驾，上命起。俟驾过，各散。随直武英，金可庭亦至。办事竣，偕出西华门，至戟门少农宅。是日，偕嵇大司马、阎大司空、迈都统，申、倪两仓场，高少司马，吴、阿两少司寇，李少司空公宴金可庭，大成班演戏，自巳正至亥正始散。予出分十八金〇。

十一(2月21日)　雪积三寸。辰霁。午晴。早起检点一室，至亥方寝。

十二(2月22日)　晴。巳赴翰苑。理事毕，往东城一带拜客，晤永宗伯，余嵩阁学、瑚少宰、索宗伯、陈主事。申仓场、金武备、评德、达大廷尉、庆统领、田三老爷俱到门而已。检柜内大红呢十段、杂呢六段、羽纱十五段、漳绒九匹、洗绒九匹。

十三(2月23日)　晴。卯初二刻起，小点即出顺城门，拜客二百二十六家，晤者为徐飞山浩、蒋少司马、徐厚梁。饭于永光寺街陈佐臣家。入前门，再拜谢少司空、孔少公、德少宗伯而归。轿夫加班四百，棍头三百，陈宅家人三钱。

十四(2月24日)　晴。寅正出门，卯初二刻到园。巳刻归。同嵇公饭于南斋。拜戟门夫人四十寿。收烛二十斤，酒二罇。陈赓岩过。小点去。董首领赠鹿尾二个。

十五(2月25日)　晴。阴。寅正出门，卯初二刻到园。金坛相公邀同嵇大马，蔡宗伯，观总宪，程协揆，李学使，申、倪两仓场，蒋少农，董学士，陈道长饭。见了凡和尚。午正二刻起身归。祀家祠影堂，放合子花炮。延郭亲家暨杨、李二友饮于西厅，看灯。

刘国用送花炮，却之不得，乃藏之。

十六(2月26日)　晴。寅正二刻出门，卯正到园。以派出入小宴也，独食于南斋。未初诣正大光明殿，偕舒、于两相公，福额驸，努大人，札贝子，罗公，名罗卜藏锡拉布。官、程两协揆，予，英司寇，四都统,荣将军保,富将军椿,共十三人,俟至未正一刻五分,上升殿御宝座,乐作,同列以前所指之次,分东西行礼入宴。共六席,予坐东第三席第一位。一应饮食、典礼与上年同,不爽毫发,惟舒中堂进酒与上年别耳。赐文竹如意一枝、磁斋牌一、竹烟壶一、橘子一盘、《灯夕联句》一册、宁绸袍褂二端。十三人皆同。礼毕,上起座前,予辈拜恩而出,时已申初二刻矣,遂归。以路近天色殊早,晚偕雪门、济时饮。既毕,恭(贺)[和]御制七律二首。既成,录片差孙德往园恭进。时交寅初,小饮而寝。

是日交茶房煤炭银二两〇。前十四日,茶房二两〇,刷靴二两〇,苏首领湖绵一斤,朝房一两〇。补记。

十七(2月27日) 晴。晏起。了凡和尚来,同△△△。留茶点去。恭录《御制灯词》二分。一差朱凤恭缴,一交双林添册。未刻,往护国寺庙市一行,买旧五采磁瓶一枝。价一两六钱。

与门应兆羽毛绉二匹。

十八(2月28日) 晴。接闵藩司札。寄绣蟒一袭;外韩锡胙松江守。捐银六十两,何皋飏武进令。三十两。又前日徐飞山交到翼城令童学涛伍十两、曲沃尉汪绣十两,皆为广谊园也。与梧媳燕窝一匣。往西城内一带拜客,晤娄真人,法官,朱姓,号奂若。余萨灵阿、那穆齐礼、讷穆昏、阿扬阿、迈拉逊、庄存与、奉宽、张真人具不值。

检第一号板箱。内缎廿四件、宁绸二十八件、上用纱十四件、红布十二匹。李之英过。晚与内子辈饮。与钱:姑太太四百、四太太四百、俞四百、谢四百、小春四百、桂二百五十、松二百五十。收娄真人菜四器。

十九(3月1日) 晴。寅正出门,卯初二刻到园,以昨奉命同永大司农、嵇大司马、奉少司马经筵进讲请题也。巳初接旨,以"仁者先难而后获"[1]"功崇惟志,业广惟勤"[2]进讲。食于南斋。午正,《御论》

---

① 此句出自《论语·雍也》。

② 此句出自《尚书·周官》。

二篇已下，翰院即于朝房拟予辈讲章。申初，季太史学锦以予进讲之章来，即商酌改定。于公为予设食，嵇大司马同席。申正□刻，即起身入城。于姓为予买燕窝二斤。价四十四两。接台湾守李师敏札。伴以羽绉二、羽纱二、程茧二、红呢一。是日户部亦奏事二件。

二十(3月2日) 晴。寅正出门到园，户部奏事一件。食于南斋。午初，起身入西便门，至全浙会馆同乡团拜。金一、钱二、倪三、予四。礼毕，会饮。申正入城。是日以添装《灯词》二函恭缴。

廿一(3月3日) 晴。寅正出门，卯初二刻到园，奏进经筵《御论》、讲章。召对于勤政殿东书房。食于南斋，嵇大司马来，同餐。膳牌下，即起身入城。至东长安门武帐，奉命派同迈少宰、袁少司寇挑选山西河保营参将，随挑得△△等三人。廿六日引见，用贵林。嵇、蒋两司马亦会坐。事毕各散，顺至翰苑小坐，即归。赏轿夫五百文、夫头二百五十文，以连日到园劳之也。灯下以劳甚，命人按摩久之。熊爵勋、施朝幹过。

廿二(3月4日) 晴。卯初出门，至户部开印。永、蒋二公同行礼，英公后至，同食于堂。验看各司所定二、三等笔帖式，改云南司所定三等果升阿为二等，以在军营出力也。事毕即归。定三月初一日广谊园落成戏，银一(定)[锭]。收彭宅房租四十两。添十两〇交平安，清新造铺面银。连去年所付，共三百五十两。小于卖燕窝二包，价银四十四两〇。纹。廿四日始交，前日已上。

买玉麒麟二十四两〇。买婢印红。银四十两。在俞姨处发。

雇林姓剃头人，先付一季工食银三两〇。

本日俞姨处交上去年所收九月以后房租三十五千七百文，内借十八千七百文还会馆，另有单。应存钱十七千文；广谊园存钱八千五百五十二文；即夏巡检助二十千内之项。岭梅身价十一千文；礼、户二部存下公费钱十千零七十三文。四共大钱四十六千六百二十五文。

三贝子差人送食物。赏绣花对包一付，力五十文。

延杨昌霖课阳生，延李学恭课一儿一女并孙迎恩。因牙疼不能出户,遣大儿祀文昌之神。晚延二师,款之。延丁新甫、施大醇、徐厚梁午膳。

周连元送布四、缎氆四、红毡二、杏干。力五钱○。

谢归[1],出尹送大衍一元[2],以二十金付之。

廿八(3月10日) 晴。归会馆账目。以徐润亭阁学赙分还厚梁。共十一分,予亦补出分四金○。平安手买天平一架。先付二两五钱,找付一两五钱○。

入馆。入署。遣明日吊吴瓖五钱○。遣送徐浩四菜二点,已行矣。补施大醇《三阳开泰图》银四两○。

收铜批银二百三十二两。

廿九(3月11日) 晴。上回宫,辰入直。酉初二刻归。是日予送菜五器请金坛。寄汪益亭、庄锄经札。匋舡弟至。寄立之札并香榭夫子奠分一百两○。孟祥一两○。

戟门馈鲜鲤二。

二月朔 核正月入银三百二十两。

出银二百八十九两。○者此月所用,余皆上年所用也。

应存三十一两。玉胜银在外未付。

铜批银二百三十二两。存入二月。

洋钱二百,铜批二百三十二两,灯银四百。尹一元[3],又三百两,又一百余两。

王二百,王八十,孙四十,何四十,裴一百。

二月朔(3月12日) 晴。午后阴,风,灰。夜微雨。卯初入直。午

---

① 谢,疑指王际华之妾谢氏。

② 尹,疑指尹嘉铨。大衍一元,疑指五十两的一个元宝。大衍,即大衍之数(五十)。

③ 参上月廿二日之注,尹疑指尹嘉铨,元疑指元宝。

正散出，入署。出城，唁钱世兄汝恭、汝器。于阁学钱萚石邸寓。

祖继妣金太夫人忌辰，中堂修祀，命二子行礼。予以归迟，不及也。

初二(3月13日) 晴，大风，灰。卯初入直，户部奏事四件。召对于乾清宫西暖阁。申初散归。薄暮至署斋。

初三(3月14日) 卯初二刻入直，以《荟要》书八十五册呈览。次日晚下，蒙恩许可。

何炌别驾过，口占五律。入署斋。

初四(3月15日) 晴。卯初二刻入直。午正归。为蒋少农次郎执柯，聘金坛相公孙爱，同嵇大司马、吴少司寇、钱阁学往来将事，饮食，酉初始归。仍入署斋宿。

苏楞额送高丽纸百、绵裯一、五色纸十、清心丸十。

初五(3月16日) 晴，大风。寅正一刻自署起身，诣社稷坛陪祀。上以卯初一刻莅坛行礼。礼毕，瀛台更衣，早膳。予陪祀毕，入直。未正归。检点衣帽。廿九同此日，予具食食于公。交俞姨二百金。二两平。

送何炌酒席。

初六(3月17日) 晴，风，冷。卯初入直，祀殿神，报也。行礼后诣文华殿。辰初一刻，驾莅文华殿经筵，御貂褂、素珠。行礼如常仪。永大司农同予进讲"仁者先难而后获"，奉少司马、嵇大司马进讲"功崇惟志"二句。上亲宣《御论》，汉《四书》、满经。同列跪聆，赐茶而退[①]。是日，满讲官、大学士舒公赫德，协揆、冢宰官公保，大宗伯素公尔讷，

---

① 《清高宗实录》卷九五二，记此次经筵事尤详："己丑，以举行仲春经筵，遣官告祭奉先殿、传心殿。上御文华殿，讲官暨侍班之大学士、九卿、詹事等行二跪六叩礼，分班入殿内序立。直讲官四人出就讲案前，行一跪三叩礼，复位。直讲官永贵、王际华进讲《论语》'仁者先难而后获'一句。讲毕，上宣《御论》曰：'问仁于孔子者多矣，而所对各有不同。然圣门以颜渊为高弟，孔子所对者则曰"克己复礼"，以此知"克己复礼"实为仁之最切最要。即所对樊迟者，(注转下页)

少宰迈公拉逊、瑚公世泰,大司寇英公廉。汉讲官大学士于公敏中,协揆、冢宰程公景伊,大宗伯蔡公新,少宰曹公秀先,少司空谢公墉,学士董公诰。咸侍班。寒甚,服大毛袍褂如冬月。礼毕仍入直。未正归。札答杨朴园。蒋少农赠《御制初、二集》,使五钱。陈永来白事。陆丹叔晚过。祀神费,金坛同予各出五金。本日恩赐《永乐大典》纸一百张。

初七(3月18日) 晴,风,冷。卯初入直,奏事四件,带领各衙门保送坐粮厅引见。用杨有涵。入翰苑。入署。接裴宗锡五绝五章。买高丽纸二百张,纹银。五两六钱。

初八(3月19日) 晴。以朝日坛祀斋戒。卯初入直,申初散出。完制佛头银三两,完制鼻烟壶银二两五钱。

初九(3月20日) 晴。寅初二刻起身,诣朝日坛。上以卯初莅坛,行春分朝日礼。交三刻礼毕,予以卯正自坛归。交双林打造茶杯盖五两。元宝。

(续上页注)亦岂外于是哉。盖先难者何?克己也。后获者何?复礼也。夫难莫难于克己。仁者天理也,私欲介于中,其能存天理者鲜矣。故《易》曰:"大师克相遇。"必用大师之力,而后能克其私欲,以全天理。故《易》又曰"颜氏之子,其殆庶几乎。有不善未尝不知,知之未尝复行也""不远复,无祇悔,元吉",皆克己复礼之谓也。董仲舒正谊明道之论,略为近之。而朱子举以为不求后效,又以为警樊迟有先获之病,未尝申明告颜子之意,余故叙而论之。'讲官暨侍班官跪聆毕,兴。直讲官嵇璜、觉罗奉宽进讲《书经》'功崇惟志''业广惟勤'二句。讲毕,上宣《御论》曰:'斯言也,岂特卿士所宜勉而已哉。卿士皆亮天工之人,而用卿士以亮天工,实为君者之责。故必敬天爱民以永此志,朝乾夕惕以励此勤,然后有以倡卿士而胥崇其功,以广其业。故皋陶曰:"率作兴事,慎乃宪。"慎宪,志之崇。兴事,业之广。如是,则所谓功业者,仍不异敬天爱民之为,而非好大喜功,事纷更而无实惠者,所可同年而语也。'讲官暨侍班官跪聆毕,大学士舒赫德等奏曰:'皇上法天行健,安土能敦,固已功兼乎三五,业奠乎清宁,乃犹思艰图易,宵旰勤求,将见率土普被夫仁风,而郅治益臻于上理矣。臣等幸侍讲筵,亲承圣训,不胜钦服。'奏毕。诸臣出就拜位,行二跪六叩礼。礼成,上还宫。"

午出城拜客，即至施耦堂祠部处，会馆值年交代也，新推司事倪仓场、董学士、浦郎中皆同席。酉正，事毕入城，归赐第已暮矣。陈葆光送潞绸四匹、柿霜二封。先二日以五月前用账清单交施耦堂收明。

初十(3月21日)　晴，风。直武英，办书竟日。

张子韡家人见。

十一(3月22日)　晴，风。素服。入署。理事毕，遂诣《四库全书》处办事。归途顺贺李盐院质颖。海棠院墙门为风连框吹倒。

十二(3月23日)　晴。直武英。理事毕，入署。

倪仓场为买船板一车，计二十二块。车脚二千一百，夫一百五十。

上年存七百八十二两，又洋钱二百个，又四十八个；又尹元宝一个；又门人杂送一百六两。交俞二百，钱一百，会馆一百，燕窝四十四，火厨二十，东厅三十，谢二十，梧媳十，玉其林廿四，广谊席三十。

收正月开印后八日捐纳银库平。三十六两一钱一分零。

接虚堂札。又叠去腊见怀韵。

十三(3月24日)　晴。寅初二刻出门，卯初到园，更衣，即诣宫门。上以卯初二刻御门，户部以第一班进本。礼毕，食于户部朝房，戟门具菜，同嵇大司马。勉斋对坐，不食。巳正归南斋，俟金坛议事。至申正方出，遂留同食，匆匆议事而归。本日奏捐纳各誊录留馆优叙。得旨允行。

以赵佑为通参，王大鹤补侍读，御史鲁赞元褫职。

十四(3月25日)　晴，风。入署。到馆。杨英会过。接即湖札。吏部会奏事，予不去。付田匠收拾东厅银三十两。与梧媳参资十两。

倪仓场复为买柏木板。大、小八十二块。车脚二千一百五十，酒钱五十。

候闻轩。

十五(3月26日)　阴。巳晴，风。寅初二刻诣园，卯初到。奏事四件，俱奉旨依议。召对于勤政殿东书房。食于南斋。未初归。

杨英会捐盐大使，监。杨英简捐府经历，二共该银四千四百六十两。饭银一百五十两。收来库平银五千一百二十三两,除扣正项外,每百加平拾两,共四百六十两。共五千七十乙两。完银五十二两。实付库饭四千九百六十九两八钱。又上库家人吃饭二两,存一百四十两。

十七日交平安上库,未妥。

十六(3月27日) 晴。入署。

十七(3月28日) 阴,巳、午间同云密布,已而大雪,如万朵白梅一时齐下。阻雪不出,命两儿延杨英会饮。输仁钱会馆银一百两,交施耦堂三十两,为三月初一日广谊园落成之用。

十八(3月29日) 晴。入署。金三俊过。以昨捐一百两付之。

接即湖寄来足纹库平银乙千乙百四十八两。

送闻轩制府满汉酒席。酒二埕。

付厨十两。

十九(3月30日) 晴,午间飞雨花。

出城拜客。至广谊园。杨藩司过谈久之,点去。为二杨、二汤以银上库。王、徐二堂书手。

二十(3月31日) 晴。寅初二刻。出门,至无逸斋,带领山海关监督税差引见,用吏部玛彦。

平安二两,孙德二百五十,轿夫二百五十,连宝五钱,印红五钱,余三两,谢二两,姑太太二两,二小姐二两,桂香二两,松枝一两。

堂书饭银八两。

廿一(4月1日) 晴。因有九卿会议姚小坡条陈开河事务,仍如昨时刻到园。上命至军机处看阿将军奏折。既而同召对,以《四库全书》内有讹字加以谴责,予免冠叩谢而出。申正始归,抵家已暮矣。税契赏银一两二钱。

廿二(4月2日) 晴。寅初二刻起身到园,奏事三件。未正二刻归。

瑞文赠五律五首。

廿三(4月3日) 晴。寅初二刻出门,卯初到园,奏请国子贡生十人，祥庆管摆字，又供事六人。如议行。又天文生一。于户部朝房偕戟门请闻轩饭。未正三刻归。接王杰札并五律一首。札答边秋厓。晚与三妾及女儿饮。钟公分金四金。

廿四（4月4日） 早阴。大晴，暖。寅初出门，至钟楼门送驾，上谒东陵也。卯初一刻预备请安，集凤轩膳。卯正一刻行。常服素珠跪送，遂归。谢金圃、徐飞山过。遣送钟闻轩制府，赠以朱龙绢、宫中诗句传才子，天上旌旄仰令公。石田《对月小景》。孙臬使含中过。

廿五（4月5日） 晴。早相度海棠院工程，付田头五十两。足纹，九五扣，平安手。食后补服入馆。全班到，惟舒否。入署。答孙臬使。贺何炌。

孙以五绝五章赠别。付成衣三十金。

札致节五，以汤宝铭照一纸、汤诰照二纸封致之，并原寄来二纸还去。从戴提塘处寄，付信资壹两五钱。姚申甫赠燕窝二斤，并苏灿银五十两，为广谊园也。又接施恩祖银三十两，皆广谊也。

廿六（4月6日） 晴。卯正赴内阁递请安折，遂入直。复直武英。张总宪、李少空皆在，同膳而出。不过吃饭而已，可笑。入署。

蓝应桂四十金。

遣吊刘良臣丧偶，绫扁、对一分。

廿七（4月7日） 晴。汪益亭过，赠五律。到吏部朝房，奉命派同程中堂、蔡宗伯拣选复州知州缺。看稿于本部朝房。既毕，遂入馆。久之而归。南应星、缪永恒、萧良玉过。札答张扶青。赠以刀二、四两八钱。对包二、小包四、赐包一、方包一、哈达、回子手巾、绢对，使八两。并扇。又札致边霁峰。绢对一、扇二。送孙嘉乐珊瑚面朝珠、荷包六。附札图抚、孙学、韦藩、王藩，又附范栻帖。

以纹银六十六两六钱五分五厘折大钱六十一千九百九十文。交倪仓场为买松柏船板，共九千四百八十斤。内柏木板三千九百十斤，每斤大钱七文。杂木板五十千五百七十斤，每斤大钱六文。外过秤抗夫大钱六百文，出厂钱六百文。

廿八(4月8日) 晴。接袁春圃札。入署。入馆。尚五品二十四两。陈士凤三十二两。

袁交到库平纹银七千五百两[①]。以二两平,共八千二十五两。

一千一百四十二两一钱。一千一百四十一两一钱。一千一百三十六两七钱。一千一百四十两。

一千一百三十八两一钱。一千一百四十两四钱。八百五两五钱。又外加平一百二十两。饭银二百十三两。书办饭食十两。车夫五钱。以二两平,合共用去七千九百八十七两二钱,应存三十七两三钱。

俞二两,谢二两,小春二两,桂一两,印红五钱,马升五钱,平安二两,共十两。

马交到库平纹银八百二十八两[②]。正项八百二十八两,饭银二十四两,加平十两。以二两平,合应该银八百七十七两七钱,用去八百六十二两,该存十五两七钱。

廿九(4月9日) 孙志祖交二十两。

三十日(4月10日) 晴。视大儿妇疾。入馆。入署。遂至浙绍会馆会乙丑同年,到者蒋时庵、李恒斋、毛镜浦、吴△△、丁△△、励自牧、庄方耕,又请年侄徐天柱、刘锡嘏、闵思诚、周△△、周△△。余庆班演剧。至亥初散。共四席。予遂止宿于浙绍会馆之后层。本日戏大钱二十四千文,予出也。余杂费诸同年公出,时庵料理也。管涛索书与王方伯,半夜为之,次晨交与。

三月十三,核二月连正月存下。共银一千二十五两二钱。

共用银五百七十四两五钱。存四百五十两七钱,归入下月。

三月初一日(4月11日) 晴。札致王方伯。遂自浙绍会馆起

---

① 原文边上注:七两。一般来说,银每百两,库平比二两平多六两。这里特别注明七两,应该是指此库平银每百两多七两。因此,库平纹银七千五百两,就能转换成二两平银八千二十五两。

② 原文边上注:六两。意思是指,银每百两,库平比二两平多六两。

身，和尚香金五星，道人三星。赴广谊园为土地神开光，赏开光人一两，赏兵役共银二两。集浙省绅士祭赛。保和班演剧。坐十席，请南指挥应星为首座。同乡到者为倪仓场承宽、钱阁学载、赵通参佑、朱司业棻元。

赏王轿头二百文。

初二(4月12日) 晴。卯赴内阁递请安折，遂直武英。食后至午门前，奉派同程冢宰、英大司寇、阎大司空、迈少宰验看二月分选官：主事牟尼珠，京判李仁鏷，同知徐绍基，直州同李成章、朱应聘，知县谢景谟、邢士端、陈廷训、汤大奎、张凝绪、黄升、朱偲；又正备知县，沈濬、张玉树、孙梓、姚士湖、常维炳。主簿姚宗城，典史赵彦恒。又补行验看知县杨本沛共二十员。验看毕，坐朝房同英公看稿。既竣，复至翰苑理事、看书，归。吴趯过。字绳武，号耐圃。谢姨食予。

初三(4月13日) 晴。卯初赴钟楼门请皇太后安，自香山昨日归也。先偕同列坐清梵寺，候齐。蒙赏克食二盘，即归。以袁宗勋、马考祥捐事交何、△二堂书经理。札致耐圃、玉亭。晚与诸内人饮。晤钱二世兄。送不堪笔墨册轴，使二钱四分。买玉鱼六十两。

初四(4月14日) 阴。晴。早视大儿媳疾。见竹虚使人。入署。入馆。札致袁春圃并照。又以马考祥吏目照交阳生转寄虚堂。

初五(4月15日)。

上芹献，内用礼二十四两。

初六(4月16日) 晴。寅初出门，至清河接驾。

以芹献上呈。收如意、珐琅鼎、珐琅炉、珐琅瓶、玉龙插屏、哥窑碗、姚公绶画。

初七(4月17日) 晴。寅初二刻出门，诣园该班。奏事三件。召对于勤政殿东书房。巳正即归，到家视媳妇大殓。以酉时入殓。

交大儿银一百五十两。蒋少农过。桂香夜哭。

初八(4月18日) 晴。上以先农坛亲祭斋戒回宫，予以卯正入直。午后见京察本下，予蒙恩硃笔圈出优奖，交部议叙。酉初二刻归。刘启秀见。赠大铜章。

交油漆匠十三两。平安手。

初九(4月19日) 阴。复晴。寅正入朝,趋中和殿,伺上视农器。卯初二刻。范少农不至,劾参之。

初十(4月20日) 晴。阴,风,灰,凉。复热。寅初出门,入朝递谢恩折。遂出前门,诣先农坛。上以辰初二刻莅坛行礼,予以新得期服,不陪祀。亲耕,予播种随行。礼毕,入直。酉初归。庄亲家使至,知药泉于正月十五日游道山矣。颜璘馈银三十二两。

奉命书册页二部,今日缴。

十一(4月21日) 晴。杜门,为冢媳穿孝,供饭二次,哭之恸。英梦堂、汪日赞、徐立纲、李少司空先后过唁。郭亲家亦至。丁新甫、杨济时为陪客。

明日先光禄忌辰,以有事于南苑,遂于今日行忌祭礼,阳生襄事。斋素竟日。

招平、徐二书办至,以汪、朱、包事托之。代饭八两,车夫三百文。

朱佩兰训导,六百二十八两;汪良增盐经历,二千三百两;许大成贡[生],二百四十四两;包新德未入流,四百六十八两,共三千五百四十两,加平五百三十一两。饭银一百六两二钱,加平七两八钱。共四千二百八十五两,俱纹色二两平。

杨余一百五十八两,汤余四十两,袁余六十六两,马余十六两,汪、朱、包余五十五两,共三百三十五两。

交双林三百两。纹,九六扣。交施耦堂一百两。元丝。双林付去。

付田头四十两。九六扣。平安手。发轿夫帽子。四两。

十二日(4月22日) 阴。晴,风。小雨。丑正三刻出门,至南海子旧衙门,奏速议事一件。卯初二刻到彼,上将出矣,至马驹桥东顶开光。幸而赶上站班。亦缘有报到之故,不则已行矣。遂至德寿寺瞻礼,看古鼎、大海棠、丁香。又牡丹四株未放。礼佛毕,出坐帐房。庆云溪以食至,遂同永、蒋、钱昆仪食。巳初二刻,驾回行宫。少顷事下,随归，瞻礼南顶。王炳文候于永定门间，延入关帝庙小憩。蔡、申亦至。申初回赐第。札致曹竹虚。本日仍斋素。孙昆峰送别敬，璧之，赠以对。“望重循良行素学，治臻富榖称嘉名”。

十三(4 月 23 日)　晴。汪阁学、刘竹坨、张△△先后来唁。

十四(4 月 24 日)　【阙】。

十五日(4 月 25 日)　阴，风，冷。换季。展拜家祠。入署。以冷甚，理事毕，不克再到馆而归。还汪良增贡照讫，即往赐庐。本日黎明先遣双贵往裱糊住房、搭架上蒲桃、构抿粉饰、重葺马房、堆山砌道诸工程事。带园五金。

收小捐饭银九十六两五钱。

十六日(4 月 26 日)　晴。寅正二刻诣宫门，上御门，本部以五班上，奏事四件。捐监之说仍用老夫七年前之议①。食于南斋。午正，归赐庐，为观、额二司员争饭银解纷。是日止赐庐不归，以督视修理也。

尹嘉铨为大理寺卿，王显绪为安徽按察使。

十七(4 月 27 日)　晴，午风。寅正起，粥后归。随至东四牌楼顺天府祭棚内，俟武进刘文定公丧归经此，拜送酹酒，哭而送之。时已巳正，即入署早食。办事竟即归，已申正矣。

借蒋镯头。胡成来。

十八(4 月 28 日)　晴，风。丹叔过。值武英。办《春秋通说》。食后往翰苑。申正归。接豫藩五绝五首、贡面二封。始定插屏样。联宝之父赁予铺面开成衣铺，饮予。

买金二十△两。

十九(4 月 29 日)　晴，始暖。闭户办联句讫，兼写《五记》讫。始

---

①　据《清文献通考》(浙江古籍出版社 1988 年影印本)卷三十七“市籴考”载：“(乾隆)三十三年，户部左侍郎王际华言：各省向设常平捐监事例，行之日久，不无折色、浮收、侵挪诸弊，业将陕、甘等省捐例停止。查福建、广东、云南三省报捐甚少，应请概行停止。从之。”不知日记所指是否为此条？

糊东厅新葺后槅窗一带。观亮来唁。晤金表弟。本日来唁者甚多,未□①。缴和诗一首。程烺送笔廿、扇八、茶、菊、腿,未接。

发沈厨十两,连宝又赏四两。俱纹。

二十(4月30日) 晴。卯正出门,至河东会馆,俟申甫、陈朝础、吴程德弟兄。同早膳,候诸城中堂丧至,路奠。未至,乃至哭奠。已,送至彰义门外,已申初二刻矣。遂由平则门入城归。延朱筠、徐立纲、汪如藻、杨昌霖食,商议办《太学志》事。酉正辞去。又延朱大庭到家,办对《荟要》事。晚,与之酌,杨、曹、李三先生陪。是日热甚、惫甚。

吾今日之祟,如果有胜于人者,不可没其善也。

廿一(5月1日) 晴。入署。入馆。蒋戟门邀程、素、崔、嵇、曹、钱。赏藤花,赏歌童荷包二。醉,即至园住。

收李予申缎二、纱二、羊绒四、茧绸四、桂花、嫱。

收□钧纸,赵座有字带来,使三钱。

廿二(5月2日) 晴。寅初起。寅正诣宫门,本部值日,奏事四件。午食于南斋。以奉敕书写联句上缴。申正,回赐庐。

过方耕。晚看堆山。始食黄鱼。

苏首领久坐,送饽饽并肉。收房租四十两□。

廿二(5月3日) 晴。上犹绒领。寅正起,三刻诣宫门,奏捐纳展限一日事。食于南斋。召对于勤政东书房。未正,自南斋归赐庐。桥成,遂收拾入城。赏苑户一两。苏首领贻兰。

自十五日起命双贵修葺赐庐,凡裱糊、构抿、粉饰、砌路、造桥、堆山之事,百工并兴。今日落成,双贵亦归。

廿四(5月4日) 晴。酉、戌雨。卯起。札答何谦之制府,并寄以顾绣蟒袍一件、上上绛丝补一付。答观亮。以奠仪元宝还之。入署。入馆。濯足。出花。赁与花窖之屋今日收归,花从而至。建兰五盆,茉莉

---

① 疑是"接"字。

二，桂二，栀一，夜来香一。东厅修葺落成。

祥庆、金子来言事。收李珍煦红布四、蓝布四，使五钱。

收铜批二百三十八两三分，库平。本应二百二十五两，分与永公十四两五钱七分，又扣吃饭二两四钱。

收荣铁斋百金并面二匣。

廿五(5月5日)　晴。付广谊园所典外廊营屋找绝银三百两。纹一百五十，元丝一百五十。又交俞姨银二百两。半足纹，半纹，又元丝。又交平安九五扣银六十两。

张授义天△御○见。带张授义，送四十两。又折尚五品二十四两。又一门人四十两。

廿六(5月6日)　因诸公唁者纷纷，持服竟日。到者为永心斋、范勉斋、蒋戟门、吴坛、陆费墀。

酉初，往赐园。收广谊园租六十两。刘锡九。

廿七(5月7日)　寅正诣宫门，带领盛京。内仓监督引见。

以买米票四十四两归于翰林。

廿八(5月8日)　雨如散丝，竟日夜。冒雨直武英。复入馆。暮归。

收嘉兴寄来姚姓曹平不堪元丝一百二十两，收苏首领交来平常纹银九百两，软二两平。完他三十两。庆龄交去八百四十两，姚镠交去换过家存纹银。一百二十两：合成一捐监，一捐笔帖，差双麟交去。余三十两，又交回五两，一并面交苏首领讫。

廿九(5月9日)　晴。上回宫，予以卯初入直。酉初散出。

接徐德元札。接袁嘉德札，并燕窝二斤、洋烟二玻璃瓶。大闹段儿次日解。联句也。

祝四都统八十寿，猪一、羊一、酒二、烛二百枝。俱收去。见面不谢，如不知者，似此亦可毋庸与应酬矣。

事不自行检点而托他人，以为信得，殊信不得也。以后吾视人竟无可托者已！

夏四月朔(5月10日)　晴。寅初二刻起身入直。酉正归。拜家祠。

初二(5月11日)　晴。寅初二刻入直。酉正归。奉命为皇十五子书绢联对一分。

初三(5月12日)　晴。寅初二刻入直。巳初归。上诣坛内斋宫也。

交双林银四百两。内陈抚军原银三百两,平。共多三两,扣出;外又找元丝八十五两,算来共扣平水银二十两,方合玉亭中丞付来之数。

交平安手付田头四十两。内二十两即上一笔也,其二十两则庆龄所余也。

张真人贺分二十四两。苏首领过。

遣送雷泰交酒席。

初四(5月13日)　夜晴。寅、卯雨。申刻雷雨。晚大风。入署,为陈葆光、庆龄换照。

丹叔过。富△△、赵琼圃过。出城拜客。寄燮堂札。汤大奎辞赴德清任。别诗五律一首。

初五(5月14日)　大风,酉始息。入署,奉命书册页一分。寄三姑母二十金,助娄江姑丈葬也。祝张若渟银台母施淑人七十寿,“三多慈祉家余庆,初度祥因佛现身”。寿仪四两。赏陈永一两。

初六(5月15日)　晴。

吊沈承业夫人八两。并大四事。未刻抵赐庐住。

初七(5月16日)　晴。寅正诣宫门,上御门。召对于勤政殿东书房,奉诏和《善人为宝》诗一首。申刻归。是日京察议叙加级,谢恩。

初八(5月17日)　晴。入署。入馆。

吉孔修过。前日赠马、桌毯四、红羊绒、珠皮袍褂料。赏使潞绸一匹,力三百。

初九(5月18日)　阴。吊奉少马于其宅。奠四两。延评德、福克进、索兴阿、观亮、戚蓼生议减免八旗欠项事,自巳至申。予具饭款之。评不坐。西抵赐园住。吊蒋少马[①]如君八两，余姨去。

之[②]。

稍谈即归[③]。遇戚蓼生于门，即以旗项册交付。归过西顶，永公邀憩于僧舍，僧号乾。金可庭亦至，殊深故人之感。晤田、侯二章京，即管此地者也。既而此即丁亥年偕裘、高两公游玩之地也，今日重至。

遣送郑钧酒席，不收，与狗食之。

初十(5月19日) 晴，热，风。丑正出门，寅初二刻到香山，值日。晤金坛于南斋。英公邀食于其寓。永、范、蒋偕重游碧云寺，登塔巅。刘、和二包衣昂帮[④]陪，以果食，极游览酣畅之致。

十一(5月20日) 晴。杜门，寄立之札。并其弟汝器，附以希元、召伯分四十金。又寄谦之、颖斋札。又书致广谊图册二十封。送荣铁斋对、扇二、《家戒》、《封侯画》。送雷莲客对、书、扇二。李吏目见。看荟要处书致疾，夜子方寝，气即上逆，彻夜立以待旦，苦矣。送范七官鼻烟一瓶、桂花四包。

十二(5月21日) 晴，午、未、申热，风。疾起稍迟，命林姓按摩。浚井，四千五百文。东厅后屋一层拆卸重建。乔朴园过。赠四十金。粥食后入署。入馆。顺途谢金坛。归后朱竹君、徐立纲来谈《国子监志》，点去，济时陪。

十三(5月22日) 收小捐饭银二百十四两四钱三分。

奉诏书文园条子四张。寄奠庄药泉祭幛一、联额各四、祭仪四十。赏家人十两。又为〇捐监一，赔银十两。

寄朱、庄札。寄朱大官潞绸二端。

---

① 蒋元益，字希元，号时庵，江南长洲人。乾隆十年进士，官至兵部侍郎。

② 不明此字何意。

③ 疑此句前有阙文。

④ 帮，亦写作“邦”。包衣昂邦，指内务府总管大臣。

十四(5月23日) 晴。卯正入直,上回宫。酉正始散。是日予具菜请于公。

十五(5月24日) 早微雨,既而晴。

上升殿,予以议叙谢恩。随直武英,与金可庭议事而散。

十六(5月25日) 晴。入署。入馆。光复自南来,见之。评、索、观、戚四司员来白事。

十七(5月26日) 早雷雨。晴。以冢妇明日发引,今日穿孝,止不出。晚至其灵,设祭奠而哭之。夜宿东厅,气逆不安。

书进呈扇三柄。

三抚军寄湖绸四、画眉绒一、茶、扇。全棕十、十锦十。差弁潞绸一、对包、扇。潘濮州寄怀五律三首。使一两。李华国赠纱四、扇廿、缨二。使对包。

十八(5月27日) 晴,无风。酉雨。夜卧不宁,寅正即起。冢妇以卯时发引,哭奠之,送于东首新开之门外。见刘国永。诸送者、护行者极得体面,亦其幸也。与汪姓画金十两。纹。

书进呈扇三柄。

十九(5月28日) 亥、子间大雨。昼晴。入署。入馆。

二十(5月29日) 晴。入署。寄三抚军、潘濮州札。以定窑娃娃枕一、文五峰画一为金坛寿。晚至赐庐住,阳生同往。

廿一(5月30日) 晴。早至金坛赐园祝寿,见其介弟易牧,遂归。早食。诣南斋办事久之,仍归园。晚金坛馈食。

廿二(5月31日) 晴。寅诣宫门,户部该班。午归赐庐,遂偕阳生入城。

廿三(6月1日)。

廿四(6月2日)。

奉命为皇十五子书园中绢对、条一分。

廿五(6月3日) 召对于勤政殿东书房。

廿六(6月4日) 杜门书扇。

廿七(6月5日)　晴。上回宫,予寅正入直。酉正乃归。

奠刘锡九父十六金、扁、对,朝梧带去。付成衣三十两。

廿八(6月6日)　晴。上御乾清门办事。礼毕,坐乾清门外,候膳牌下而归。

川藩钱鋆寄川连二、藜椒二、通海袍褂二、嘉定贡绸四,差对包、小包、二两、扇。

刘锡嘏赠褂瓶四、扇十、香珠四。

廿九(6月7日)　晴。奉命同程冢宰、永宗伯、嵇大马、英大寇、迈少宰验看本月选官。

三十(6月8日)　晴。入署。川运例头卯以今日止,坐收呈至戌正乃止,印册封贮,共一千二百六十五张。戟门陪予晚食,同散归,已街鼓咚咚矣!书进呈扇,今日巳刻始毕。

五月朔(6月9日)　办贡竟日,亥初始毕。

陈枫崖过。

发平安元宝三个,一百六十两一钱实。

大少爷五六月费二十两,六官五六月费二十两。

姑太太四两,四太太四两,桂四两,松四两。

家人工食二十两五钱,剃头二两,朱凤香烛、工食七两五钱。

懋勤一总八十两。匠人六两。南书于三两,刘三两,郭三两。

王老二三两。苑户二两。汪廷用四两。礼部片子二两。户皂四两。

桃十六两,平十两,京运茶房一两,内阁皂三钱。

杨先生二十两,朱十二两,武英殿一两,李先生十二两。纱一匹。

全浙会馆和尚二两,天仙庙一两,圆明园朝房苏拉一两。

永笔帖纱一匹、扇。

女儿十六两,余十两,谢十两。

轿夫工食二十两,苑户二两。

节礼赏封共十五两三钱二分。

冰,外九两,三个月;内四两五钱,三个月。共十三两五钱。

收景初茶八、火腿二、鳖六、紫菜、杭纬二、羊毛笔廿。

收王△△象牙扇二。

收蔗林张△△《端阳景画》、水盛一。

收张世法二十四两。

收张昆八两。

收卞尔岩二十两,使八钱。吉孔修八两。

收申仓场七色,使一两。

收门生程琮、李之英、张存性、孟生蕙、陈鹏飞、周于德、熊爵勋、邓湄。

收四月份封贡饭银四十三两四钱二分,监生饭银五十四两四钱二分五。

收端节饭银实七百四十二两五钱一厘。

完酒十二两五钱三分,清。

煤十九两五钱,清。

短草十一两,清。

药四两,未清。

成衣六十两。实五十七两,未算。

厨子、酒席二十两,未算。

初二(6月10日) 晴。寅初赴天神坛祈雨,至巳迟矣。遂入署。入馆而归。食于署中。

晚至赐庐住。贡上,蒙赏收插屏一对、挂屏一,归绛丝围屏一架、瓷瓶一、瓷觚一、珐琅鼎一件、珐琅盘一件、玉碗一件、扇匣廿、水盛四、《猫狗》一轴。

初三(6月11日) 晴。素服,值日,带领引见。午间匆匆急归,为陈玉亭贡单有误也。既而事事恰好,复蒙恩,诸事妥协,皆所不料也。南坡札知,大慰。夜眠稳足。

初四(6月12日) 晴。书扇竟日,杜门。遣双林往园送舒中堂扇并交买洋珐琅挂屏元宝三个。△。交玉亭买挂屏一对元宝三个于喜张手。△。△者共三百十九两六钱实。交双林九五扣元宝八百两十四个。元宝十四个,重七百四十六两七钱,九五扣,合银七百八十四两;又添银十六两,九五扣,合为八百两。

初五(6月13日) 晴,时有微雨。丑正赴园庐小憩,即至前园。上以不雨罢龙舟之戏,至皇太后宫请安,即在讨源书屋用膳。予辈诣此贺节,拜香囊、小荷包之赐。事毕,归庐早食。苏首领过。遂归,启家祠,致祀。见杨△、曹△、李△,并殿传彭五世兄青莱,即留海棠院下榻。是日,予照年例不陪,晡饮而寝。

发双林元宝二个一百七两实,发费主事元宝一个五十三两五钱实。

初六(6月14日) 早阴,亦有雨点,既而风。酉乃大晴,惜哉!入署。入馆。金△△过。辞归灵寿。看《太学志》竟日。遣剃头凌姓。

初七(6月15日) 晴。济时见,与言《太学志》事。与阳媳粽子三千个、六金。

初八(6月16日) 寅正诣宫门,奏事七件,并带领引见。午间归。张焘、祝德麟、彭镜澜先后过。

熊爵勋过。

初九(6月17日) 晴。丑正诣园,奏速议一件。召对于勤政殿东书房。午间归。

彭五舅见。

初十(6月18日) 晴。寅正入直,上以方泽斋戒回宫也。予备饭于两处直次,颇不惜费也。巳刻往前朝,挑选湖北知县八员,备共十二员。新斋垒石。次日竟成。小刘儿一两,偏头一两。

湖北请知县八员,奉命派出挑选。程、永、嵇、英、迈。

挑得:十员,用八。叶逢春、史湛、蒋业晋、杨本立、汤廷芳、陈文纬、王憕、马乾宜、叶棠、赖鹏翀。

十一(6月19日) 晴。酉大风,小雨。寅正入直,奏武英殿通行书,并进聚珍版书,俱蒙温旨。晚奏宋版《杜诗》,大惬圣意。

十二(6月20日) 晴。寅正入直,进神武门,由隆宗门入,甚善。识之。以后遇看祝版日,均应如此。晚仍由神武门出。奏《国子监志凡例》;得温旨。又奏《礼器图·乐器》[1]。

连日在直,甚忙,几于应接不暇。

金坛相公晚过,步周赐第焉。

十三(6月21日) 晴。丑正赴东华门,送驾诣方泽也。归而早食,杜门办事。浴。

收铜批饭银二百十八两二钱八分。

晚诣赐庐住。南坡赠酒并盐鱼子。

十四(6月22日) 晴,酉、戌间雨。寅正诣宫门,奏事三件。又带领引见。是日,上御门,户部以头班上。恭缴书扇十柄,金字《盘山诗》。复奉命临帖扇五柄。人来杂踏,挥苏不去,书甚草率。早食,同董蔗林。上赐新茶。

济时过。镜澜过。

赠范少农葛纱一、香珠二、桂花四、茶一方瓶。

十五(6月23日) 晴。寅正到南斋,即诣大宫门前,候驾诣前园请慈安,站班。既,趋二宫门前,候上归,于门下御座引见,予辈亦侍班。既毕,归南斋,以昨奉命书扇少一柄,须补也。忽蒙召对于勤政殿东书房,良久而出,似语别以示恩也。既退,嵇公同。早食。书扇,恭缴。复与群公相周旋,至未初二刻乃散。送梁少宗伯、金坛相公,见其介弟易牧。蒋弟五、六邂逅焉。归赐庐。新甫见。

军章[2]:冯光熊。长。热:章宝传、章棠、孙永清、史梦琦、龚程身、汪日章、姚梁。□[3]:申甫、汪承霈、蒋熊昌、刘秉恬、王嵩柱、冯映榴、

---

① 指《钦定皇朝礼器图式》中的“乐器”部分。《钦定皇朝礼器图式》十八卷目录一卷,清允禄、蒋溥等奉敕初纂,乾隆二十四年(1759)完成;清福隆安、王际华等奉敕补纂。该书分为六部分:卷一、卷二为祭器,卷三为仪器,卷四至卷七为冠服,卷八、卷九为乐器,卷十至卷十二为卤簿,卷十三至卷十八为武备。每器皆列图于右,系说于左。

② 军章,即军机章京。

③ 疑是“木”字。

施光辂、王庆长。

十六(6月24日) 晴。晚微雨。丑正起，寅初出门，诣大东门送驾。上以卯初刻启銮幸避暑山庄，予偕同列跪送。俟过，予即入城，归赐第。午卧既醒，检点衣服。

是日俞姨初度，食面。晚，阳生延饮于七槐轩。余、谢、吉咸与。剃头。

扈行：于福梁、嵩贵、曹秀先、范时纪、蒋元益、崔应阶、刘浩。

十七(6月25日) 微雨竟日。寅正起，风凉作秋意。刘启秀之弟过。入署。入馆。光复见。看裁衫子。

交竹井买石十二两，帘子三两，孙德手，东厅前、左、右门。又付本人二十五两，平安手。发过工匠四十两。

收灵寿四十两。收肥乡四十两。

为郭瑞虹递捐复呈。

夜，肺气胀满，不能坐卧，沫吐甚多，甚矣惫。

十八(6月26日) 晴。前慈程太夫人忌辰，以惫甚，命朝梧主祀，予仅于初献时一拜而已。门人邵一联寄金爵二，今日即以为酹酒之用。并外寄完去年借百金，又镶玉研屏一件。

门人沙河令赵苏门见。询眷属，止一妻、一子四龄而已。以办汤山道，顺过此也。赠百金，即答以食物六种、上扇一。粥后度不可坐卧，乃力疾入署。入馆。

张获斋见，名△△①，廿七岁。南雄守张孝泉之子也，携其尊人札并寄呢袍褂料、花露四瓶、燕窝二匣、端匣一方，又带始兴令斋翀书一通，并

---

① 疑所阙两字为“崇钧”。“张崇钧，张孝泉子，字绿春，一字渥沾，号沃旃，华亭人。少颖敏，十五赴顺天乡试，即与诸诗人相唱和。能文工诗词，为国学生。乾隆三十五年应顺天乡试，中首荐不售，性豪逸，著有诗文稿及《珠江竹枝词》。”(徐侠《清代松江府文学世家述考(下)》，上海生活·读书·新知三联书店2013年版，第837页。)获斋，或张崇钧之号，或沃旃之音讹。

所寄玻璃二十块、羽绉二端。申后汪如藻、杨济时同见，商办国子监事也。又彭元琉见，携其兄阁学札。

裱糊新斋。

十九(6月27日)　入署。入馆。为阳生捐部寺司务。

新甫见。

三次分得头卯饭银共三千六百八十一两二钱；后七月朔又分四次，银七百七十二两二钱七分。

二十(6月28日)　晴。暮大雷雨。早出门，谢金三、高九、英、陶、苏、田、△△△诸公，晤永宗伯。入馆。入署。尹大廷尉过。梦吉白事。梦为馆中事，传言于舒与余之间，皆大捏饰谬误。吾于杨济时之对联句，知托人信人之不可也。于梦吉之传言往来，知与巨公办事之不可靠人传言，必须面商也。识之毋忽。孙源过。晚阳生饮予，诸内子皆与。三妾一女。

早食于署中。

廿一(6月29日)　晴。入馆。入署。堆山者某来。竹井工所人也。

泥金。检古玩交双林。

接履旋札。晚得栀子花。每朵白金一星，至廿六止，共十朵。

买麸三十石。银二十一两。打水车十七两二钱。

廿二(6月30日)　早阴，旋晴。未、申间雨。卯初赴内阁递初次请安折。札致金坛并勉斋、附扇。泰占暨福、梁。直武英。蔡、张、李。同膳，先去。予理事毕归，顺答尹亨山。接谦之札。

新斋油地。助甸舡纹银一百两。

廿三(7月1日)　门人方万年、彭维熙见。入署，入馆，皆素服。以好葛一匹与勉斋，易前误送者。

付沈厨十两。当以方扣余为请客之用。识之。方赠四十，即以三十付厨，连上。余十金造佛。

廿四(7月2日)　阴。微雨。申、酉大雨。戴璐以广西试差来见。检画幅交双林。入署。入馆。以十五日面奏头卯捐银上库展限事具折，请展限半月，于明日递。廿八日奉旨：知道了。遣奠刘秉恬夫人。绫对、绫扁、奠仪二两。

廿五(7月3日)　晴佳。寅正诣阁，跪递请皇太后安、皇上安二折。分赐郑宅茶与诸公。董、沈、陈。报至，接金沙札。明亭相公邀坐政事堂议事，并俟书稿答金沙，即归。邀方万年、彭维熙、黄义尊并彭五世兄饮，鲁赞元、柯瑾、程琮不至。何供事以所买书来，并《通鉴辑览》大本全部。晚邀杨、李、彭饮，亥正始散。朱大庭甸传以出城不与。浴。

廿六(7月4日)　风，晴。雨。入署，即于署早食。入馆。为胡枚以银交库。助以二百金。又添饭银并水十四两五钱。上库尚应添平十五两。答憩园札，寄以扇上上。一柄。答常守五德札。以挂轴、手卷十五件完彭镜澜，随接字以牟益卷为沈生上寿，仍还之。

廿七(7月5日)　晴。入署。札致金坛，寄雀扇一。上上。

胡枚以吏目见，赏以上上画眉笼、藤胎帽一顶，又金顶。五钱。尹亨山过。

寄三抚军、徐藩司札。夜梦人为不可解之语云：尔须早入�中，熟行无滞；尚须入吉一回，乃一泻无余，岂不为佳？

晚购栀子花二盆。自启銮后，旬余矣，当亟思了诸务，莫更悠悠忽忽，终于欠缺不了也。记之。

廿八(7月6日)　晴。赵△△过。蒋戟门过。闻派出阅考职卷，又派出验看月官。入馆。入署。廿五日请安折亦回。高少司马过。刘锡嘏过。山石至。定稿，罚捐纳房迟延书吏、稿工①等正、二月小捐银。交平安付油饰银二十两。

办事翰林不堪之至，即送誊录考职一事见之，英公见识过予，当刻刻留心学之，莫放松。

青怀素一匹四十尺，四两八钱；青花纱一匹三十八尺，三两四钱，共八两二钱。平安、任裁缝手。

---

① 稿工，旧时官府起草公文、文稿的人员。

廿九(7月7日) 晴。早延卞鲁瞻、吉可亭、陈芝田饮食。卯初至未正乃去,卞、陈各赠小扇。上上。进西阙门,偕程协揆、永署农、英大冠、迈少宰验看本月分月官:知府梁钰、宜昌。朱光烈,建宁。同知董启埏、邵武。刘杰,辰州。知州熊道阶、宣威。周翔千,永安。知县邵元龄、封川。李继曾、建德。宋廷采、武安。张振清、惠来。薛元统、武昌。王云洙、滋阳。王纮、恩施。刘嗣焕、禄劝。杜念曾;泰顺。又预备知县张兰芳、黄金声、熊爵勋、王士藻、刘垧、李伟烈六员,县丞梁天德、万年。孙源,巴陵。巡检李琪、陈熊。又补行验看通判李振祖、南昌。徐传毓。武昌。又豫工分发吏目沈国钧。共廿八员。验看毕,坐朝房发书,即归。

申、倪两仓场送建兰二、栀子二、茉莉二、夜来香二,赏共二两,力共六百文。各人分送其一。早札致倪,访弟妹消息。

以初一日请安折交董学士诰书递。浴。

酉刻赴贡院至公堂,御史色尔布、李廷钦,签部孟生蕙、本忠、哲成额、鲁△△见,遂入龙门。蔡宗伯新、全银台魁俱先至,遂于庭中坐谈。全出酒,小饮数杯,即寝,甚安。带孙德、双贵、杨文、联宝。予住正总裁房,外门宽三尺二寸,内门宽二尺八寸。以后如来,须带小坐缛、桌毡。

三十(7月8日) 阴。全穆斋早过,遂坐聚奎堂。辰正,签部诸君入告点名毕,已封门,遂出题"信以成之,君子哉"①,官文书稽程。

此次赴考,恩贡十,岁贡四十七,拔贡十七,贡监三百二十二,副榜二十一,共四百十七名。

出题后,各归房早食。果腹闲坐,一无事事,从来所无也。未正二刻阅卷起,戌正各散。

---

① 语出《论语·卫灵公》。

、[1]西黄[2]十四：落字粗浮，语欠入扣。

、东寒十四：以礼持射，讹落尚多。

△东寒十五：文尚顺，字亦清楚。

东寒二十：无所□[3]于其始。挖补之字，文自充畅。看题未细，笔亦纠缠可厌。

|东洪二十九：字多杜撰，此拔谬矣。

东天二十二：庞杂，随口乱说。

、西往三：上天秋肃，大地阳和，不太廓否？

东天二十四：天日不矢。

西昃二十一：粗率。

、、、西地二：有错字，文尚不荒疏。

、东列九：字太恶劣。

△西张十八：文亦明顺，字尚妥协。

◎西昃十：亦尚容得，亦未能丝丝入扣，而体收□具文，情收又□。

|西昃十四：入手脱却义字，字亦恶。

|西宿十六：夹杂不成文。

东洪三十：禹周二比，太廓落而少切实。

◎西宿字十九：洋洋洒洒，流动充足。

|西来二十一：恶劣满纸。

|西黄十五：破承拙极。

|西宿一：同上病。

|东盈十六：平浅。

|西黄十三：以诚属势，奇哉。

---

① 在此部分文字中，多有"○""△""、""|""×"的符号（即圈、尖、点、直、叉），实为试卷评阅的标识。偶亦有加三点"、"和二点"、"者。

② 考生号舍号，每列以《千字文》命名。

③ 疑是"柔"字。

|西宙二十四:草率如此,何苦来此。

|东暑十四:此题破乃要两叹字,有此理否?谬极!

|西往十八:浅俗之气满纸。

|西宿二:同上。

西昃十二:可留覆看。副。亦欠切实。

西来五:可留覆看。拔。无甚精义。

东寒二十八:不必看。

◎西来十一:语意绵密,通场所少。恩。不过如此。

◎西昃二十六:非漫然作者,有中□[1]二比在。颇有切实处,首尾亦完好。岁。

◎东天十九:颇有作意,不见得"成己""成物",亦作"诚"耶。

△西宿二十四:亦非庸流,但学问颇未充耳。覆看果然。岁。

、、、西张二十六:可留覆看。

◎东暑十:亦自顾盼不群,而平仄不叶,其少年欤?抑北人欤?说得出。

△西来一:中平之卷,备之可耳。

◎西宙八:后二比踌躇满志,可谓称心而出。善摹墨裁。

|东天十三:此之谓欤,关节也。

△西往十四:备。

、、、东(署)[暑]一:多谬字,君臣朋友二比,亦可备取。

、、西宙十:墨污太。

、、东天二十五:勿二勿。

△东盈二十九:字清楚,文极力做而欠精当,亦尚可取。颇为简净。

西来二十二:文、字俱拙。

△西黄八:字尚清楚,亦多不合体,文平平,不甚充足。岁。

西地三十:竭力说来,总不入扣,换卷何为?

西黄二十四:粗浅而拙。

---

① 疑是"缝"字。

、东暑二十六：看信字亦粗，字亦俗，然须备用。

、西昃五：备。

◎西来十二：下语有分寸，惜取字小疵。拔。独见真切。

、西地二十五：下语乱来，字尚可，姑存。退之可。

△东列六：再看。竭力做出，总不入扣，可谓黑漆皮灯笼。

㊀西来八：讲到日月寒暑、忠臣孝子，可以泛滥无穷矣。

东天八：文亦充畅，而拙谬小疵不少，必是北人。

西宿十七：再看。肇锡宁等于誉扬？

东寒八：领题不由义来，便非。

西张二十二：破事更非苟，成全其为君子矣。

东洪二十七：再看。起手朗朗，入后平平。

西昃十九：不见出色。

东暑六：草率。

西黄二十三：欠精当，字倒好。

西宿二十：语皆隔壁，于是得之。事情不当，四时发于爻辞。

西地十一：语絮而不当。

西昃十九：亦只好再看。

东列二十五：拈艮卦或好。

西地二十三：不着痛痒。绛。而可，必是关节。

东洪十五：肤浅，敷衍不已。

西黄二：恶极，胡为而来？破及成事以信。

西宙十六：无可见处。

△西黄五：亦见作意，但不大醇耳。可备。

、西宙十八：字好文平，再看。无结句，想亦打通我辈耶？

东天六：庸恶。

西张二：姑存，然断无取理。果然肤而少精义。

西来六：再看。无咎无誉。恩。

西黄二十五：文平浅而字多俗。补。无足取。

东盈五:无可取。

西张十七:粗浅无足取。

西宙二十七:文说不着。有端字。

东寒十七:作者亦自不苟,但欠纯净耳。思不能钝入,略有着处,随即歇手,可惜耳。

东洪二十八:平妥之卷,必自北人,钝状可厌。

西黄二十一:亦充足,无所取材。

东寒二十四:平浅,难以制胜。

西往八:文有发挥,而字太粗率,是岁贡本色。

东列二:看题不真,下语多左。应要于务葆立名之一念。

△东天五:笔意自别,文甚爽,但粗豪之气可厌耳。字亦率。

、西张十六:无咎无誉,亦欠细入。

西黄十:信在而拜跪,不流为虚器。

东洪十七:“清夜无以自明,大庭不堪共白”,语太过火。

◎东列二十七:亦有见解,所欠琢磨之功耳。

东洪五:字可,文未完全,信以殿之。

西张十八:平常。

△西宿八:墨卷派,后二比尚充足。

东天二十九:小讲内,一慨想,一神往;一口维,一心追也。

东天十五:欠通。

西宙十一:结句“不亦嘉哉”,可恶。

西张二十九:文已不通,结句其以此,夫可不必矣。

西昃一:文破缺不全,结句而岂能轻信欤?

△东列八:妥贴可用,惜有讹落,后二比尚融洽。

西地二十四:文多扞格,字亦拙,多脱讹,难以录取也。总字别,郡字别。

东列十:倒说不必信,亦奇。

东列二十八:欠妥贴。

东洪十一:横竖说来,我总不要。

西来二十四:木。

西昃十一:乃今知之矣。

西宿十三:文不熨贴,判不对偶,乃副榜也。

西昃九:即誊录中写怀字者,最可恶。

西黄二十六:平泛。

西来三:肤浅,题理未尝梦见。

西宇二:隔靴搔痒。

西往十六:小孩子来要要,却是副榜。

东列三:未完卷。

东列三十:亦尚简妥,究多客气。

东暑七:敷衍成文,不著紧要。

西盈二十二:小讲下一段颇佳。

西宿二十六:平浅。“衣冠谈笑,琴书之士”,可谓唐突。

东盈八:竭力发挥,归于无当。

西昃三:有一信以仝尊。

㊀西黄三十:亦竭力抒写,尚非游戏,有诠解精当处。岁。

西宙八:所见卑浅。

西地十四:话亦明白,却说不进。

西宙二十一:以省心为信,以立事为信,此意果是否?

西张七:虚浮之气未除。

西张二十八:粗浅。

西张十四:尔言何左也。

东洪六:未曾长足。

东盈十九:白话可厌。

西宙二十九:下字乃俗品也。

◎东洪二十二:亦有见解,非絮絮一说白话者可比。小五日、大五日,刀笔时弄。副。

◎东洪九:团结如意。纵讹总。拔。

西张二十六:虽可备取,未能制胜。

△西黄五:中二比颇佳。

、东洪一:语不看题。

◬西往十四:体大而思不精。

、东盈十:瞎。

东暑二十六:平满,无可取。

西昃五:浅拙之气不可耐。

◬东列十六:竟能从自别,亦有精实处。到说不必信,亦奇。

△西张四:平妥之卷,最不好看,只好备。

东寒二十五:君称子称。

、西宿二十二:小讲下一段尚可。君子之实,得之自今。

西昃六:而姓氏犹香。

、东盈十八:平浅无奇,取你不着。

恩、拔、副:

一等

地三:周嗣文,湖南巴陵副,蔡。

来十一:金纯,秀水恩,本。

黄二十:邵廷仕,芜湖副,全。

二等

来十二:王令份,江南太平拔,本。

洪二十二:王三杰,甘肃宁朔副,本。

寒十三:范熠,宛平副,全。

三等

暑十七:汪元瑛,夏邑副,蔡。

盈七:毛哲,武陟拔,全。

列十五:程荫栋,吴县副,蔡。

洪九:何茹连,浙[江]江山拔,本。

岁：

一等

寒二十九：王汝盘，安福优，蔡。

暑二十七：孔广全，献县岁，蔡。

二等

黄三十：俞钧，嘉兴岁，本。

往十：李璜，庐陵优，蔡。

黄十一：吴开祥，威宁优，全。

昃二十六：张榆，汤阴岁，王。

天四：顾梁，金匮岁，蔡。

寒六：王钜，江南南陵岁，全。

捐贡监生：

一等

寒十六：柴溥，钱唐。全。寒十九：陆恭，吴。蔡。

宿十九：李人骐，阳湖。王。往十四：靳光斗，汉。王。

盈二十九：余嘉颖，宛。王。列八：汪大枢，钱唐。王。

暑二十九：包文训，通贡。蔡。洪二十六：吴金辂，全椒。全。

宿八：官懋斌，大。王。黄三：张瀚，桐城。全。

列十六：龙汉文，蕲水。王。天二十六：徐存幹，德清。蔡。

昃十：滕文炘，旗。王。黄九：汤之桂，靖江。全。

二等

往四：张文焕，海宁。全。地九：宋鏵，吴。全。

往七：方裕，桐城。蔡。黄五：谢朝銮，清苑。王。

天三十：覆试不到。寒十七：冯克鞏，嘉兴。王。

列二十一：梅澍，元和。全。盈三：赵汝梅，阳湖。全。

暑十：郎永德，旗。王。寒十八：徐炳珍，江阴。蔡。

地十六：刘临椿，平利捐贡。全。天九：赵鹤龄，桐城。蔡。

天八：员承容，旗。王。来十五：韩鸣佩，嘉定。全。

暑十一:刘赞化,宝应。全。宿六:姚讦,桐城。蔡。
黄六:尤绅,长洲贡。蔡。来十:刘临楠,陕平利捐。蔡。
地八:永宁,旗。全。昃三十:王浩,旗。全。

六月朔(7月9日) 晴。亥刻雷雨。寅正二刻,坐聚奎堂阅卷。戌初毕。蔡、全二公汇所取卷于予处。予晚食后灯下叙定,前后共取五十二名。其末一名次日全公所添也。子初始寝。

初二(7月10日) 寅刻尚雷雨不止,已而晴。寅正二刻,坐聚奎堂命吏人缮圆图,予标红出榜。两道长、四签部入见,叙语而出。未初,覆试卷进,"学古入官"论①。遂以前列十卷封固进呈,并缮请安奏折一封。余卷俱封固。申初以奏折、卷宗交孟生蕙员外讫,遂与诸公别,出院回家。

收杨坐粮厅栀子、茉莉、建兰、夜来香各二盆,赏二两,力六百文。

接立之札。并文端遗念旧扇十、素册八、陆△《石榴》一轴、小玉嵌墨床一。

接虚堂札。百金。接朱椿札。山羊血二、三七二、石羊胆二。

接金坛并庄凤翥札。尹嘉铨寄万金。

初三(7月11日) 晴。入署。入院。徐立纲、陈孝泳。

尹大廷尉送黑羊皮、白兔皮、各袍褂料二。缨四、羊绒二、祸枣灾梨,力对包、小荷包。二两二钱。昨日事。

初四(7月12日) 晴。薄暮雷雨,湿热。寅正至内阁,偕蔡、全以奏折、卷宗恭递发报。至传心殿,与竹井、可庭议事,明亭相公亦至。既而竹井、可庭、迈廷献邀同膳。毕,稍坐即散,往见尹亨山。入署。门人杨世纶见赠。玉石笔筒、日本石砚。丹叔晚过,冒雨而去。

初五(7月13日) 晴。入翰院。入署。

---

① "学古入官",语出《尚书·周官》,原文为:"学古入官,议事以制,政乃不迷。"

折并滑令一百。多六两。邵完一百。多二两四钱。又一百。又饭纹一百五两二钱。刘启秀四十。孙源四十。大捐剩余一百四两,官饭银也。

送宋五六两。买金七两七钱。

坐褥托子一两四钱。

方龙山见。阳生献佛手二。

初六(7月14日) 晴。寅正出城,祝嵇大司马寿,以元人《达摩》一轴,并烛、酒、四金为寿。留面。归途拜客。入署,理事毕,即归。

札致金坛。又札致毕抚、富藩、孙臬,皆西安当道,龙山带去。札谢虚堂,使四两。

姚雪门馈磁器二桶。发轿夫二十两。

初七(7月15日) 晴。寅正趋朝。报至,"奏进考职卷"奉旨:知道了。随至吏部朝房,全瀛台,色、李二道长及本、孟、哲、鲁四签曹皆先在焉,会同拆弥封出榜。各散,入署理事。早食后,至四库馆催书。未初始归。

方姓伊昌阿见。赴热河,顺带《通鉴辑览》二部往,遵旨行也。

盛绛牧同年二郎见,长字士膺,次字伊仲。带其尊人书仪。廿四金。

初伏。初八(7月16日) 晴。新轩陈设佛堂,住室安卧榻。双林开张美斯轩。沈主事名掞,偕其侄焯来见。曜斋。

晚雷雨,不畅。美斯轩饮予。贺美斯轩二十两。即卞所赠端午礼也①。晚已寝,而阿资达见。焚弃字纸。

初九(7月17日) 早雨。既而晴,风,凉。连日热不可当,今日西南、西北风先后大作,人乃苏矣。嵇大司马过谢。浙江粮道李庆棻过,即答之。谢阊祚之子△△见。

入署。入馆。尹大廷尉以古董见示。大兴吴令亦至,久之去。宋鏵见。剃头。

初十(7月18日) 晴。寅正趋朝,递请安折。明亭相公复欲收

---

① 本年五月初一日记载:"收下尔岩二十两。"

录钞胥,说以止之。直武英,张、李二公同饭。嵇大司马亦至,同吃饭。颇精洁,嵇公斋,亦甘之。定稽核一岁功课谕单。接金坛札,即答之。入署。

十一(7月19日) 晴。祖母祝太夫人讳辰,中堂致祀。因戟门少农来,初献礼成即会之,命两儿成礼。入署。入馆。

十二(7月20日) 晴,热。延张体元、陈光复、家甸舡饮。入署。入馆。

收李梅亭锦四、宁四、缨四、茶四,使二两五钱、对包、小包、扇并套。送三贝子茶各种并菊,共十二瓶。

找付油饰匠十两。铜铸观音,先付六两。

东厅后轩右首并门面装修油餙十八两,油地五间八两,桑树墙外屋六间四两。

十三(7月21日) 晴,风。李声振、穆凌烟见。食素面后入署。入馆。

额外主事△△△见,馈土宜,璧之。接杨藩司札。周△△过晤。观亮自热河归晤。付为山者十两一钱八分。

买桌二张、椅八张,九两五钱。铜井杳金,五钱。换钱元宝 个,五十三两三钱。

十四(7月22日) 阴。巳雨。酉晴。亥复雨,至明。杨朗夫过。朴园方伯子。冒雨入署。晚饮庭中。余也。赠谢△△盘费二两。札致唐奕恩,谢以扇。吊金蓉丁忧,二两。朴园寄曹扇、绢笺。使对包。三贝子馈食物。

盘金纱蟒补二副[①]。使一两六钱、小荷包、金字扇。

十五(7月23日) 寅刻大雨,乃作团圆。既而晴。早入朝,直武英,清查一年以(年)[来]功课。事毕,乃食。遂至馆办事。又由馆入署而归。晚饮庭中。谢也。

---

① 此句前疑有阙文。

头卯收银今日止，共大小官生七千二百一员，收银六百七十八万二千六百二十三两。随官贡监在外。

戊子岁差旋，上命查检文玩匣内所贮物件，见西瓜子仁三粒，以象牙为之者。一：一面为海中涌红日，三人骑马临观，须眉生动，马举蹄皆有法，设色亦艳丽；一面书曰："楮叶三年笑宋人，我今图画亦非轻。休言成得无些用，须向人间留薄名。庚寅四月并书，奉贡总台马老爷，谷上六旬山民祝玉成。"①一：一面为寿星骑鹤于云间，八仙左右拥护；一面书曰："常笑宋人迂，三年成楮叶。我亦效迂人，瓜仁貌齿颊。试比棘端猴②，双眼能剖别。雕虫小技微，大千总一粒。庚寅孟夏，谷上花甲外山民祝玉成并书。"一：一面画十八学士登瀛洲，精妙如生；一面书曰："三年楮叶宋人迂，我效迂人巧不如。试把瓜仁貌群集，也传拙老此生迂。已亥仲春画并书似，玄水词兄一笑，七旬逸叟培(三)[之]祝玉成。"当日诧其鬼工，用片纸录出。今日偶翻得，恐其遗失也，漫录于此，片纸即焚矣。

十六(7月24日) 晴。入署。顺拜王亶望。沈景初见。点去。札答暘月先生。

晚饮庭中。予答二氏。

十七(7月25日) 阴。酉雨，即止。黄寿龄、浦霖过。入署，理事毕，即至戟门司农处，同尹大廷尉公请王藩司亶望。自午候至戌初始来。原请伊亲家吴少司寇坛、沈侍读初，皆等不及，先饮食而去。又请李粮道庆

---

① 祝玉成，号培之，杭州人，康熙初年年八十余。徐珂《清稗类钞·艺术类》(商务印书馆1966年版，第59页)载："祝玉成牙画。康熙初，杭州有祝玉成号培之，年八十余，画事入微，尝于牙牌施绘事。"

② 棘端猴，比喻徒费心力或欺诈诞妄之典。《韩非子·外储说左上》："宋人有请为燕王以棘刺之端为母猴者，必三月斋，然后能观之。燕王因以三乘养之。右御冶工言王曰：'臣闻人主无十日不燕之斋。今知王不能久斋以观无用之器也，故以三月为期。凡刻削者，以其所以削必小。今臣冶人也，无以为之削，此不然物也。王必察之。'王因囚而问之，果妄，乃杀之。"

菜,至晚不至,只索罢了。戟门出家优佐酒,予勉坐陪。至亥正三刻,予先辞归。是日见江宁僧△△,善风鉴者。

十八(7月26日) 阴。申雨,即止。杨英简过。接虚堂字并别件。入署。入馆。

接胡季堂、秦廷基字。接孙臬使寄来广谊园分七十四两。纹一,五十两;寿张。元丝,二十四两。黄。

四难臣传单一两。与长班。

十九(7月27日) 晴。卯诣内阁,递请安折。入直,以《遵生八笺》封寄行在,金坛札知上宣取也。至传心殿,会英公言事。札答于中堂,即归。书室西间供观音大士,以素食、茶果上供,因而素食。

以银三十两赏孟祥作盘费,为朝飏、际昌取本籍咨文赴选也。札三抚军、徐藩伯、噶太守、孟明府。又札舜玉。程茧二匹。又答立之。程茧二匹。又庄少宗伯仪廿两。答杨朴园。答朱椿。接宸占札。

二十(7月28日) 晴。入署。入馆。尹亨山过。同定贡物。

阳生延蒋氏一门饮,予不与。

廿一(7月29日) 晴。贡备,敬缮折,遣朱凤诣热河恭请圣安。使费二十两,盘费共十两。

祝励自牧五十寿四两。

廿二(7月30日) 晴。早凉,午热至晚。卯趋朝,即入署办事,早食。入馆。午归。

为姑太太交饭银一宗,六百十三两八钱。为蒋买书。

廿三(7月31日) 晴。小春往看荷花。入署。入馆。浴。早寝。

答山西朱方伯。徐升煦。交册页、手卷于美斯轩。

廿四(8月1日) 晴。入馆。入署。晚,七姑母饮予。

制小绸衫二。制蓝布包九。包藏先人遗籍。

廿五(8月2日)　晴。卯初诣朝，直武英。复至传心殿，与明亭相公、竹井先生议事。内务府诸公邀同早食。两札素余相公，遂入署。始宿新斋。

武陵令张继莘过，携带梁署臬梁敦书寄到助广谊园永州通判江翼鹤十二两，善化令叶元祺廿五两，茶陵牧陈廷柱廿五两，新化令黄九叙十六两，平江令吴镄二十两，又助仁钱会馆汪十二两，黄三十两。

刘映棻以签掣兴县令来谒。

董蔗林以江南主试来谒。题“梅亭小照”四大字而去，并小点。

今日以冲天炮送军营。派三等侍卫阿弥达、工部员外科灵阿等。既而不用。

廿六(8月3日)　晴。杜门卧病，补书《五记跋》。为李梅亭观察题《世掌丝纶图》[1]。为山者十两一钱六分。

赠蔗林佳扇四十柄。买山石二十五两。

廿七(8月4日)　晴，连日热甚，偶来微风，则甚清凉，其未雨乎？

为蒋少司马道喜，转左而仍兼钱法堂[2]。入馆。入署。顺答迈廷献。熊爵勋过。因内人辈往园未归，仍宿上房。

收肃州以西捐监饭银四百零三两二钱。

廿八(8月5日)　晴。卯初诣内阁，递请安[折]，知四库全书处有明白回奏之事。遂至传心殿见六阿哥，舒、英二公，议事。札答素余。即金坛也。包衣诸公留同饭。并见四阿哥。

金坛字内知廿五日请安折下，赏收如意一柄、大玉海棠洗一件、景泰珐琅香炉一件、定窑小盒一件、明人画扇十柄、宋牟益《茅舍闲吟

---

① 《世掌丝纶图》，又称《丝纶图》，南宋画家刘松年作品。

② 钱法堂，清代负责铸钱的官署机构。户、工二部皆置，分由满、汉右侍郎兼管。户部钱法堂属宝泉局，所铸钱供全国经费之用；工部钱法堂属宝源局，所铸钱主要用于工部所管各项工程经费。

图》一轴卷[①]、元赵子俊《乔木高斋图》[②]一轴。约费四百金。左入右出，庶几免乎？余如意在外。

入直。董、沈二公同。买拂子三个。入馆。入署。晚归斋。

买拂子银一两。

廿九(8月6日) 晴。以三十金交何供事，系孙臬司寄来也；七月十二日又付二十七两；又借二十两入买书之内，即成七十四两之数，多三两。卯直武英，奉旨查看旧书也。食后入馆，商改明白回奏底子，即于馆画部稿而归。

朱凤自行在归。接素余札。

连日热甚，退食后心境昏昏，一事欲为不得。如此悠忽，谓之何哉？诸事废弛，其若之何？

本月诸事平平，意绪殊鲜佳致，亦只好"顺理行将去，凭天分付来"[③]而已。

七月朔(8月7日) 立秋，阴。卯起拜家祠，即直武英。订纪、陆三君共食，以奉旨命臣查存贮佳书寄行在也。随缮奏片清单，晡食后始散归。复致金坛相公书。

收头卯饭银七百。

接陈玉亭制府札，寄到银千五百金，即以五百金交双林付珐琅作；又

---

① 《茅舍闲吟图》，南宋牟益画作，画作具体内容见胡敬《胡氏书画考三种》卷四《西清札记》。

② 《乔木高斋图》，元赵孟吁画作，现藏台北"故宫博物院"。乾隆有《题赵孟吁乔木高斋》诗："匡床独坐乐三余，茅屋萧然称索居。便是茂林取遗稿，终无封禅著成书。石坛人静树笼园，文读北山谢世烦。欲笑陇西李长吉，艳称门外过高轩。"(弘历《御制诗四集》卷三十四，《文渊阁四库全书》影印本)。

③ "顺理行将去，凭天分付来"，出自明人王达《笔畴》卷上(中华书局1985年影印《丛书集成初编》本，第6页)："信步行将去，随天分付来，此古人之名言也。然予尝改之曰：顺理行将去，随天分付来。如此则理直而词顺，为无病矣。"

以三百金交双林，算玉亭完予之物也。完前日进贡局。并惠玉尊、磁碗、新松佛头、竹绘屏。亦交双林。

金可庭、素简斋各惠桃。

初二(8月8日) 雨。早入内阁。诣传心殿，英公留饭。入馆。入署。吊邓湄内艰二两。剃头。

初三(8月9日) 阴。雨。早直武英，饭。与丹叔议事，即归。尹(享)[亨]山来，午饭，申初去。彭冠过。

始服葛纱。

初四(8月10日) 雨甚绵，晚霁。早直武英，再直懋勤，遂入馆。入署。

札致金坛。送钱二少爷六两。买《四书》五钱。

吊祝致堂外艰四两。一两。不知何用。

初五(8月11日) 晴。入朝。入署。饭。入馆，奉命邮呈第二次书五种。

付轿夫工食二十两，堆山者十两。

补送蒋少农处六月十七日席费二十两。收十两，退余。以铜批饭银元宝二个、陕西饭银元宝八个，并玉亭处纹银二百两，又十三两三钱二分，合为纹色足平七百五十两，为(享)[亨]山买玉牛一件；又为发玉亭寄元丝二百五十两为(享)[亨]山装匣子、座子等件，通算壹千两。又为玉亭发珐琅作纹银二百两。共纹七百两。此皆初六日事。

初六(8月12日) 晴，湿热。痤疿不能着衣，闭门理事竟日。浴。

新斋西山成，将名之曰蟾窟。

川督文绶报五月初一日至月底支用军费一百一十一万五千二百七十两，实存库银二百万五千一百三(千)[十]两。

初七(8月13日) 早大雨，巳后始已。晚晴。先文节公忌辰，雨中率两儿致祀。入署。入馆。

初八(8月14日) 晴，雷。至内阁跪递请安折，遂直武英，再作字致金坛。食后遂入馆。入署。理事毕,往绳匠胡同湖广提塘为玉亭中丞看贡,酌定五九之数,遂入城。蔗林学士过别。浒姓成见。

补赏仓场祝书办扇、川宫一匹。

初九(8月15日) 晴。至武英直次,订二陆同办奏折二件,同食。未正刻归。周辑士介陈山琨来见。字培五。

初十(8月16日) 晴,热极。西城拜客。入署。入馆。宸占弟同妹以今日至赐第。昨得信,遣平安迎之,以大钱五千并为乞金可庭讨门。

接韦抚军字并五十字诗。

为丁瑞麟捐监。

十一(8月17日) 晴,热极。早至朝内。入馆。入署。食于署中。

新授湖南臬司郑大进见。新授西宁府观亮见。晚延赐第诸人饮于新山之下。二更雨,移入东厅。皆醉,不知何时睡,亦不知何时雨。次日卯正起,见庭中凹处皆水也。

应进旧书今日俱已发讫,共十九种。

接薛鼎铭字,附五十字诗。

十二(8月18日) 晴。答郑臬司,顺过周少司马。晤。入署。入馆。

四难臣传单又一两。

收梁少司农付来梁敦书捐广谊园银五十两,又带交署常德府潘本义银五十两。

收官监生五月分应分饭银一百三十九两九钱八分。封贡官职七十四两二钱九分,监生六十五两六钱九分。实一百五十二两。二两平。交众人买书纹银三百二十两于何供事,代缴武英殿。

送郑大进鲜果四盘、饽饽四盘。

送杨炤菜四器、满菜四色、饽饽二盘、鲜果二盘。

送陈山崐同。

拟即办事:陈贡。尹贡。答四。答六。刘、刘、田、董、王、李。

答永。答素。答诺。答张。答金二。答金三。

答娄。答申、倪。答谢。谢宋。答李。即贺生子。完刘良臣。

平安修理。双贵修理。刘厨账。任裁缝。送陶扇、对。

双林账。请景初。速回书信之不可缓者。

寄杨、周两公扇。

英,蒋,巴班,高,门老五,顾诠,保,海,又。

十三(8月19日) 晴。郑谦基付五古五十字。一首,改正。赏对包、小包、一(定)[锭]。

延吴趯、周谔士、蒋大椿饮。见费南英、宋铣。

过竹井言事。完造佛银六两。

十四(8月20日) 晴,月。入朝,参奏分校邱庭漋事。随接于中堂札。入直,查天禄琳琅,作札答之。又先至传心殿,与英、金二公言事,并作启致四阿哥。入馆。入署,即归。料理玉亭中丞贡事。尹大廷尉过。彭维兴赠大钱三十枚。

阳生签掣第三。

十五(8月21日) 晴,子时大雷雨。早起,展拜家祠,供奉大士于新斋东室,具五果十蔬,上香行礼。妇子辈皆出行礼。

长沙太守寄安化茶二桶。

为宸占捐监生,用纹银一百二十两。又嘱章主事铨为出印结,入四库全书馆。

十六(8月22日) 晴。十五日子时,庆贵妃薨逝,礼部奏传斋集,遂于寅正出门,候西直门启,诣西花园,随班朝奠。退归赐庐,草起饮食。方耕、葛山过。葛山传以申初三刻晚奠,予信之,以未初二刻往,半途知已奠矣,遂径归家。

十七(8月23日) 晴。卯初赴内阁递请安折。接金坛札,内传旨为命查影宋抄书等事。随至传心殿,作书答之。前参奏旨下:着交部,钦此。入署,饭。入馆。申初归。弟锡寿以今日到四库全书处充当誊录。为徐中丞之子升煦捐双月吏目,今日以照寄朱方伯珪转付之。时在山西藩署,寄元宝十枚来。予又为添二十八两二钱四分。

新斋假山拘抿将毕,杂植秋花于山。是皆阳生秉烛监诸童为之,戌正始罢。

与锡寿靴、帽、袍褂全分。

为妹子制石青袄、家有。桃红衬衣、买。大红纱裙买。全分。

是日,署中、馆中俱有廷寄事件,遂不往斋集。晚覆梦堂札。

何书办手,徐升煦捐监并双月吏目,正项银四百六十八两。领元宝十个,换银五百二十四两市平全交外,垫交银五两,共交银五百二十九两。

监生饭银一两八分,小票三钱;双月吏目饭银十两八钱,小票三钱,共饭票银十二两四钱八分。予实为垫用银十七两四钱八分南市平。

若照常正项四百六十八两,每百加平饭共十八两,通共该南市平五百五十二两二钱四分。除元宝作五百二十四两,净添二十八两二钱四分。

十八(8月24日) 晴。寅正二刻,由东直门出至西花园,随班朝奠。遂驻赐庐,早食。苏首领送莲蓬二十并藕,又菜二器。赏使三钱。午正二刻复往晚奠。仍归赐园。过葛山、方耕大少二宗伯。庭中(蒲)[葡]萄熟,摘尝之,命双桂采以归。至家净称六十斤。

金纯:诗扇、竹寿山。

陈葆光:四十。

潘相:一百两。

杨秉鉴:一百两。

顾葵:力,五钱。一百,小坐垫三十、补子、茶、花露、火腿。

张书勋:画,收一,璧一。力,二钱。

唐英恩:三十二两。力,对包、一两。

杨有涵:对包一,钱五百。酒十二坛、桂花二、烛二桶、面一箱。

陈守训:荷包、二钱。酒四坛、烛二包。

陆费墀:使,荷包、二钱。《花街遇马》、均水盛、宣轴头二。

杨以湲：璧。对包一付。后又来，收玉小人一、平常董画。
李淳：使，对包、四两。海龙四张、□[①]靴达摩、古董店如意碗。璧。
刘国永、文耀：八钱。食物八色。分送金二、三大人。

胡吏目：檀桌、小满堂红、泥人、潞酒。
熊爵勋：仪。
观亮：黄羊皮袍、褂统。三星。
陈梦元：对包一副。诗笺。
吴典：沉香杯一对。
飏：珐琅炉、陈嘉言画。
平安：花梨嵌石柜子二座。
双林：如意五彩花瓶。
杨昌霖：小磁器二、纬。
朱大庭：力二钱。仪二两。
任溥：五钱。鲜果四、酒四坛。
王、徐二吏：果四、大酒二、西瓜十、烛二盒。
刘锡九：果二担、酒四、烛十二对。力五钱，又二百。
彭凌烟：仪。璧。
张大人：酒、曹扇。
宋书办：鸭四、果四。
王嘉曾：使三钱。琉球碗一件。
黄寿龄：酒、腿、烛、面，余璧。
尹嘉铨：三钱，力五十文。香羊皮，余七色璧。
李承厚：四色。璧。
景如柏：二色。璧。
陈鹏飞。

① 疑是“梧”字。

张世法:四十。力一两。

张昆:力对包。八两。

沈初:福笺,余璧。力三钱。

陈孝泳:佛手,余璧。力三钱。

彭青莱:三钱,力五钱。酒、小猪、烛、面、鸭。

朱大庭:二两。

王人作:四色。璧。

王青云:二两。

王仲愚。

王藻:二两。

陈昌图:扇、笔。璧。

浦霖。

励自牧:力二钱,又五十。收扇。

姚颐:手卷、瓶。三钱,五十。

卞尔岩:二十两。

熊爵勋。力八钱。

葛桂芳:收烛,三星,画扇、木如意、腿二、酒二,使五钱。

陆学逊:二两。一钱①。

范恒:二两。 钱。

王金键:一两。六分。

今寅至辰始带领。

赵万里:二两。一钱。

朱诜:二两。一钱。

常循:一两。六分。

柯瑾:二两。一钱。

---

① 后面这个较少的钱数,应该是指使钱,即赏使者之钱。下同。

施朝幹：八两。力三钱二分。
蒋熊昌：四两。力一钱六分。
邓湄：二两。
黄义尊：四两。力一钱六分。
胡绍基：四两。一钱六分。
沈世焘：二两。一钱。
李之英：四两。一钱六分。
陈其焜：二两。一钱。
汤萼棠：二两。一钱。
李家麟：四两。一钱六分。
李廷钦：二两。一钱。
孟生蕙：四两。一钱六分。
刘映荼：四两。一钱六分。
吕尔昌：二两。一钱。
李名扬：二两。一钱。
张存性：三两。一钱二分。
万邦英：四两。一钱六分。
王家宾：二两。一钱。
程琮：二两。一钱。
张秉愚：三两。一钱二分。
姚鼐：二两。一钱。
周于德：二两。一钱。
陈廷牧：四两。一钱六分。

十九（8月25日） 晴。昨晚颇有雨意，子后晴。寅正诣西花园门，贵妃金棺适将发矣，遂送。步行至双关帝庙，坐轿行至静安，俟至，安放妥协，各散。金可庭邀食于庄之东厢，遂归。

二十（8月26日） 晴。补服诣内阁递请安折，遂入直办事。既毕,入户署。食。入馆。

收彭宅租四十两。即交平安,为新斋铺墁,院子及左首添木门及墙门之用。

二十一(8月27日) 晴。寅初二刻,诣静安庄斋集,庆贵妃初上坟也。归,介平庶常恕于六阿哥处。

付珐琅作一百两。纹。外阿世兄纹银二百,平。缺二两。

完刘良臣六十两。上年永大人贵用小铜器二件,今为完之,永不知也。

用偏头界画如意样子,赏以荷包、三钱。

廿二(8月28日) 晴。入直,检御书房影宋抄书,得廿三种,遂携至翰苑,交纪、陆二公办理。入署。命跟班咸食。既而归。尹大廷尉、陈道长孝泳来。

发厨子三十二两。又俞姨处发二十两。卞尔岩之物,随补还矣。

二十三(8月29日) 晴,热极。寅正二刻诣阁,偕竹井与明亭公相言事。入署。饭。入馆。本日接到御题宋刻二种、影宋抄五种,即交丹叔。

收王人作绢十匹、地黄。

廿四(8月30日) 阴,时雨。杜门办贡。

收二卯饭银一百八两三钱三分。五月分。

收六月分封贡官职三十四两,监生二十九两三钱三分五厘,实六十八两五钱。九月初三日拆用。

闻戟门少农传至刑部,心讶之。既而知狱事起。

廿五(8月31日)。

送李庆棻佛手十斤、果二担、西瓜十、酒四、肥鸭四、如意、三十两。大红通海二、镀金首饰、十五两。绢对一、好扇二。

廿六(9月1日) 【阙】。

二十七日(9月2日) 晴,凉。黎明赴内阁,舒中堂传上谕申饬九卿一道。即商回奏一折。归。

今日归后,料理万寿大贡,甫烛已毕,较之以前为最从容也。懋勤一总六十两，小于二两。

二十八日(9月3日) 晴。黎明赴阁，豫递明日请安折。并订同列完回奏一件，交程中堂。入馆。入署。饭。今日牙疼益甚。送李粮道，晤。又至金可庭宅道喜。晤。札至瑶峰。送江兰果。

大贡今日一早。起身。朱凤押送。为韦约斋定贡单，以今日申往。赏李供事好实地纱一卷。

二十九日(9月4日) 晴。寅初二刻趋静安庄，庆贵妃大上坟也。卯初二刻行礼毕，即归。始剃头。早食后，入署。入馆。前为尹廷尉借陈玉亭中丞玻璃挂屏二扇，交其家人带去，乃为彼破其一扇，仍付归，云破也。余以彼此难明之事，姑受之，拟赔玉亭银二百金。其尚留一扇佳者，今日归来，张于新斋东壁。买玉麻姑一件，元丝五十二两，平安手。

三十日(9月5日) 早晴，遂阴。奉命偕程、永、英、迈、高朴、袁诸位大人验看本月选官：署正王正模，知府高积厚，同知茹敦和，知州程士范、宋思仁、陆履吉，知县陈朝书、徐耀祖、杨长桂、周鼎、方显德、孙续、卢樊、陈廷牧、陈鹏飞，直州判朱兰、杨大烈，县丞姚廷保，府狱刘浚，吏目胡清渊，巡检季元佐、陈德荣，典史何兆玉、陈嘉猷；补行验看治中孙镐，州判滕鸣选，共二十六员。事毕，画稿于朝房，遂归。

[八月]①。

初一(9月6日) 晴。午阴。申、酉、戌雨。卯初出门，至礼部，因日食救护行礼。巳正礼毕，入署。偕永、金同食。未初入翰院。申初归。送张继辛果。

晚孟祥自杭州来，阳生暨甸舡赴选文结已取至，接三抚军、徐藩司、噶太守、孟县尊吴舜玉、钱立之。札。

---

① 原阙此两字。

周生庠，字绍虞。王中翰家宾介之来谒，即款之。酉正冒雨而去，送百六之会二币、靴、纬、门礼六金。

初二(9月7日) 晴。入朝，直武英。食后入署，即归。延顾葵、董熙、陆学逊、常循、朱诜、二两。王金键、一两。赵万里、二两。王青云、二两。王藻、二两。杨昌霖、朱大庭二两。饮，共四席。杨世纶、张仲芳、葛桂芳不至。皆戊子江南门人也。为马考祥、吏目。汪本直州判。捐分发。次日即照，即各付之。侑筵六人六两、扇六、荷包六。收磁州寿礼四十金。

初三(9月8日) 李、朱二生见。札答唐奕恩。绢对、扇。

命甸舡、阳生款杨英简。送张继辛一席。

初四(9月9日) 晴。下阴。寅初二刻出门，抵福缘门，俟众位阿哥赴热河。予偕同列请圣安讫，遂归。杜门。寄梁又勤札。寄陈焕札。扇、扁、对。寄杨虚堂札。扇。

初五(9月10日) 晴。下阴。一早入朝，知新事已结。接于公札，有奉旨查件送。入直，既料理，即出。入馆。入署。饭。理事毕，顺谢尹大廷尉，又答阿必达。俱晤。两儿进场，与以十金。

知小贡于初三日上呈，蒙赏收十七件。实四十件也。

寄谢姨之母四十金。即磁物也。发轿夫二十两。

初六(9月11日) 晴。送观采廷青金顶好纬帽、靴、即周赠。绢对、金字画扇、珊面朝珠、水晶烟壶二、陆包山《秋水芙蓉》《家戒》，俱收。犒使好纱、对包。入署。入馆，理书。酉偕老妾、妹、女等饮于新斋，盆桂大放也。亥正各归寝。

本日以吏侍曹秀先、阁学嵩贵为顺天乡试考官，以窦光鼐、宗丞。赵佑、通参。周于礼、少廷尉。朱衣点、△△△①。吴玉纶、常卿。毛辉祖、常少。曹学闵、仆卿。吴绶诏、光卿。朱棻元、司业。吴省兰、徐立纲、汪如藻、俱助教。管幹珍、翰林。童凤三、中允。戈源、御史。许宝

---

① 疑所阙字为“大理丞”。其时朱衣点任大理寺丞。

善、户郎。善聪、户主。施学濂、郑源焘礼主。十九人为同考官。两儿于未刻往贡院小寓。

初七(9月12日)　早以羽绉六、锦四、宁绸九、程茧二、川白三、祁葛四、川绸三、蕉茧四、潞绸二、湖绉四、驼绒二、纱三、羽纱二、大呢三、羊绒九、虎纹布二、红布二、黄葛五归入大柜。入署。入馆。宋枚、苏凌阿、俞大猷过。朱凤自热河归。余贡明日始入城。

收铜批饭银二百十两九钱七分四厘。扣存公银外,分与永大人十三两三钱一分三、扣在衙门吃饭七两七钱皆在外,实原应分二百三十二两九钱八分七。

初八(9月13日)　晴。早入内阁递请安折。直武英,答于公书。食后入馆。入署而归。

制实地纱蟒袍一件。制黄羊皮、黑羊皮袍褂各一付。

为妹子制棉披风二件、棉裙二条。

收六月分三卯官生饭银一百八十九两一钱五分。扣添徐升煦捐银十二两四钱八分,又添汪本直等交库五两。

初九(9月14日)。

程琮来别。十六金。熊爵勋来别。三十二金。

宋瓷象耳瓶十二两,小玉提头十两,宋磁单耳觥六两,小桃核洗四两,五彩双全盒六两,名贤集册六两,霁红瓶二十两,翡翠小瓶三两,宣窑菱花二两,以上银俱九五扣,实纹六十五两五钱五分。

以五十二两买玉麻姑一件,余十三两六钱归库作中秋用。

初十(9月15日)　【阙】。

十一(9月16日)　晴。入武英,答金坛。饭。入馆。入署。候蒋老大人。见六世兄少农大郎。总共还书价四百十七两四钱九分[①],内蒋章浦、唐胡梧共三百五十二两二钱,自六十五两二钱九分。

---

① 此处原文删去:“三百八十九两三钱九分(库平。二两平,外加二十八两一钱)。”

完梧儿月费二十两。

收大饭银一千六十五两六钱二分六,外还豆价五十四两。

十二(9月17日) 晴。

收尹大廷尉交来银十箱。尹大人自来发去银六箱。

存下四箱,本日开二箱,共元宝四十个,计市平二千八十两。内买物件一千七百两,共元宝三十四个,申出平六十八两。外完元宝七个,又银十六两,并余银二箱,俱送还。此件尹公仍交还暂存。并赏去人羊绒、柳缨。

收监赎饭银三十五两六钱四分,封贡饭银三十五两四钱四分,实七十六两一钱。赏送普陀山图和尚一两。

付双林纹银元宝。九五扣一千两,又三百两。足纹。一两。

完赵来仪酒十六埕十六两。一两。

杨先生修仪二十两。武英殿赏五钱。

朱先生修仪十二两。卷资四两。

李先生修仪十二两。卷资二两。

懋勤。吕十六两,赵八两,李二两,匠四两,王序班二两,偏头二两。南书。刘二两,郭二两。

工食,孙德二两,双桂二两,杨文二两,杨武二两,马升二两,浒成一两,沈厨二两,刘厨二两,车夫二两,又二两,打杂二两,扫地一两五钱,服侍书房人一两。共二十三两五钱。

户部役赏四两。礼部汪廷用四两。送片二两。外连升工食一两二钱。

宫内茶房一两。园茶王老二二两。

会馆和尚三两。长班三钱。仁钱会馆长班三钱。

姚颐十二两。平恕六金。宋銉六两。

完扇五十六两。苑户旧五钱,新三钱。

裱家十九两三钱六分。一两。

成衣二十一两△钱△分,又找六两。此系癸巳中秋、年下,甲午端午三节账。

煤十五两五钱。赏连宝镯子、二两。又乞恩赏一两三钱。

酒五两。清。孙德手五两三钱二分。内凉帽胎四两五钱。

草二十九两。小儿女七两五钱。官儿一两五钱，顺虎一两，喜如一两，中和一两，虎儿一两，庆元一两，庆宁一两。

药五两。

银楼十五两五钱。又三十八两六分七，即送李庆棻之物也。梧婢一两二钱。

荷包。堆花三十付，纳罗十付，小堆花五十个。次媳四两。

六官七、八月费二十两。厨房婆儿一百五，桂婆一百五，俞婆一百，姑婆一百。

写三集银八十两。

《普门品图经》六十两。

武英书三十二两三钱五分。内有广谊碑银三十两。赏何供事程乡茧一匹。

轿，收拾一乘二两，贴换一乘六两四钱。

凉胎绒帽一顶一两六钱。

黄折十八付二两八钱八分。黄绫封八钱；小梅封百，二钱；白护二百，八钱。

内发俞十两，谢十两，姑太太四两，四太太四两，松四两，桂四两，小姐二两，婆儿一两。又工食一两。二小姐六两。十全。又谢五两。

发沈厨酒席即张继辛。三十两。又据俞姨娘言，找家用二十五两。

任成衣本节账二十四两。

换钱元宝二个。买玄色宫绸一身六两。

王人作：石榴廿、佛手卅。荷包、三钱，力五十。

董学士大人：酒、腿、葡萄、月饼。使二钱，力五十。

坐粮杨:酒八、腿四。

王老二:葡萄、藕、枣。

张存性:仪四两。力一钱。

卞尔岩:二十两。八钱。

□[1]昆:四果。

尹阿出水:七十三两五钱,元宝一。

先余:四百两。

中余:四十七两四钱。

张继辛三十。一两四钱。换纹发厨。

收张昆八两,李之英六两,陈廷牧四两,陈映棻二两,陈鹏飞二两,周于德二两,吉孔修八两。

十三(9月18日) 晴。寅初二刻起,寅正出门,至东华,未启关,稍待乃入。诣乾清门,随班行叩祝万寿礼。入直办事,名人墨迹。酒、面而出。入署办事毕,归。

买手卷董《天马赋》。九两。元。

何堂书为购红鹦鹉二架,以十六金酬之。

送三贝子。送蒋师母。

十四(9月19日) 晴。因河鱼之厄,颇觉委顿,闭户不出,开发账目竟日焉。尹公无故送玉牛,白费川缎一匹、荷包一对。

甲午八月十五日丙申望(9月20日) 中秋佳节。晴佳。卯正起,启家祠,香烛茶果展拜。继于慎厚谦勤之室佛堂,具香烛茶果拈香。一无事事,可喜也。因节前河鱼为累,身甚委顿,晡时小食即寝。

存出"璧府琅画外编"二百二十两,大钱五千文。

又赏封一两二个、三钱五个、五钱八个、二钱九个。

补发任裁缝三十两。此项付平安手,候查明着落。

---

① 疑是"载"字。

收门首一带租房钱。

十六日(9月21日) 晴。入署。入馆。

金少宗伯招饮,以期服辞之。

十七(9月22日) 晴,热。卯入朝递请安折。接金坛札,遂至武英作札答之。并寄查办三书奏稿。同彭、陆。食后下直,至署。即出城,候陈山崐、杨炤而归。陈廷牧见。札致立之。

交钱书办买笔八钱。以滑县起文银库平五十两交阳生付大兴吴令。九月初二日其管门人与平安字,又付去三十两。

十八(9月23日) 上晴,下阴。李恒斋过。入署。入馆。归候任嘉春。答贺福宁升道。

赏孟祥二十两。纹。金少宗伯饯分一两二钱。

刘启秀六十两。裱卧房书架大钱三百五十文。

十九(9月24日) 晴。上秋审班。官、服、云、贵、四川。食于本部朝房,并理事焉。率以卯正二刻去,至午初事毕。逐日皆然。寄玉亭札。以七百八十两归杂,以七百二十两归今珐琅。余二回子算二百八十两是我物。邓湄借去足纹五十两,即熊爵勋赠三十二两,又于琅函内添〡亖①。

以尹大廷尉付来元宝七个、银十六两并"牧笛歌丰"玉器一件归之,再往返始收去。

二十(9月25日) 晴,大风竟日夜。上秋审班。两广、福建、奉天。午初事毕,出城,至仁钱会馆公饯金少宗伯。予忝为乡人首,不得不去,非敢忘祖忌赴燕会也。

先祖赠光禄大夫沧州府君忌辰,中堂致祀。

交礼部茶房买茶盖二两。

廿一(9月26日) 晴,凉。上秋审班。湖南、北。始服皮背心。事毕,至翰苑,以明日请毁三书奏稿交办事,将以廿三日发报奏也。寄秦震远札。宋枚带去。

---

① 即苏州字码"十八"。

廿二(9月27日) 晴佳。午阴。戌雨。亥大雷,震惊百里。上秋审班。江西、安徽、江苏、浙江。事毕,即归。金少宗伯过辞,款以酒食,醉饱而去。郭瑞虹过。晚邀李学恭、杨昌霖、彭青莱饮于新斋。

新斋假山院栽芍药二十本,犒栽者百五十文。

廿三(9月28日) 晴。早冲泥至圆明园正大光明殿,偕枫崖、云椒办名人墨迹。既毕,吕首领为设食,即归。未初二刻到家,枫崖、云椒又同来,款以酒食。酉初始去。出《宝梦堂米帖》共为赏鉴。陈山岷过。

廿四(9月29日) 入朝秋审。河南、山东、山西、直隶。事毕,出城拜客,见崔大司寇、谢太常、送之。李少宗伯。入城。

廿五(9月30日) 晴。周制府夔堂来晤,设食款之,金可庭亦来相陪。未正始去。晚至美斯轩。见嵇姓。

送高积厚席。马升送。黄绫封十,白硬封二百,红封二百,共纹银一两六钱,杨文手。

赏沈厨五百文,沈厨领办酒席四千文。

廿六(10月1日) 晴。入朝递请安折。入馆。入署,饭。出城,往东一路拜客,见云椒侍读。郭逢卓见。

早,朱姓见。

检出余银十两。添胡枚捐分发四十两。

孔传心送寄潮锁二十把。与妹一、女一。

廿七(10月2日) 晴。补祝素大司驼豫庆八十,赠以杭纬一斤、羽毛绉二匹、五镶玉如意一枝、绣补一付。全收去,蒙赏去人三星。出城拜客,晤倪莫江、奉旨授编修,出狱。金少宗伯。少憩全浙新馆,茶点。顺见朱琰。答拜。

是日,轿夫加班三百,棍头三百。

廿八(10月3日) 晴。尹大廷尉过。入署。入馆。

廿九(10月4日) 上阴,寒。午晴。杜门,延协揆程景伊、大宗伯蔡新、大司马嵇璜、大司寇崔应阶、总宪张若溎、少司马周煌、少司空李友棠燕饮。酉初散。

素大司驼馈小猪、鸭子并菜四器。赏好对子、荷包一封，偿其华筵值一金也。

自上年八月十九日到户部尚书任，止本年八月十九日止，计一年所入官银共一万〇一百八十九两八钱七分。

发沈厨十五两。

九月朔(10月5日) 晴，风。早起，拜家祠、佛堂。小点，出门。至传心殿，与竹井言事。遂诣翰院。上户部理事而归。新选南汝光道张△△[①]过晤。祥、金二人来白事。延纪昀、陆锡熊、彭绍观、宋诜、陆费墀饮，杨昌霖陪。王仲愚、百龄不至。晚始散。

初二(10月6日) 晴，风。清平令陈鹏飞过辞。入署。出城答客。送甘肃道魏椿年酒席。答刘启秀札。阅周连元文。闻淮安水。阎大空家火。陈鹏飞三十两。使堆花荷包一对、洋钱。

刘新乐，使二两。

安更始。

初三(10月7日) 晴。入署。入馆。归而看画竟日，兼理贡事。阎大空家毁于火。轿夫工食二十两，帽银四两。此折用六月分官监生银一封。

进贡与《五经》等二十两。杨文三两，车夫一两，盘串八两。

买玉兽一件，足纹二百七十两。

陈守训画竹、五经、棋桌、大碗廿，五寸四十，使对包、五钱。

汪良增酒四、茶十六、笋四、腿四、汗巾、手帕、香珠、荷包，使五钱。

初四(10月8日) 晴。杜门，办贡事。至戌正，乃交杨文明日黑早起身赴热河恭进。札致于、梁、张、蒋。

---

① 所阙两字应为“廷化”。张廷化，直隶定兴人，乾隆三十九年任分巡南汝光道。

范仓场,珠玛尔汗褂统。使一两。

初五(10月9日) 晴。本日换带暖冠。入署。入馆。

蒋戟门少农、观补亭总宪恩释出狱回家,先后往候之,晤。于潜训、张羲年过谒,送收《王文成集》《全浙遗书目》,使对包。

初六(10月10日) 晴。一早赴阁递请安折,遂直武英。札答于公。偕李少堂饭。理事毕,入署。出城,候阎;贺罗、李、谢、庄,晤。四人皆出学差。又顺贺吴老二。赀郎耿△△见。

亲检视东厅安设两稍间妥协,并查整图籍。

初七(10月11日) 晴。

交阳生面交宛平沈令税广谊园房产契银。五十七两。

彭佩韩见。札杨朴园。

初八(10月12日) 晴。入署。入馆。是日榜发,两儿及朱大庭、李学恭俱下第。

初九(10月13日) 上阴,微雨。下晴。早赴内阁递请安折,皇太后请安又一封。入直。同沈。札于。遂入署。饭。出城,至广谊园秋祀土地之神。永心斋差人送扁、对。使,对包、五钱、小荷包;内银一两。力,钱五百。张挂讫,拜客,晤施耦堂。即入城。途遇方耕,谬言。

祀土地:猪首、鸡、鱼三、果、酒、烛、元宝,合钱一千文。又散各坟椋酒、馒首、银定[锭],八百文。

礼部陆苍霖、诚光循例以菊八盆[①]。力三百文。彭。

外余足纹五百八十两。捐余四百五十三两,尹、何余一百二十七两。

周庠一百六十两。郑谦基五十。薛鼎铭五十。韦谦恒五十。

失名人六十。

以上共足纹九百五十两,合为一千,于初十日交双林手收去。

李名扬二两。蒋熊昌四两。张存性三两。周于德二两。李家麟四两。张

---

① 此处疑有阙文。

秉愚三两二钱。穆凌烟二两。胡绍基四两。刘映棻四两。汤萼棠二两。陈鹏飞四两。施朝幹八两。王家宾二两。浦霖四两。熊爵勋六两。陈其焜二两。李之英四两。张昆八两。李廷钦二两。黄义尊四两。程琮二两。陈廷牧四两。姚鼐二两。孟生蕙四两。沈世焘二两。万邦英四两。邓湄二两。吕尔昌二两。柯瑾二两。

以上合银百两。

滑百两。濮百两。新乐、房山百两。陈焕、陈葆光、卞尔岩百两。

以上俱初度寿仪。

又卞尔岩二十两,二十两。刘映棻四两。周于德二两,二两。吉孔修八两。张昆八两。熊爵勋四两。陈廷牧四两,四两。张存性四两,三两。陈鹏飞二两。程琮三两。李之英六两。孟生蕙二两。

以上俱用剩端午、中秋两节盒仪,百金。

通揭银六百两,存贮不入支销。

合张贽二百,李铎一百,高积厚、四十。方炜、四十。陈林,廿四。共一百。

通前一千两纹足,归入存贮,不支销。

初十(10月14日) 晴。入署。入馆。徐立纲送魁卷。万朝宗订公馆,赏使一百五十文。

晚与内小饮。陈廷牧辞赴宁河任。赠洋钱五十枚,两儿各有赠。

十一(10月15日) 晴。寅正一刻出门,至福缘门,候诸位皇子自行在归,恭请圣安。礼毕即回。潘承炜过。施耦堂过。

赵友瑾以孤子告。

以银二十三两四钱换钱四十三吊六百四十文。一吊八百八十合,平安手。

昨改制哆啰呢黑羊皮褂一件,今日已得。

十二(10月16日) 阴。下午微雨。早入朝。福额驸自行在归挑兵,予于传心殿跪请圣安。接金坛札,索直隶、山东、河南舆图,即至武英嘱所司检出,札寄之。饭后入馆。入署。

履东初度,延陈梦元编修、彭佩韩名世温。燕饮,寿面。

十三(10月17日) 晴,巳后风。癸未门人沈翰见。食后入署。

入馆。晡归。早履东见,晚甸舡见。签掣直隶分发。在馆改定驳柯御史瑾条陈稿。杨文自热河请安归,赏收七件。如意、笔洗、水盛、梅瓶、珐琅炉、《小李将军画》、姚公绶画。发沈厨大钱三千。

收七月分四卯官生饭银一百四十二两八钱三分,收八月分封贡官职四十六两二钱,监生二十八两七钱三分。

换钱五十三两三钱五分。

交彭佩韩买海龙,已收五十三两三钱五分。十月初四日又加十三两。

十四(10月18日) 晴。入馆。入署。札致潘经峰。来取书人赏银三钱、荷包。姚颐过。黄寿龄、方炜来,赠四十金。

以菜四器、市食四种、饽饽、烧菜送竹井。

十五(10月19日) 晴。入阁递请安折,遂入署理事。面食,遂出城拜客。归,拜家祠、佛堂,遂书松、竹、梅扇。

恶僮打破玻璃。命杨文烘新坑。

十六(10月20日) 晴。入署。入馆。瑞虹见。改炳文条陈驳稿。取翰林米票二张,四十四石。

朝梧交上彭宅八、九月租屋银八十两。交杨文烧炕。银四十四两,于十八日平出。

四阿哥惠鹿肉。

十七(10月21日) 晴。直武英,自卯至申,始归。宋小厓见,为购画十一幅,银七十二两元丝,即当面交割。

朝梧送上南来奏折。交平安制小毛绣蟒袍一件。

十八(10月22日) 晴。早起料理一切,同妹、女面食。未正接传片,赴传心殿,偕英公料理诸事。春宁自行在至,跪请圣安而归。剃头。札致虚堂。(艮)[银]二十七两,大郎照。赏使四两。

轿夫皮衣八两,貂爪袖一副三两五钱。又添聘黄。

黑羊皮袍褂皮子银十两。俱平安手。交藏花银八两。

交玉刻经一部与双林做匣。早间双林面收。

札致朱石君。附徐六弟监照二纸。

十九(10月23日) 晴。寅初起,卯正起身,出东直门,至孙河小憩。俟轿夫饭。又行,遇蒋戟门于途次,坐地谈少时,相别即行。渡河五十里,途间遇浙江学使、李少空,驻谈茶顷,至牛栏山旅次小憩。俟轿夫食。又行,渡河二十里,至太平庄公馆住。先期命沈厨带一粗用打杂人到此预备。顺义令万经,陈常。公子朝宗、汇川。迎晤,并致其尊人之意,致满汉菜各四,室中果点各二盘,乃别去。礼部恒慎自石槽差人送四菜、四点。使,小荷包,内二钱。力,五十。次日又一小合子。晚食,戌正寝。

仍付轿夫四日饭钱一千六百,车钱二千。又交双桂管理诸事,连沈厨者在内,共四千文,又赏四百文。沈厨先一日至。

二十(10月24日) 晴。丑正二刻起,寅初二刻起身,赴密云接驾。午初上策马至,予率内廷诸公请安。午初二刻,随蒙召对于行宫第二层,前殿将勾到也。谕令即归,遂出。见金坛。未初二刻。归。申正二刻仍驻太平庄公馆。

札致汇川。家人二两,众役六人二两。交俞姨致四太太三十金,元丝。了年前心愿也。

廿一(10月25日) 阴。子正起,饭。丑初启行,二十里抵牛栏山。渡河,候之甚久。遇雨,小憩树下。又三十五里至一小店,轿夫稍食,天已明。又二十五里抵孙河,憩店良久。比抵家,已午正矣。心中魔障忽起。蒋戟门过。收回汪未画扇二十柄。收高积厚一封。

赏轿夫四百文,王头儿一百。

廿二(10月26日) 阴雨。丑正起,寅正出门,卯正至大东门。辰正三刻驾回,跪接。复至宫门,照常踮班。事毕,坐南斋,于公出谈。未正归,顺候之。小春饮予。

高宁国,四十两。分羊皮呢面褂与宸占,羊皮缎面褂与妹子。与松枝、桂香绒各一匹。

廿三(10月27日) 晴。寅初三刻出门,至前园,则驾已至集凤轩矣。辰正上出圆光门,予辈踮立如常岁仪而退。食于南斋。有速议事,同于、梁二公晚食,办稿至酉初二刻,始起行。留东直入。书稿至亥初乃寝。

廿四(10月28日) 晴。寅正出门,卯初二[刻]到园,户部值日,带通判单系姬、归朝煦、张楫,知县钟声峻、张起凤引见。未正归。李承厚、费南英见。张△△、薛开周来拜。留之饭。晚与内人辈小坐。道峰二缎、二呢,使六钱。

命赔军需银两。弘贝子昨送野鸡、鹿肉,使对包。

廿五(10月29日) 晴。辰正始起,杜门。札致李友洙、应梦麟。刘太监至,致上赐佛手一桶。使对包。属汪画工作《养心一助册》二十四幅。张观察二百两。汪工十二两,浒成支工食四两,二俱交双林手。

廿六(10月30日) 晴。寅正二刻起,卯初至三座门。上于辰初三刻至,接驾,遂入直。酉初二刻散。

是日予送菜起,并馈金坛五器。

廿七(10月31日) 晴。卯初出门,卯正入直。未正到馆,并画本部稿,归。答恒慎佛手二枚,力五钱。陈林晚见,赠二十四金。

白麟缎四、绒四、绫八、绵八、地黄一、雷笋一、永枣二、柿霜十六,使二两。买烛六十斤,先付四两,孙德手,找一两一钱六。

廿八(11月1日) 晴。卯初入直。午直武英,复入直。酉初二刻归。

廿九(11月2日) 晴。上微阴。寅正三刻入直。奏事二件:军需认赔;拨四川四百万。未正入署。慈懿沈太夫人忌辰,命两儿致祀,以暮甫得归也。

恩赐乳皮百片。

三十(11月3日) 晴。寅正三刻入直。酉初归。平安饮予,甚丰洁。奏驳柯瑾条陈。

十月朔(11月4日) 晴。寅正二刻入直。是日亲享太庙,予以服不陪祀。以《荟要》百一册上呈。酉初下直。

送谢少空洋灰五十、大红呢一。送李淳好酒席一桌。送陈林四满、四汉、两点、一酒。

初二(11月5日)　晴。寅正二刻出门，上御门，户部领班，奏卖料豆。上办事后往雍和宫，予遂下直。入署。入馆。答王懿德。李淳见。

初三(11月6日)　晴。素褂缨帽，寅初二刻诣静安庄，上以卯正至。礼毕，犹未明也，遂入直请安。酉初归。恩赐哈密瓜一。

初四(11月7日)　晴。卯初一刻入直。奏驳徐绩请展限议处，奏北新关季钞税银归巡抚经管，奏云南井盐加价，奏补方炜为武英纂修，带领内仓笃宽等及留部陈本忠引见。

酉初归。于、红。吊汪承霈四两。轿夫工食二十两。

初五(11月8日)　晴。上升殿，予本应侍班，因往瀛台递事，遂不果。午初归直次。申初赴翰院，并理户部事而回。

初六(11月9日)　晴。早入直，欲奏事，则上传瀛台讯事，并勾到于惇叙殿，遂不果。坐看书。午初，上回宫，看《荟要》，随看随下，至晡乃毕，予始归。

初七(11月10日)　晴。天明起，小春二十初度，全家用面。面共用银九两。奉命至刑部，偕军机大臣、九卿、科道会审山东反贼。王经隆、范伟、阎吉仁、吴清林、李旺、王棋。薄暮始归。发领米一百十八石，豆六十石，盘费共廿一两六钱三分。

收铜批二百三十五两八分，扣吃饭银七两二钱。钱士云寄会同年分四十两。

初八(11月11日)　晴。卯初起，饭。卯正入翰院，同金坛办事。又同赴户部，遂至刑部，讯山东反贼。申正英公邀食于堂。薄暮归。

糊书房。

初九(11月12日)　晴。寅正起，饭。卯初诣紫光阁。小坐时应宫。辰正驾至，亲讯山东逆犯六人俱三木。并小金贼犯。三人三木。巳初二[刻]，上御舟回宫，予入直。酉初二刻始归。金圃过。

为杨仁誉上免保银，一千一百八十两。同下。为彭青莱上加级封典银，七百九十两六钱，外补水二十两。十一日以照付之。予为添银一百十两六钱。

仍居于内。谢金圃赠画一，平。送陈绳祖四汉、四满、四点、酒。

初十(11月13日)　阴。晴。寅正二刻入直。奏事一件。覆进《荟要》登答书五册，薄暮下。酉初二刻始归。尹廷尉赠紫羊皮百。使对包、小包、元丝一(定)[锭]。

十一(11月14日)　大风，晴。寅正三刻入直。奏事一件。未正入翰苑。入署，领出硃(定)[锭]二百交福诸礼送武英。余抚军送枣糕、建莲，使对包一付。

领米一百十八石，口袋、车钱九千六百五文。换票个儿钱十二千三百六十文，仓费七百八文。火把百五根，一千七百九十文。家人饭钱，四日六百四十。店钱，三天四百二十。牲口草料，四日五百文。共用大钱十六千二十三文，合纹银十七两。

领料六十石，口袋、车银三千文；个儿钱一千二百文；家人饭钱二百文，共用大钱四千四百文，合银四两六钱三分。

十二(11月15日)　晴。照常入直，遽闻瀛台早膳之信，遂趋赴，奏事二件。带领富森引见于惇叙殿。巳正二刻还直次。迫暮归。

买麸子四十石，二十八两。

发冬炭。姑太太一两二钱。四太太一两二钱。谢一两二钱。俞一两二钱。二小姐六钱。桂姐一两。松姐五钱。大小姐一两二钱。书房四处二两。

范清济。海参、鲍鱼、烧酒、瓦鸭、糟鸭、醉蟹、糟蟹、火腿，范使、力七钱、和[荷]包。

十三(11月16日)　晴。入直，由西华门。始易小貂毛冠。知上幸瀛台，不上牌子。遂于直次校书。未正直武英。办事毕，复入直。迫暮而归。

接约斋札。收九月分监生饭银三十九两八钱二分，封贡职衔饭银五十五两七分。八月分五卯官生饭银一百十九两六钱七分八，扣皂隶皮衣三两。

买蒋少司马米票九十两。

买□元宝一个。送索大人贺礼：猪、羊、酒、烛，银八分。

送范宜宾程仪四十两。送永康丞金仁席三两。

十四(11 月 17 日)　大风，晴。卯初一刻入直，进神武门，奏事三件。召对于养心殿西暖阁。未正三刻入馆，遂归。

尹亨山过。赠乌云袍褂统。祝孟生蕙。四两。

十五(11 月 18 日)　晴。入直如昨。奏事一件。未正二刻下直。入馆。入署，遂归。剃头。张羲年见。彭履东见。拜家祠。

十六(11 月 19 日)　晴。卯正入直，上幸瀛台，勾到审事也。

李殿图送葛二、莲子、小锡器壶。

遣吊王增外艰二两。三贝子赠食物。荷包二个，赏。

十七(11 月 20 日)　晴。卯初入直。召对于养心殿西暖阁。

未正入馆。始着大毛袍。

十八(11 月 21 日)　晴。卯初入直。董蔗林到。

送陈绳祖四满、四汉、四点、四小菜、四酒。

十九(11 月 22 日)　晴。卯初入直。

买高丽纸十刀、布四匹。

二十(11 月 23 日)　上雪。下晴。寅正二刻入直。以车。上御门，户以五班上。昨上以《荟要》进书无讹免予处分，今日奏谢。未正入翰院。并画户稿。送朱大庭羊皮袍一件。十两五钱。

廿一(11 月 24 日)　晴。照常入直。酉初归。以车。丹叔过。傅英白事。

轿夫张六、王五作闹，交司务送刑部治之。随畏罪潜逃，候缉。

制海龙褂起。

李琪园寄诗五绝，意甚佳，非所望也。

廿二(11 月 25 日)　晴。上诣园，因不入直。未刻出城，拜陈葆光、胡季堂、姚成烈、见。运使陈绳祖、董诰。仍以车。

耿纵执贽，开周介来，命二子款之。

廿三(11 月 26 日)　晴。寅正出门，有事静安庄，遂至户署。早食。后至馆。午正归。送姚藩司满汉席。送萧运司满汉席。始热地坑。洪朴送锡器小件十二。付汪画师十两。复轿。

廿四(11月27日) 晴。辰初入直。上回宫。未至翰苑。札致玉亭,蔡管带去。

赏陈家人蔡姓八两。

廿五(11月28日) 晴。辰初入直。薄暮归。接磁州札并买书银四千两,廿六日即付萧供[事]。

书房坑上白毡一块,合四十七尺五寸二分,银二两三钱七分六。

内室青毡一块,合一百十二尺五寸三分,银五两六钱二分六。

小坑白毡,一丈四尺五寸八分,银七钱二分九。双林手。

廿六(11月29日) 晴。照常入直。

先慈忌辰,斋素,中堂致祀。

廿七(11月30日) 晴。

送宸占弟羊皮袍一件,十一两。

送姚方伯《佩文韵府》一部、《拾遗》一部、《分类字锦》一部。

廿八(12月1日) 晴。阴。

未初出城,饯姚方伯于董学士寓。薄暮归。顺拜萧运使,晤。

廿九(12月2日) 晴,风,冷。卯初起,以风冷异常。上诣寿皇殿,于永思殿用早膳,姑不入直。坐至辰正,阅《荟要》书。始赴午门前,奉命会同程协揆、永宗伯、英司寇、迈少宰验看本月选官:精膳郎中孟生蕙,刑员外褚寅亮,知府澄江朱光烈、嘉定郭继传、南安汤萼棠,温州同知蒋宽,澧州牧唐爆、云龙牧席世翼、河池牧胡本侍,知县长宁任惠、广丰单煃、临淄阎伟、宁德那思哈、镇洋李渠,又正备朱子璠、李之英、徐德需、胡鼎蓉、万邦英。阶州判李今万,罗丞黄廷柱,临川丞程廷济,东光尉何兆玉,又八月分泸州判刘翀,二十四人。又验看分发员外李会辰,中书汪师曾、汪学金、吴裕德、玉玺、李韶泰,司库克昌,知州王安,运判,钱树等三人。布经,郭清芳等三人。布理李亿福,直判,郭德润等四人。盐大使,孙晋元等六人。盐经,程嘉禶等四人。盐知程志铭，府经，邵朝缙等十三人。布照邓步云，府知李宏义、沈廷栋，吏目。韩承龙等九十二人。验看毕，画稿于朝房，遂入直。迫暮乃归。

接陕甘勒制府札并玄狐二、珠皮二百、哈密瓜四，使对包、四两、小包。

永司农惠哈密瓜一，荷包、三钱。

戴璐山羊血、葛仙米、百合粉，荷包。

姚藩伯银六十、绣亮纱蟒、刻[缂]丝挂屏，使大缎一匹。

敦藩莲子二大匣、藕粉二大匣，使对包一付、小荷包二个。

何谦之亲家木瓜、岗榴、永枣、柿霜，对包一付、银一两。

海龙褂成。

十一月朔(12 月 3 日)　晴，风，冷。卯初入直，始用貂帽本色，反穿貂褂。奏事。会刑部。未正至董学士寓，偕同城公请盐道萧公。薄暮入城。陈葆光止宿。

初二(12 月 4 日)　晴。卯初出门，诣瀛台奏事。尹吉图免银。是日东省反叛之徒咸戮于市，凌迟共十一人，斩共十六人。巳正入直。薄暮归。红鹦鹉死。

刘锡嘏，通海袍褂、交桂。山羊血八、唾壶四，使对包、小包各二。南斋煤炭银六两。

收陈葆光珐琅葫芦、如意，使对包、小荷包、二两四钱。

札致敦中丞、姚河帅、李宣化。

收河帅木瓜、岗榴、小菜、挂面，使对包、小包、一两。

初三(12 月 5 日)　晴，风。卯初二刻入直。午正散，至翰苑，面试应考篆隶誊录十八人、绘图三人。试毕，封送金坛，遂入署。薄暮归。宋小厓过白事，留止。彭履东以明日往万全。

初四(12 月 6 日)　晴，风。卯初二刻入直。上御懋勤勾到。申正散归。

送陈葆光酒、哈密瓜、四汉、四满、四点、条、对。

奉命书山水花卉灯片御制绝句六十四幅。今日恭缴。

寄李宣化羽绉四、红呢一、程茧二、杭纬二匣，又完六十六两海龙银。陆费墀、张羲年过。郭监送小犬。

初五(12月7日)　晴，风，冷。卯初二刻出门，东口失火，往看，至熄乃行。入直，奏事三件。未刻至武英看书，销签。迫暮乃返。张焘过。

收张焘绿氆氇、缨子，两儿藏香、帽架。英大人哈密瓜、元宵，对包。

轿夫工食二十二两。张使对包。【阙】对包。

初六(12月8日)　晴，风，冷。卯初三刻入直，奉命办天禄琳琅。申正归家。穆笔帖以得同知，迎叩于门。刘国永、刘△△迎叩。

曹鸿书，燕窝、黑白皮各一捆，使八钱。

董蔗林，缎二、缎二、缨二、燕窝一、画、明。茶、洋磁盆，使一两。

陈肇森，仿宣纸。送董首领缎子二匹。寿礼、年例。

初七(12月9日)　晴和。卯初二刻，诣瀛台奏事。李湖奏泸店铜底，陈辉祖奏开施南铜矿，驳岫岩城出粜米石，宗室庆普控告田亩，杨嗣曾改徐姓。入直。迫暮归。

刘权之，墨二，茶二，使三钱。

林澍蕃，茶、湖绉二，使五钱。

戚蓼生，川素四、椒连，使八钱。

文绶奏，三十六年军兴之日至三十九年九月止，共收饷四千二十万两，九月分支用二百三十二万五千两零。

初八(12月10日)　晴和。上幸园。午初入署。入馆。拜客。(享)[亨]山见。晚俞姨饮予。夜居大书房。向以(享)[亨]山坚送乌云袍褂，今日特面璧之。既而仍以来，只好受之，非愚本意也。

初九(12月11日)　晴。闻舒中堂归，候之，知尚未到家也，遂一路拜客。见戟门。后值武英，理事归。稍有伤风之意。晚仍与内人饮，仍居于外。

付任裁缝四十两，平安手。

初十（12 月 12 日）　晴。礼器馆顾诠见。入署。入馆。夜仍居内。

寄河抚徐、河藩荣并张观察廷化札。送张廷化大缎二、缨二、香囊廿、绫四、条、对。刘锡嘏过。

送纪屏四菜、四点。送胡少寇四满、四汉、四点。

前初四日送李淳羽绉四匹、二。杭纬二斤、红呢一匹、程乡茧二匹，并完海龙银六十六两。

收李△△二十四两，周于德十二两，吴趱十两。○，四两。

十一（12 月 13 日）　晴和。上奉慈辇回宫，予以辰初入直。午初二刻诣慈宁宫，随班跪请慈安。酉初下直。

十二（12 月 14 日）　晴。阴。卯初二刻诣瀛台奏事，并带满坐粮厅引见。用苏楞额。入直。薄暮归。

十三（12 月 15 日）　晴。卯初入直。上诣奉先、寿皇行礼，素服。召对于养心殿西暖阁。未正入馆。入署。吊高辰一两。

十四（12 月 16 日）　晴。卯初入直。上御门，户以四班上。薄暮归。奉诏和《周乐天钟》《汉蟠夔钟》五律二首。丹叔过。瑞虹介其弟见。

约定薰冠，乃仍貂尾冠。

十五（12 月 17 日）　晴。卯正入直。薄暮归。宛东过。赠百金并带交各人助广谊二百。

十六（12 月 18 日）　阴。本为丹叔谢恩事往瀛台，而翰院办事诸公不递，乃还直次。

吊朱依鲁四两。

十七（12 月 19 日）　阴。夜雪。卯正入直。上以南郊斋戒，本部奏事二件，仍为丹叔谢恩。带领满汉仓差人员引见满记名十，汉记名七。于养心殿。本日于斋宫恭进，赏收册页二部、如意一枝、金版《贞观政要》全部、成化五彩甗、嘉靖五彩瓶、尤求《梅花》。谢辞疾，桂侍。

进贡费二十两。陈严祖借银一百两。

晚归而雪。费志学过。

十八(12月20日)　彤庭雪霁,景象殊佳。卯正入直。召对于斋宫东暖阁,为时二刻有余。未正入馆。入署。以菜二桌送斋宫,懋勤殿、奏事处各九器。

郭,乌鱼蛋百斤、昌饼百枚,使一两,力五百。

戴薰貂冠,蟒袍补服。

七姑太太寿仪四两。

十九(12月21日)　晴暖如春。卯初由神武门入直。辰初二刻驾诣斋宫,予遂归。

十三日。收大捐六卯官生九月分。饭银一百六十二两八钱四分。

监生十月分。饭银四十二两三钱二分。

封贡官职十月分饭银五十三两七钱。

二十(12月22日)　晴。卯初二刻入直,东华门颇不甚便,以后遇如此,从神武门入可也。即迟入,亦可不上牌耳。闻上索看未完《礼器图》。以《荟要》一百一册上呈。未正归,荐鱼菽之祭于家庙前。邵廷仕来。予延之对《四库全书》也,下榻海棠院。

以菜五器请于公,因上命早散,乃留于次日。

廿一(12月23日)　晴。卯初三刻赴瀛台奏事,入直。申正归。嵩贵之犂牛毁予轿窗于西华门。黄寿龄自来执贽。丹叔赠黄筌画,雅伦赠公麟画,使五钱。

廿二(12月24日)　晴暖异常。卯初二刻入直。未初即归,料理明日贡也。李调元自广东典试归来见,带胡一鸿、袁嘉德、齐翀札来。李:红呢一、黑□一、程茧一、羽绉二、雷葛二、鼻烟、香。袁:二品壶、二规矩。齐:燕窝二斤。

廿三(12月25日)　晴。上幸永安寺,予不知,照常入直。薄暮归。

本日恭进,赏收如意、玉观音、玉竹挂屏、对。刻玉《五福德经》、红花磁瓶、翡翠磁瓶、李公麟《十六应真》、黄筌《花鸟》,外懋肆拾两。

廿四(12月26日)　晴。卯初二刻入直。奏遵旨拨捐纳银五百万于川。以覆奏《左传事类始末》。晚出，复至可庭第，公请夔堂。梦堂陪，瑶峰与分。亥初到家。

是日五福自廊阶失足落庭中，惫甚。数日前，徐亭玉以豫差竣覆命，前坠于上谕馆阶下，亦惫甚。噫，居高者可以鉴矣。五福以三十日卒。

廿五(12 月 27 日) 晴佳。卯初一刻进西华门，憩造办处。卯正三刻诣长庆门，随班行礼，遂入直。午正散出，至户署理事毕，即归。金坛邀陪夔堂饭。亥正一刻归。《荟要》一百一册都下。即发回殿。

廿六(12 月 28 日) 晴，寒。卯初三刻起身入直，于昭仁殿办事竟日。晚归。王念孙怀祖。见。丹叔见。七姑母饮予。

五城报麦三种各减五分，豆减三分。

钱，每市平纹银一两，合大钱九百八十文。

廿七(12 月 29 日) 晴和。卯初二刻起身赴瀛台，秋曹会同奏事。事下，入直。仍至昭仁办事。迫暮归。

买普洱茶十大团、每一两七钱算。龙井十瓶，每瓶一钱二分算。共付银二十两。

顾宗泰，上上补子、笔，并缨盒俱收，使荷包、三钱。张世法炭三千，使对包，力四百。

杨滑令百金。

发双林二百两。九五扣。又定灯二十两。又黄宝石坠脚，八两。张西堂二两。幛分。

廿八(12 月 30 日) 晴。辰初二刻入直，上诣雍和宫也。仍至昭仁。薄暮归。款杨郎止宿。

廿九(12 月 31 日) 晴。卯正入直。召对于养心殿东暖阁。室置大盆水仙、梅花、腊梅。

收铜批饭银二百十三两三钱。

朱家濂见。五古五韵。沈廷献代盒八两。

三十(1775 年 1 月 1 日) 晴，冷。西雪花。卯初入直。上御门，户以二班上，奏事二件。奉命选内藏旧砚。未初入馆。入署。答海澄公黄仕简。邱宣声送二羽毛、二绫、火腿、橘饼。接李享札。顾宗泰过。遣吊胡翘元二两。卢耕心二两。毛辉祖六两。邵洪一两。陈墉一两。

腊朔，大吉利(1775年1月2日) 微云晴霭，满目融和。上诣阐福寺拈香。年例也。慈舆亦往雍和。予辰初起，拜家祠、佛堂，遂入直。薄暮归。周厚辕见赠磁瓶二枝、银二十四两。青金石佛头一付、银一百六十两。

初二(1月3日) 晴，早阴。卯初三刻入直。晚直武英。竹虚见。寄南信，从孙志祖处会银三十两。眉叔四两，节五十两，三姑母八两，时太太八两。

初三(1月4日) 卯雪。浓阴。晚霁。卯正冒雪入直。未正入翰苑。朱家濂晚见，复赠五十字。刘太监鹿尾八两。二赵煤炭六两。仍于西厅东厢见客。

初四(1月5日) 阴。卯初一刻入直。上幸悦心殿，遂步趋往彼，奏分校并供事二折，得请。仍入直。申正归。松婢饮予。兆棠札使来，送刻[缂]纱蟒袍一袭、补二、羽毛羽绉八件。周少司马寿仪四两。

初五(1月6日) 阴。雾。晴，申后大风。上幸瀛台。予辰初二刻入直。薄暮散归。自上月初六至今日办天禄琳琅，今日始竣。有常见添镶碧霞玭背云宝石六个，连镶工共八两。细珠二两五钱。重一钱。辫子三色线共五钱。

吊何谦之十两，又银杯三只，又祭轴三十两。

发赏二婢四两。

轿夫工食二十二两。接陈景淳札。滨乐运司。送二百两。

初六(1月7日) 风，冷，晴。卯初二刻入直。午初直武英，蒋戟门始至此办事，前月三十日奉旨复轻车都尉，次日奉旨命随同予催查书籍。

同饭，可亭司农亦至。未初仍入直。申正三刻归。彭芸楣过。朱清泉过，款之。

初七（1月8日） 晴，冷。上幸永安寺，予辰初入直。联句下，构思竟日，迫暮乃散。见南应星。挑发河东。与朱△、邵△、杨△晚饮。宸占亦出。谢姨以疾止于其室。

送朱清泉大红呢、羽绉二、缨二、银鼠褂、《雪居》画、对子、书。送虚堂大红绢对、如意、《寿星过海》、青金佛头。一百六十两。郭瑞虹借一百两。南应星借五十两。送杨郎对包一、和包八、刀子一。

初八（1月9日） 晴，冷。上幸同豫轩，予辰初入直。联句竟日，迫暮归。

使二两。海澄公，红呢红羽一、漳纱二、漳绒二、鼻烟二、漳绒坐褥二。陈廷牧，海参六斤、鱼翅六斤、金腿四只、绍酒四埕，又蟹、虾米、冰鲜银鱼。

使一两。陈胪声，多宝塔、旧砚、锁六十把、补子。使一两。华云鹔，宫绉二、羽绉二、杭披二、香珠。

陈淞，缨、笔、杨梅、□乾、火腿二、茶叶。使四两。曹竹虚，二百两。

初九（1月10日） 晴，冷。卯初二刻入直。奏事四件。联句未刻进呈，申正随下直。见李中堂。

初十（1月11日） 晴。卯初二刻入直。奏事四件。带奉天牛马税差及奉天内仓引见。未正入馆。入署。赠竹虚汉玉昭文带。

十一（1月12日） 晴。入直如昨。午直武英。仍入直。暮归。

蒋戟门，犀杯一。励自牧，珠灯二。熊中丞，瓯细四、浔桂、百合粉、龙脊茶。

十二（1月13日） 闷极不快，盖忧勤惕励所致。强入直如昨，奏事一件，带领中□[1]税差引见。用有得。入署。入馆。

---

① 疑为“江”字。

徐光文。

十月军需二百三十五万三千六十六钱四分九。

十三(1月14日) 入直如昨。申初入署。

十四(1月15日) 入直如昨。遣阳生祝于家淑人。收烛廿斤、面廿斤。见郭亲家并其弟。

是日上御门。本部以头班上。

十五(1月16日) 晴。上升殿,卯正三刻。予侍班。入直。召对于乾清西暖阁。午后至殿。入馆。入署。七卯官生饭[银]一百十一两二钱,监生三十七两〇五分,封贡饭[银]六十二两八分。

查莹。飞鼠套统、通海缎二、白铜盆二、手炉二、普芽八、象箸廿,力一两。孙嘉乐四十。刘启秀六十。

奉诏书硃红龙绢对三付。蒋戟门、查莹、李士恭见。

十六(1月17日) 晴。入直如昨。未正早归,料理贡事。方炜过,未接。

濯足。

十七(1月18日) 雪竟日,积四寸。卯初二刻入直,雪始下。奏事三件。申刻入馆。入署。

南应星五十。励自牧二十。赏孙德生子二两。

金二大人:荷包、鹿、狍、饽饽四合。小包、一两。

王仲愚:糟鱼翅、乌鱼蛋。

周庠:粳米、酒二、面、炭。

周燮堂:茶、腿八只、板鸭四对、石花鱼四、皮蛋、南枣、冬笋。

十六公:荷包。

杨有涵:酒八、鸭四、腿二、米四包。

吕云澄:酒二、腿二,又三色。

范清济:海参四、鲍鱼四。

邹奕孝:糕、烛。

浦霖:腿二、鸭四。

蒋熊昌:酒二、腿二、野鸡、皮蛋。
周位庚:酒四。
永心斋:鱼二、狍子、鹅二、黄羊。
余文仪:果二桶。
苏泰:鹿尾。使三钱。
舒中堂:袜、靴。使潞绸一匹、对包一付、小包二付。
杨朴园:蟒袍、精牌、玛瑙匙。乌云豹褂。
陆丹叔:吕纪《花鸟》。使五钱。
宋小厓:钱选手卷、沈士充《移梅》。
富明安:收银鼠百、二(定)[锭]。玄呢一块。使对包,又小包。
宋宗元:如意、画、藕粉四锡、黄韭、醉蟹。对包、荷包、一两。
王焜:鹿尾四个、鲟鱼头百斤、油鸡四、油鸭四。力五百。
宛平沈承业:百花二、南腿四、冰鲜、冬笋。
梅立桀:鼻烟小瓶、烟壶、不堪二。红呢一缎。对包。
俞大猷:条、对各四十。
汪承霈:条、对。
平恕:好条四十。
许九鼎:笔四十、二枝。
孙秉枢:宁绸二、香四。
汪日赞:手卷、挂屏。
陈孝泳:羊毛笔四十、陈道复画。
金可亭:玄狐、荷包、川袍一匹。
徐△何,汉川:鲜果八筐、干果四筐。
汪启淑:研二、宫绸二、绫四、香匣。
曹竹虚:如意、百合花。
董:花盘、手卷。
彭:花四小盘。
钱载昆:如意、□。

十八(1月19日) 晴,冷。卯初三[刻]入直,奏事二件。午正三[刻]入署。画稿二百三十,先行三十。归,见陈胪声。

十九(1月20日) (阙)。

二十(1月21日) (阙)。

廿一(1月22日)。

贡上,赏收如意、拱璧插屏、三阁记方、《胪芳延庆荟景敷韵》一对、汉玉鹰雄合景尊、脂玉海棠觚、旧玉菊花壶、珐琅八蛮进宝灯一对、珐琅大吉挂瓶一对、珐琅麒麟一对、珐琅余庆炉、龙泉洗、红花瓻、翡翠大瓶、瓷水盂二、树根笔筒、《梅雪栖禽》、吕纪。沈士充《移梅图》,十八件。

陈枫崖掌科过,来看贡也。

大饭银一千四十七两八钱五分,内扣二色平二十两九钱,公分五福。二十两,实收一千六两九钱五分。

姚小坡六十两,三钱。周厚辕廿四两。△△△六两。

刘启秀四十两。少一两二钱。张昆八两。刘映棻三十两。

孙嘉乐四十两。沈廷献八两。周夑堂△△两。

李友洙洋钱四十枚。张世法五十两。褚廷璋一百两。

荣柱一百两。马犹龙四十两。汤萼棠二十两。

收房租一百二十两。

懋勤殿八十两。匠人六两。

南书房。于六两、郭六两、刘六两、黄三两。王一夑。

励自牧熙仪二十两。

杨先生二十两。朱先生二十两。

邵先生十两。宸占四两。

姚雪门十六两。平恕八两。

收李友洙广谊园二百两,陶正伦广谊园二十两。

汪画师十两。

悯忠寺一两。报国寺二两。护国寺四两。全浙馆二两。万寿寺二两。弘慈道院一两。天仙庙二两。浙绍馆一两。

廿二(1月23日)　晴。入直如昨。巳初赴户部封印。午初散，顺拜李侍尧而归。本日以贡上，蒙收十九件。晚祀五祀之神，仪礼如上年。梅立桀遣人送礼。

廿三(1月24日)　晴。卯初三刻入直。未初散，出城贺答新少寇王杰、新署少空彭元瑞、新阁学董诰，并顺候褚廷璋、杨嗣曾。李承厚见。

衙门赏四两。礼部汪书办四两。役二两。

七达子荷包一两。大杨荷包一两。雨子荷包一两。赫庆荷包一两。

德柱二两。小刘二两。偏头二两。新得一两①。常王二两，又大荷包四对；又五钱金小荷包五个。宋麻子，张聋子，王玉回子。

俞十五两。谢十五两。桂四两。松四两。

四太太四两。七姑太太四两。大小姐四两。余二两。

舒中堂：挂屏、对架、玉如意一枝。

福额驸：挂屏、对架。

金闇亭。

金可亭。

四阿哥：《耕织图》、寿字、笔四十、挂屏一对、对子一对。

六阿哥：挂屏一对、对子一对。

宋宗元：羊、鹿、对子、雨前四匣、平果八。

董雅伦：银十二两、食物四种。

曹竹虚：黄鱼头百斤、鹿尾二。

彭芸楣：油鸭二、油鸡二、绍酒二。

王伟人：同上。

嵇老师。

汪老四。

杨世兄。

---

① 此句在原书中被圈去。

顾铨：十二两。

沈承业。

蒋太夫人：鸭四、冰鲜二百、二酒、二腿、冬笋一桶、野鸡四只。

费过亭。

十六公：绢对、绢条。

范清济。

三贝子。

英竹井。

董椿：对包一付、银二两。

永心斋。

吴玉纶。

江兰。

沈景初：仪十二两。

耿镕。

周庠。

赵总管：羽毛绉二匹。

福明安。

李洄。

弘二爷。

十一月分八卯官生饭银一百三十八两八钱一分。

十二月分封贡职衔饭银三十两四钱四分六，监生饭银十八两二钱八分。

山东杨朴园：上上荷包六、玄狐二。

直周燮堂：上上荷包六、倪云林《山水》。

房山张世法：上荷包六、福字二。

付平安一百两。元丝。

付双林二千两。足纹，九五扣。

蒋戟门：花一瓶、霁红窑变。鹿尾二、鼻烟一瓶、绢对。

陈十老官：绢十张、香一盒。

永笔帖：通海一匹、对包、小包、银四两。

三贝子。

何书办：缎子二匹。

郑宏撰：八两。

廿四(1月25日) 【阙】。

廿五(1月26日) 晴。照常入直，貂褂，不素珠。未正下直。褚学士廷璋、张太史焘过。晚封送内监条、对，至子初二刻乃息。

廿六(1月27日) 晴。早阴。照常入直。未初二刻散归。本日分散内监条子讫。

马犹龙过谒。费南英门人。

廿七(1月28日) 晴。卯初二刻入直。召至乾清宫西暖阁，上亲书福字以赐。本日拜赐者十六人，嵩椿、萨哈岱两将军与焉。未初下直。南安太守汤萼棠见。以初一赴任。万朝宗见。本日进春帖，又拜例赐如常，惟硃(定)[锭]换墨(定)[锭]耳。

本年福字之赐，其局稍异。予每年先一日，今在次日。又，上书房拜赐者，仅蔡、周、阿、达四人而已。

廿八(1月29日) 晴，暖。卯初三刻入直，以联句牌上，候至未正三刻乃下。陪予候牌者沈、陈二君，余皆散尽矣。归而料理送条、对诸务，通宵不寝。

阳生在上房料理。

吴裱褙断用不得。

拜各种年例赏。小荷包五个。

廿九除夕(1月30日) 晴，暖。照常入直。午初即归，料理一切，烛至犹未已。戌正始祀家祠，拜影堂。亥正二刻事毕，饮食而寝。

送蒋戟门对。阁上青藜回照返，眉间黄气得春光。

押岁：

小春五两。小亲娘五钱。四太太五钱。
姑太太一两。谢一两。俞一两。
桂五钱。松五钱。闰虎一两。春好一两。中和一两。
小二官一两。庆儿一两。
小二姑娘一两。老虎一两。小二官五钱。
次媳四两。小大相公一两。朱姑娘一两。
平安五两。
双林。
磨墨人二两。阳生家人三人五钱。
众先生家人赏二两。
胡成,上赐小荷包、五钱。

董雅伦处四十两,据来账,公请姚藩司五分,王、丁、钟、郑、章。共银二十五两五钱;又请萧二两九钱,共扣二十八两四钱,存银十一两六钱,交还。

附录一　王际华诗文辑存[①]

皇太后七旬万寿颂谨序[②]

国家久道化成，重熙累洽。周回六幕，烟煴元气之都；平正三阶，调协泰符之宇。时则皇上御极之二十六年，九五当阳；欣逢圣母慈寿之亿万千年，六二受福。天数一，地数六，合久大以成能；辛重光，巳重巽，值文明之纪岁。日辰则木火金水，已得黄中；躔道则赤白青黄，日行南至。春留蓂叶，五数居河图中宫；气验葭灰，万事以黄钟根本。乾苞坤络，合绵算于琼闱；天珍地符，纪仙筹于金戺。且夫先王要道莫重于孝，天子有善则归之亲。凡我皇上之锡类推恩，中外禔福，皆皇太后之凝和集祉，遐迩蒙庥。尔其扇仁风，被润泽，鸿模翕赩，骏业懋昭。播淳化于西陲，慕王犹而北面。扩二万余里之远，不尽流沙；统二十八宿所分，至于濛汜。括四瀛于王会，齐七政于天方。共煦慈晖，聿彰纯佑。遂乃穆清司契，圆灵效符。在七十二候之履端，现万有千年之上瑞。两仪合度，五纬同躔。太史登台以书，挈壶眂祥而奏。积同县圃，有抱珥之重轮；探出珠囊，得藏渊之一串。王者孝而钩钤耀，圣人出而寿星明。古有斯占，今为特盛。然而皇衷谦抑，予一人其敢安之。实惟天象昭回，皇太后福之致也。于是诹良日，举西巡。启六御以时乘，及二月之初吉。无量寿佛，顶礼以迓慈轩；有道圣人，行庆而随安辇。尧观乎华，闻祝以三。帝省其山，若台者五。

---

① 说明：不包括联句、奏折；按先诗后文排列。

② 董诰等《皇清文颖续编》卷二十四，清嘉庆武英殿刻本。

有补有助，爰豫爰游。此所谓以天下养乎亲，厥庶民锡之福者也。尔乃万方和会，九土咏歌。思介寿于寰中，共吁诚于阙下。物不召而自至，民弗亟而子来。极地之毛，罗天之产。梯山航海之所效，日螬月窟之所输。内则百司，外薄四海。扶鸠之杖，骑筱之童；穿胸凿齿之人，交趾镓耳之部，靡不效兹阶舞，酌以罍尊。皇帝备物承欢，因心养志。宿当珠斗，月满琼轮。属万寿之先期，计十干之成数。金根雷动，玉仗星罗。两行之雉扇初开，五色之翠旂徐飐。晨光绚采，乍转曦车；宵露凝珠，都盛宝瓮。山名万寿，如闻嵩岳之呼；水出玉泉，乃见璇源之远。桂楫兰桡之容与，縠波绮旭之融和。御法驾于虹桥，望天阊之云堞。皇帝恪恭先导，孺慕中形。依色笑于膝前，奉德音于辇侧。天容有喜，辄缓辔以承颜；春色无边，或停骖而待问。则有楼台天上，城阙日边。三英之草如云，四照之花似锦。鱼庄蟹舍，依稀蔀屋人家；翠水丹房，缥缈瑶池岁月。万人如海，斟陌上之尧樽；一曲皆春，动楼头之舜乐。盛矣美矣，唐哉皇哉。彩凤扶轮，入自宜春之苑；青鸾驾辇，莅乎长乐之宫。珍膳亲调，春觞日进。采山中之石髓，挹掌上之仙浆。九醖之酒盈于樽，再熟之稻以为饭。腾汉南之鹑鸟，脍海西之鲻鱼。安期之枣如瓜，麻姑之麟为脯。侑以方物，备兹隆仪。屏织八茧之蚕，笔洒三危之露。天文炳焕，三谟二典之词；慈庆绵长，百福九如之颂。法星象而取连珠之体，合卦数而留大衍之虚。远物则东鲽西鹣，古器则周彝商敦。青邱之瑞土，玄山之嘉禾。七襄九章之衣，晁华延喜之玉。《尔雅》五方之美，《禹贡》九州之珍。以是合万国之欢，以是将一人之孝。洎乎举盛典，上鸿称。九重祇肃以加隆，百尔恪恭而将事。虎贲导以羽卫，乐部随以箫韶。圣母具法服而腾云日之辉，天子拜彤庭而进山川之祝。金书凤纽，镌玉字而璘瑞；宝玺龙盘，缄瑶函而煜爚。徽音崇显，晋一十四字隆名；瑞牒光昭，献万八千春曼寿。及夫兰觞祝嘏，日应长庚；椒殿迎祥，时开先甲。皇帝事隆法祖，躬用娱亲。定晋爵之乐章，对广筵而起舞。山龙藻火，以为莱子之衣；《南陔》《白华》，不必广微之句。望斑斓其五色，彩焕垂裳；与拊搏而同声，节谐鸣佩。孰云七功七德，视此九成；况复文子文孙，相为三耦。椒蕃芝茂，长围介祉之筵；雪藕冰桃，赐出含饴之室。别有儿齿鲐背，绀发方瞳。三皇之世如春，太古之人多寿。一家旦奭，召公最号大年；二相元丰，洛下竞传高会。番番元老，是帝世之夔皋；赫赫虎臣，作熙朝之方召。悬车归去，赐杖扶来。山中之泉石皆恩，天上之云霞重到。聚为九老，增列三班。地亦香山，人如郦水。锡之寿考，天章亲注长生；貌得须眉，妙笔为添笑颊。群仙拜舞，集于西池；一卷赓歌，藏之东壁。皆荷慈和之庆，是成寿域之符。于斯时也，蔼若春台，盎兮夏宇。千村结绮，万户开筵。家多亲睦之民，世享彭铿之寿。士乐菁莪于《周雅》，农称羔酒于《豳风》。星空贯索之扉，宿耀天弧之彩。是盖我皇上根心之孝，四海攸同；皇太后笃庆之祥，万年弥永。臣情殷酌兕，词愧雕虫。幸际日升月恒之隆，弥切蹈德咏仁之悃。敢辞芜陋，抒凫藻以扬休；敬效歌谣，罄葵忱而献颂。

维清应运，允升大猷。维彤闱启圣，百禄是遒。皇矣圣母，衍庆贻谋。惟德之行，若姒肇周。俪天应地，无疆惟休。敛时五福，兆图膺畴。粤重光之岁，诞协庆期叶。长发其祥，万邦作孚叶。一章。

帝德广运，以受方国。帝奋厥武，敉宁西域。自出日无雷，万方以无拂。念兹戎功，运谟宥密。曰匪予武，福由璇极。新田屡丰，纳其总秸。玉琯银镂，充我庭实。职方锡贡，献图京室。二章。

月正元日，其日辛丑。居卿告祥，三光顺轨叶。灿灿苞符，惟天其右。帝曰休兹，理纪之偶。灵贶诞膺，辞而弗有。永言孝思，惟圣母单厚。锡兹纯嘏，予敢不祗受。以承天休，绥我慈寿。三章。

瞻彼清凉，实惟福地。帝奉文母，吉日攸莅。六天雨华，诸佛授记。时仲之春，行庆施惠。辇毂腾欢，望殷吴会。曰献岁发春，皇其展义。慈云叆叇，大泽将至。民悦无疆，丕应徯志。四章。

维一之日，日南至前。春晖满野，香云护軿。帝迓文母，至自仙园。龙舸迤逦，风盖翩跹。松亭舞鹤，琪树栖鸾。帝亲侍行，华衮导前。对时育物，知水仁山。从容承旨，用佐懿欢。五章。

帝朝文母，视膳日亲。北斗为斗，南山为樽。何羹非玉，何鲙非鳞。侑仪九九，既盛且繁。应图合经，媚川辉山。无有远迩，方物毕臻。金输渊窾，玉献西昆。裔皇彩牒，备登以陈。六章。

维帝崇亲，盛礼具举。山佩委垂，衮龙起舞。济济天潢，鸾停鹄伫。缀兆分行，进退以旅。乐奏元初，皇敬法祖。钟律应期，雅章新谱。兜离僸佅，咸备乐府。太和翔洽，永笃慈祜。七章。

郁郁古槐，茂于璧水。寿考作人，文明以止。绛老百年，同居志美。帝嘉敦庞，旌厥仁里。耋耇礼隆，锡杖授几。崇上宝符，恭飏懿祉。炳蔚奎文，陈之瑶所。恩纶如春，八纮咸喜。八章。

彤宫丹雘，体象坤灵。迪康介寿，圣母攸宁。贡珍九牧，来会于京。花宫梵呗，虔祝嵩龄。旁及万国，缠头穿肱。曰俾尔民同乐，称彼兕觥。含生之类，仁寿咸登。于万斯年，敬颂庆成。九章。

皇太后八旬万寿赋谨序[①]

天佑我国家无疆景命，诞启圣人，大熙榛极。以孝理天下，醇粹丰融，于兹三纪。诸福之物，罔不协应。皇帝穆乎虔巩，渊思维则，宏推发祥流庆之源，以归善于圣母。是以上及太清，下暨太宁，蹈咏慈仁之泽，日晰而云盛。岁重光亶安，恭遇圣母皇太后八旬万寿。先一载为我皇上万寿六旬，胪祝洽欢，诏徯来岁，睟尊亲之道，敏万国之忱，大哉铄矣。繇是寿宇天覆，福嘏日溶。凡所为嵒非常之泽以浸潭六幕者，滭渤沕潏，游遐泳深。洎乎庆节方届，进璆函之检，舒云屏之章。盛典有炜，鸿名晋崇。需云燕乐，藻衮亲舞。皇皇乎介嘏之盛，依古未有也。臣谨按：德者福之基，福者德之致。天人感应，捷比符券。稽古《思(斋)[齐]》，基本姬篆，用昌寿隆之禔，翔洽寰海。而《诗》颂九如，必推本于群黎百姓之遍德，以为凝承单厚之原懿。惟圣母之德，体坤媲昊。皇上寅承慈训，泛护怀生。薄海内外，日食甘露

① 董诰等《皇清文颖续编》卷四十四。

而饮荣泉。远至窜居殊域开辟未属之人，亦率其全部，闻风仰流，憬趋恐后。盖久道化成，以光咸五登三之郅治。此真皇上所以寿圣母也。惟圣人能推亲心之仁慈，以锡祉于九有。亦惟圣人能合九有之福，以事其亲。自今以始，永承慈豫。敷天率土，烛玉烛，风永风，万亿年岂有纪极。臣忝领春曹，备员禁近，不胜凫藻雀跃，谨陈圣母大德获福之实，与皇上大孝尊亲之盛，作赋一篇。其词曰：

皇帝御宇三十有六载，昌三辰，汁五纬，撰二仪，合悠久叶。惟泰元降烟煴，逢涌泉潏。畅垓泝埏，莫不浸泳昭晰，蹈德而咏仁。夫天地之大德曰生，天子之孝曰就。阐元故贞，茂德则裕叶。是以苍灵常尊，地媪多富。告鸿运之悉新，符轴维于丕冒叶。月阳艘乎元明，协大横之吉繇。日五五而轃留，孰彰慈福之嵩茂。粤自七秩，衍筹珍符。有烂璘仪珏，合以鹣翔景曜，珰联而绳贯。翳大圜之糙朗，冏巩衡以彪焕。摛伟兆以肇后祥，积章蔀纪元而无算。岁摄提格秋仲，觜觿旦中。黄星见于弧南，厥占寿昌，万宝屡丰。中外锡羡，式歌且颂叶。晋厘祝于周甲，上犹谦让而弗膺叶。曰：惟翌岁我圣母八袠万万寿，咨尔岳牧群工，下逮耇叟，蒸蒸喁喁。子来奔走，朕庸介景福而诞受也。介福维何，紫微内庭。象坤正位，曰惟慈宁。春曦蔼朝，佳气郁廷。点银黄而绛彤，彩赫昈昈以璘斌；辙飞櫩以重覆，梦橑戢舂而峥嵘。摹大壮以恢旧，先两岁而豫营。翳寿康之苞茂，巩那居于紫宸。颂新宫而《介雅》，寿安聿启乎绛。高闱有闶，飞陛互经。循环十载，璀璨两铭。允齐明于二曜，扬曼寿于升恒。诏灵台以衍风纪，普慈庆而祝长春。迩迺黄钟肇阳，帝车建子。芸苗荔挺，蓝蔺葂茂叶。祥霙兆丰，三寸宵累；昱乎晓霁，万象光炜。惟升燎之祥符，实长庆之嘉祉。天子渊然，璇题玉英之中，将晋徽称而归嬿。爰练长至之翼日，载风盖之蕤绥，树龙旂之旖旎。晨诣春辉，怡颜以启。圣母曰俞，晬容载喜。暨再浃辰，日启明，奉圣母，发畅春。泛镜流，御凤舲。景飙和融，澄波暖沄。皇帝肃警跸，乘六龙，迓中衢，翼仪锽。导安辇，至寿康。肃拜俯，日禺中。搢璆册，上璇宫。先是，羡政府暨秩宗，于廷参稽策府。伊昔丹縢笵金,厥典孔巨。虑弗克光圣母之德,其摹赤文于璧瑀。因羡起度,中规合矩。册则倬云为章,晁采斒彬;天五地五,成数以盈。宝则蟾肪是治,龙纽交萦;字十有六,虞廷与京。宝昭德产,文焕温纯。迈前经而秩典,彰戬谷于天申。庆节届上仪,饬虬钟正铿。鱼钥乍辟,天子躬诣太寝,愉色冬温。一堂燕喜,五叶麟振。晋万年之如意,迓蘩祉于嘉名。遂乃盛容备仪,舄舄奕奕,以行礼于慈宁。趋步雍容,拜稽展虔。式彰鸿庆,表文跪宣。由王公至卿贰,咸皆景从蹈舞,介纯嘏于洪延。外则修眉鹤发之老,作朋三九,逮迈香山。其最百有十三岁,咸寿谷以宅醰。内则玳舄拜命之妇,鱼贯鸳偕。椒风兰茝,翟茀珈笄。骈阗欢呀,受福孔皆。天子于是御正殿,天扉詄荡,朝仪焜昱。鸿鸾渐阶,群效嵩祝。外暨炎洲、南服、西徼、朔庭、百蛮、九译之陪臣,亦俱列位胪人,树领扶服。天瑞人和,环应多福。日则曈昽九华,中天丽烛。云则纷郁五光,困于殿角。既乃宣巽命于紫阊,沛涣扬于层阈。瑞鹫衔以九采,矞云捧而五色。自有位人以暨黔首,罔不跽聆衍凯,含吮圣泽。圣母于是几七宝,帐九真;菌华茸,杯霞文。帝亲畚鞠,九拜称觥。十有八章兮乐府,合《孝经》也。山龙衮如兮象鸾,停与鹄举也。翾如秩如,为律为度,皇自舞也。麟角凤苞,金章玉叶,于阶于庭,洋洋习习,舞大合也。徽章明备,慈颜豫和。前后旬日,式宴旨多。食单叕进,目罗云仍绵绵,乐且有仪叶。环彩祗侍,姁熙委蛇。惟圣母慈,燕笑乐胥。懿语温温,母重馨偻叶。帝弥弗敢康,仪肃穆而怡愉。尔其珍应瑞图,玨来贡篚,则有唐碧曾青,瑕瑶徽尾;浮忻金泥,开明琪蕊;员峤冰丝,大秦金绮;鸾锦舒文,鹤绫散彩。亦有越窑秘色,岐鼎雷纹。兜娄芬郁,波戈茵蒕。先之以天文作绘,赞寿无量。茂柏乔松,九如陈贶。屑金法乘,甘珠宝藏。辟支真檀,波斯妙相。宸题镂玉,王会缋象。殚奇悉异,伯翳不能名,右相不能状。累万万而罕纪,积九九而递上。若夫霏宝翰之笔精,集龙宾之墨卿。奏以导礼,表以达诚。颂以容德,上宣鸿称。蔚然而云霞起,渊然而金玉声。文子文孙,联骈间赓。总柏梁之巨制,交缛绣于疏屏。兰台、金马、天禄、石渠之士，斋心覃思，吮和吐气，望洋者累千万言，竟莫能赞其一二。我圣母之发畅春而诣寿康也，御万寿之华辇，光庆典而秩鸿仪。揽芳华于玉镜，文窗新琢夫玻璃。法仗肃，沛以艾；神人诚，大和会。峙峩峩之化城，佖玲玲之梵呗。岱舆阆风，倏欻涌现。金支秀华，青房绀殿。洪崖被羽而襳襹，昌容清歌而婉嫕。寻橦濯盘，角觝曼衍。效犁鞬之幻人，拟灵山之鳌抃。移邃馆于泰西，仿佛庐于月窟。间奏散乐，绥来逖众。服物游食，冢宰职贡。来贺四方，尊养致用。皇帝宣殊恩，锡时福。漕糈缪租，万亿赐复。三九益余，素封比屋。特榜两闱，人文弥郁。甘雨景风，卉奥棫朴。铨途滞者疏，群材废者录。百神群祀，咸秩维肃。有耋百龄，旌闾表瑞。有儒皓首，章服荣被。普及庶老粟帛，下逮蠕蠢发蔓，何生不遂。于是公孤卿尹，藩卫牧伯叶，外暨蛮夷君长，咸拜手稽首而歌曰：盛哉乎若德，茂对怿矣，禔贶答叶矣。皇帝尝以是春巡礼岱宗河海，受职奉安舆，指大东。睇石闾，眂神房叶。槱燎配蓺乎日观，蔼肸蠁之昭融。周器焕炳乎缁帷，抚金丝之镈钟。一以介慈厘，一以崇圣功。遂弭舵于析木，睍金堤之亘虹。乘春洽丙，驭舒祝融。退秋届初，言指玉塞。山庄奥区，松斋云牖。此焉清暑，肃侍大安，襄羊容与。启阊阖以招凉兮，璇闱留憩而攸芋。山河巩夫福地兮，人天乐夫胜因。敞大慈之绀宇兮，阐最上之宗乘。祇园开，潮音朗；慧日焕，烛留爽。则有镳耳、枭瞯、乌浒、狼肮，奉琛称藩，效牵搏颡。来享王于塞下者，计十数万而广。繄脱欢之末胄兮，窜泰濛而作陲。闵晨照于昧谷兮，阅七十载而弗来。夫何吸噂于圣化兮，经修途之回萦。蛾耆伏而厥角兮，愿托上幪而四蛢。皇帝曰：俞，咨汝数万户，彼罗刹弗克抚，复不能被前光以攸宁也，忍听其氉氉芒芒而莫之定叶乎。申命都护，田田宅宅，肉骨嘘枯，縻帑千万有弗惜。瓴侯贵霜，抡其魁桀，伴使入觐，锡燕诏爵。珠林绚兮万树芳华，钟噌鞈兮味啰成章。矞慈云之妙鬘兮，荫震旦以熉煌。颂硙即之仁寿兮，依佛日而晞光。胪祝启而夐熙来兮，洵泰鸿所以介吉康。是故福以德基，慈以众使。今天子合万国以尊亲，综三五而考礼。天庥之景铄如彼，人瑞之协应如此。祺覃无外，泽懋太始。罄副墨而殚赫蹏，莫可备陈。夫福纪五三，六经载籍之传，孰有茂称逴踪，与今齐轨者乎。爰作颂曰：

皇矣昊綷，惟德是右叶。我皇膺图，大哉孝治。德音孔昭，渊旋云被。晷纬效灵，山渎告瑞。上承慈福，泰和嘉会。欢合八圻，尊养大备。巍奕炳麟，芬泽四既。坤厚育物，上寿寿世。宅衷立极，演畴援契。峻德鸿禔，参合天地。贞元迭嬗，岁万亿计。

诗礼堂进讲赋(摘句)①

圣天子调玉烛，巩金瓯。学于古训，慎厥身修。阁启迩英，萃华簪以纳牖；筵开崇政，临讲幄而凝旒。华藻云楣，珠纷披而曜日；丹楹画栋，瑺错落以雕银。文楷耸其碧干，老桧抱夫苍鳞。古井无澜而澄澈，灵蓍擢秀而纷纶。凤舞龙蟠，悬历朝之篆额；虫书鸟迹，峙百代之贞珉。诸生于是济济焉，跄跄焉，环桥观听，仰堂上之一人。

闲中弄笔引②

驶如铁花走熊罴，卷如绣带盘蛟螭。端若冠冕之森甬，翩若旖旎之旖旎。嵩垣之玉华山石，攻坚翻用铝刀劘。文字屈曲不可识，蝌蚪龙蛇仙人书叶商之切。一艺之精已不易，况乃籀篆为吾师。向闻摹印曰缪篆，秦世八体已有之。史书十五苍颉九，真本已失人罕知。许慎参伍作能字，折衷未免犹支离。私印之制亦自古，牙签玉轴存标题。近代作者异宗派，刻画模楷争新奇。总之汉人有遗法，神妙古丽斯莫加叶居之切。能圃先生少卓荦，出其余技能驽人叶如之切。笔尖濡染始结构，精神惨淡如欲疲。寸铁入手山骨破，力赴腕下声如雷。反复睥睨瘢垢尽，起立谭笑心则夷。一艺亦足名宇宙，翘之风雅尤多能叶

① 鸿宝斋主人《赋海大观》卷七，清光绪二十年(1894)缩印本。

② 沈策铭篆刻《闲中弄笔》卷首，乾隆十七年(1752)钤印本。

年题切。妙中更妙汇一帙，法则可为后世规。就视熟看道不尽，伸纸和墨成长歌叶居之切。

承光殿题诗[①]

太璞钟神物，奇珍仰帝家。九重垂拂拭，三殿表休嘉。气彻云霄丽，英含日月华。铸金疑夏后，炼石想灵娲。自合同圭璧，宁教委砾沙。玲珑泯斧凿，宛转护龙蛇。厚载殊堪宝，虚中亦足夸。肖形规碧海，成器贮流霞。岂意沉埋久，恭逢赏识加。昔贤欣比德，圣主重无瑕。墨洒三危露，毫开五色花。从看光炯炯，照耀遍幽遐。

恭和御制滦阳别墅元韵[②]

别苑绿荫稠，鸾旗此暂留。人间方入暑，天上已迎秋。当牖高峰列，侵阶激水流。窈然多静赏，花木正修修。

恭和御制山庄灯词八首元韵[③]

玉塞宵凉碧宇空，离宫景乍度天中。来宾新得焉耆长，锡宴元宵事例同。

万绿丛中散火云，雷轰电激四山闻。映波百道金蛇掣，仿佛红旗竞渡群。

才挹冰浆玛瑙寒，鱼龙百戏尽教看。忽惊火树银花发，映月连星并作团。

喜对薰风咏蓼萧，云霞绕幕赤城标。芳园已过黄梅雨，月色灯光又此宵。

绿树阴中双凤辇，红蕖池畔九华灯。光明界即莲花界，照彻三千

---

① 适园主人《三海见闻志》卷三，北京古籍出版社2005年版，第91页。

② 和珅、梁国治《钦定热河志》卷一百一十一，天津古籍出版社2003年版。

③ 和珅、梁国治《钦定热河志》卷一百一十二。

现古僧。

来从雁碛天西远，还结鳌山海上缘。湛露三宵霑毳幕，华林万帐共芳筵。

正是星桥初启处，莫教玉漏易催宵。龙光日日荣三接，缝帻传呼又早朝。

花开顷刻幻俱陈，灯影旋移转玉轮。忭舞西来诸部曲，从今常作太平人。

平秩东作①

旸谷谐春律，乘时木德亨。农书三殿进，纬度六阶平。太皞方司命，勾芒几处迎。肩犁人欲出，布谷鸟先鸣。红杏花含蕊，青蒲叶始萌。占星属柱史，掺锸戒编氓。分命尧廷切，畴咨羲仲行。九重无逸念，帝藉自躬耕。

以管窥天②

圆益应难际，凭谁握管窥。那堪穷莽莽，空自笑虽虽。洞彻虽无底，通明只一规。杞人忧可释，夸父逐焉疲。日月双丸掷，星河一线垂。补时卷石得，漏处爪痕亏。测欲同葭管，占宁比浑仪。如游圣人宇，浩荡莫能知。

门对浙江潮③

梵宇钱塘岸，观潮对海门。六鳌排巨浪，一线射朝暾。风雨声初

---

①② 王凯贤《状元诗榜眼诗探花诗·清朝卷（下）》，昆仑出版社 2009 年版，第 98 页。

③ 王凯贤《状元诗榜眼诗探花诗·清朝卷（下）》，第 99 页。此诗亦收在叶葆《应试诗法浅说》卷四“本朝试律”（清乾隆五十四年悔读斋刻本），个别文字有出入。

合，雷霆势乍奔。银潢谁倒曳，石堰欲横吞。楼迥疑无地，山漂略有痕。龙宫惊澒洞，鹫岭恐飞翻。万古长江涌，千年古刹存。登临真胜绝，轩豁见乾坤。

调冰雪藕[①]

一片凝冰净，千丝嫩藕香。调和同玉液，剖雪发瑶光。碗薄寒珠结，叶移细缕长。不须镂凤质，底事擘莲房。爽透玲珑腕，甘渟冷冽浆。半瓯倾玛瑙，几簇胜琳琅。缛暑从消却，清芬自在尝。纳凉饶韵事，洁白净诗肠。

题清人《柳浪闻莺图轴》[②]

风拂柔条乍糁金，数声睍睆啭春深。听来清比诗人语，恰对孤山处士林。

题《杨公忠节录》[③]

骂贼睢阳古著名，耿光今羡共峥嵘。青山骨冷心仍壮，密箐风腥气足争。父老望还应未得，朝廷旌烈果如生。家声喜有孙曾继，报国承先志不轻。

恭和御制题皇清职贡图诗[④]

六幕群沾我泽春，丹青环宇迩遐均。瞻云岂惮重研会，缩地从教

---

① 王凯贤《状元诗榜眼诗探花诗・清朝卷(下)》，第 99 页。

② 赵苏娜《故宫博物院藏历代绘画题诗存》，山西教育出版社 1988 年版，第 475 页。

③ 袁嘉谷辑《明赠光禄寺卿路南杨公忠节录》卷二上，上海书店出版社 1994 年影印《丛书集成续编》本。

④ 傅恒等《皇清职贡图》卷首，广陵书社 2008 年版，第 7 页。

万里亲。籍按皇舆恢亥步，图开昧谷接寅宾。南夷象赂频求献，青海龙媒况毕臻。宁为旅獒登异物，偶缘孔鸟纪方人。明堂作绘还依古，花面添毫却肖真。弥望风邱都入画，未分星夜共朝辰。充庭写像邀鸿藻，格被勋高仰舜循。

恭和御制总河白钟山等奏报秋汛平稳诗以志慰元韵[1]

大河贯百川，托条水所集。竹箭下龙门，东流自此急。泥沙动复停，深难计丈尺。迁移古逮今，冲决俄焉亟。岂知障颓波，禹功自有力。至尊劳宵旰，经久为谋画。往时河上卢，风雨愁倾昃。于今淮口舟，回帆听鼓击。始知治水方，剑痕不可刻。疏防因其势，俄看洪流息。初开风神堰，浊浪清淮涤。更筑毛城堤，积淀木鹅克。千里导洪涛，九曲归顺直。帝力不可忘，万民皆庆额。微劳尽受赏，方命安逃责。应知徐泗间，荡徙灾脱剧。指授出宸衷，庶司谨其职。泽国永奠安，周流同百脉。

应制题陆治雪后访梅[2]

同云黯黮兮吴江，夕泛扁舟兮挂蒲。席思美人兮未见，忽溶溶兮月白。伊山中之高士兮，羌偃卧于岑寂。愿褰裳以溯兮，幸同心之不隔。尊桂醑兮颜开，肴紫螯兮手擘。兴未阑兮重期，形两忘兮主客。峰缥缈兮云深，波洞庭兮澜碧。采瑶华兮如可寻疎影暗香，纷左右兮盎春色。

恭和御制题王诜渔村小雪图用苏轼烟江叠嶂诗韵元韵[3]

名手几辈图云山，邱壑飘渺浮空烟。画中北宋谁巨擘，晋卿妙笔超巨然。渔村一副天澄雪，林峦清绝淙寒泉。想当拈毫拂缣素，命意

① 董诰等《皇清文颖续编》卷六十七，清嘉庆武英殿刻本。

②③ 董诰等《皇清文颖续编》卷七十四。

直欲凌辋川。访友何人浮艇至，寻诗有客策蹇前。山色初寒木未脱，宛尔十月江南天。渔罾凡处偎浦溆，芦汀藜岸纷暄妍。得鱼举酒生计足，俯仰有籍如良田。是卷历代久珍秘，标题犹识宣和年。神物重经天拂拭，古香生纸增便娟。况复三图类相聚，丹青泼墨余芊眠。当时文酒耽好友，题句何以遗坡仙。无乃绝艺自矜贵，留待睿赏称奇缘。几余抚卷还证古，叠韵如补端明篇。

恭和御制大西门楼前较射叠旧作元韵[①]

款塞遥从葱岭山，威弧竞仰佽飞间。龙楼日转周庐静，雉尾云开彩仗间。人为倾心来绝域，帝容观德附清班。三霄最喜分明月，仿佛初弦挂一弯。绿沈风劲激丁当，五色正云捧赭黄。荒服献琛逾楛矢，词臣作赋陋长杨。九章尽应驺虞节，七札常瞻赤羽光。万里神谟同射的，张弧今看殪天狼。两行簪绂遍呼嵩，圣力惟教矍相同。亭育万方归玉烛，从容九合试雕弓。星光历历穿飞翠，树色沉沉映画熊。深目多须叠惊喜，中朝事事得天工。绿阴辇路缓垂鞭，细霭轻风上苑前。四正咸谙君子礼，九秋不减艳阳天。丹青重译图王会，雅颂多稌赋大田。拜捧宸章钦圣武，耿光长此纪年年。

恭和御制移竹用白居易题卢秘书新栽竹二十韵元韵[②]

璚簳栽仙苑，猗猗胜在槃。分畦柯不改，得地养非难。鲜碧初环径，新阴小护栏。直如添益友，清可耐炎官。乍劚莓苔里，旋森霄汉端。东南罗秀美，淇渭拟檀栾。静拂炉香细，凉筛璧月团。栋云扶翠筱，茎露濯明玕。隔日浇宜数，移时醉未残。顿瞻君子斐，雅称硕人宽。烟锁还依仗，风捎不碍冠。映墙书个个，和漏韵珊珊。箨锦才轻

---

① 董诰等《皇清文颖续编》卷八十七。

② 董诰等《皇清文颖续编》卷九十六。

卷，根鞭渐郁蟠。堪将筼比谷，讵俟笋抽竿。诗寄卢家兴，赓同池上观。挥毫宜淡墨，入座伴芳兰。睿藻抒幽赏，贞标惬古欢。待供栖凤啄，不使茂林单。停午常蠲暑，凌霜亦傲寒。平安从此报，枝作万年看。

题黄公望雨岩仙观应制①

树色平连雨色，云容陡变山容。岩间隐现层构，烟外微闻远钟。小李仙居楼阁，南宫墨歔云山。一峰老人具美，两家伯仲之间。

圣驾巡幸天津诗②

光风催啭树头莺，望幸畿南蔀屋情。三十二年怀保意，许将清问答苍生。

輂陌舟堤净软尘，皇仁观海又观民。四巡江国籛邮外，更被沧瀛万户春。

出告殷勤体圣慈，璇宫觐后翠华移。银轮廿日清光满，豫数仙园问视期。

六勤宸驭记先朝，河上春流闓泽饶。今日趋迎扶杖叟，曾瞻日角奉神尧。

绿遍芳郊麦气温，人家旭日散鸡豚。不教羽卫严呼斥，春雨犁边觐至尊。

征徭新旧一时蠲，广逮宁教雨露偏。户有余粮人鼓腹，吹浓万井蓟门烟。

社公几点雨霏甘，润物膏流四野含。碧柳阴中停玉勒，真看赵北似江南。

桥经广惠惠滂沱，安福居安锡福多。行尽清河七十二，水窗明处

---

① 董诰等《皇清文颖续编》卷九十九。

② 董诰等《皇清文颖续编》卷一百四。

碧于罗。

淀水东西镜影停，祥飙徐护稳扬舲。不须社鼓催祈报，明德升香肃豆铏。

牤牛不遣注中亭，安稳渔村接雁汀。漫向浑河谈故道，几人疏凿传图经。

主簿丛祠异代看，当年食禄讵之官。订讹遗迹成千古，烟雨苏桥景未阑。

汉诏唐书为劝农，入疆临赐焕鸾龙。赓吟还企平成烈，泽国桑麻景愈浓。

浃岁工成万户欢，曾培高岸静鸣湍。一犁腻雨春无恙，从此文安庆永安。

子牙遗庙枕河隍，旧事滹沱误钓璜。南下北高重利导，安澜不用筑宣房。

千里堤边绣甸开，白洋东下水滢洄。鱼庄蟹户人烟簇，新引长虹格淀来。

水次轩庭不日成，灵台讵比露台营。循名数典还崇俭，屡顾台头廑圣情。

水涣风行顺性通，治惟无事用惟中。群扶不费推移力，犹廑偏劳是筰工。

沧波楼影切云层，万顷靴纹一碧澄。好景空明供静赏，鱼龙不遣照春灯。

宸幄时几水次勤，午烟浓篆散氤氲。舟程一晌留清暇，犹为春阴惜寸分。

蓬窗泼墨致萧闲，天气清和上巳还。貌取一枝梅破萼，分明香雪到寒山。

欣还醇朴古风留，海国春和景溢眸。自有清音来秀屿，不教歌吹近扬州。

宣防五闸海河浔，启闭如将元化斟。旸雨年年觇顺序，君心至竟即天心。

灵衹肃穆奠椒芬，空外遥瞻羽盖纷。银榜新悬莲宇净，还看紫澥起祥云。

长沙如阛海氛消，驻葆崇台指顾遥。云近扶桑迎晓日，天低碣石洗春潮。

留都紫气俯千樯，沽口东瞻接混茫。挽粟津门资利济，丰碑遗烈仰先皇。

湖痕凝雪五池头，淮浙熬波此不侔。底事蜂房营万灶，天工应羡日华浮。

遗利同收秉穗如，期宽课筴力还纾。芦田沙户仁周浃，要使商民遍厚储。

永靖鲸波镇海疆，韬钤载习励戎行。王犹诘武兼行庆，组练新依日月光。

石坝成劳溯昔年，平坡百尺漫洄沿。春流不涨桃花水，隐泛筐儿港口船。

减河分洒慎杯胶，溟渤东归百谷包。不向三岔争镍钥，金堤终古卫农郊。

讵有周庐烦置顿，还蒙少府赉金钱。法廉共勉嘉循绩，爵赏频邀启盛筵。

烝徒踊跃泛轻艭，日益农缗饫泽厐。双桨平划声欸乃，绿杨影里起吴腔。

和声胶序奏云咸，首善抡才遍泽岩。碧沼晴波宽万斛，竞移芹影上春衫。

野老欣邀粟帛荣，白头篱落话升平。儿孙努力勤东作，万岁亲来为省耕。

萝薜阴浓异数叨，仍纡仙绶庆联曹。倾葵真觉东皇近，光照悬舆海日高。

圜扉春到乐宣幽，减律深仁解网侔。天半鸡竿衔诏下，湔除恩共碧瀛流。

顺举春田小合围，和门草碧兽初肥。叠双倍中从心妙，应手雕弧霹雳飞。

团河南注凤河湉，永定鳞波利导兼。一自野桥疏积埂，安流喜看海东渐。

山川封濬史臣稽，春豫从容仰睿题。手捧骊龙珠百颗，欣从夜校映青藜。

泽国行春沛泽皆，功成锡类体慈怀。常将清晏承颜笑，普合欢心六幕谐。

恭和御制静寄山庄元韵乾隆甲戌[①]

灵境天开迥出尘，宸心独契胜游频。绝奇丘壑应难画，太古山林别有春。松韵泉声还似昔，云容峰态互标新。田盘万景归窗牖，驻跸重探众妙津。

恭和御制暖元韵[②]

徐无山好风初和，晴烘景物何逶迤。原头绿荑舒日丽，枝上好鸟鸣春多。泉流瀌瀌暖欲波，烟磴盘盘翠耸螺。绣塍一望饶生意，时听农人击壤歌。春衣扈从白云谷，遥望金根指山曲。乐与人同岂惟独，圣情民物常相属。

恭和御制婉娈草堂元韵[③]

盘中洵可乐，幽怀无不开。草堂最佳处，雅宜山水怀。峰头岚翠滴，泉韵琴筑谐。画禅随所寓，会心不远哉。图名以名堂，取义妙化裁。即景供睿赏，应接纷诗材。

---

①②③　蒋溥、梁诗正等《盘山志》卷十一“艺文二”，《文渊阁四库全书》本。

恭和御制半天楼元韵[①]

层楼孤迥出崖巅，坐倚窗棂近碧天。卷幔云霞生户外，隔帘珠斗挂檐前。五峰竞秀如屏列，万树含青弄影娟。几处精蓝齐俯视，时闻钟磬下方传。

恭和御制云林石室元韵[②]

盘纡千磴奇，层叠三霄迥。梵呗诸天闻，松涛清昼永。底藉琢云根，无烦饰文杏。恍游太古初，流连驻韶景。

平定金川诗[③]

帝敷文德协寰中，航海梯山玉帛同。万国恬然依化宇，一隅蠢尔廑宸衷。庙堂自裕平蛮略，神武应收不世功。翼赞谊隆耑阃重，峩峩英辅领元戎。

负嵎阻险已经时，天讨爰申特命师。虎卫分兵开玉帐，龙骧承旨建牙旗。劳先士卒均甘苦，勇奋风云应指麾。耿耿祇期纾帝顾，酬勋三锡信相宜。

卭笮何须辟五丁，鹰扬万里疾如霆。金川浪静鲸鲵伏，雪岭春回草木青。既禀庙谟锄狡党，还思轻骑扫番庭。从知地险终无济，釜底游鱼自俯听。

壮猷人慑汉嫖姚，计日妖氛看尽消。秉钺但知歼小丑，舞干已许赦顽苗。三驱解网仁恩溥，六约输诚圣武昭。遥想壶浆迎献处，番夷夹道戴天朝。

方略时时仰睿裁，未央前殿捷书来。不遗一矢肤功奏，才及三旬振旅回。蔼蔼祥氛凝武库，悠悠伯影偃灵台。神京父老迎军入，麟阁

---

①② 蒋溥、梁诗正等《盘山志》卷十一“艺文二”。

③ 《平定金川方略》卷二十九“艺文”，《文渊阁四库全书》本。

沙堤取次开。

投醪挟纩感皇仁，恺乐争歌圣泽均。雪栈穿云忘远戍，柳堤飞絮慰归人。甲兵净洗天颜喜，民物胥宁寿域春。共卜金瓯固磐石，嵩呼献颂庆臣邻。

九龙图题诗[①]

泼墨依稀华杖翁，云从腕底有灵通。名徵周殿图呈瑞，影起仙潭势劈空。妙手恰凭探颔得，传神那让点睛工。艺林绝艺标真赏，上契乾文德正中。

恭和御制题宋宣和梁苑雕龙砚诗[②]

宣和朱邸旧，瑞侈握符临。画诺求花石，挥毫创瘦金。匣纹蛇腹断，岁籥麝煤沈。寓物抒尧戒，千秋鉴古心。

题《皇六子听秋图轴》[③]

碧霄延灏景，瑶浦漾文漪。爽气当秋得，高情入画宜。林疏分籁细，竹净度烟迟。欣赏多真趣，莎庭坐对时。

心迹清无比，披吟意有余。云光开霁后，波影放凉初。境象看平远，襟怀挹静虚。几行修樾外，水镜得真如。

---

① 南宋画家陈容《九龙图》，现藏美国波士顿美术馆。

② 《钦定西清砚谱》卷七“石之属 · 宋宣和梁苑雕龙砚”，《文渊阁四库全书》本。

③ 端方《壬寅销夏录》不分卷，稿本。

典试江南香树师以诗题扇见贻次韵①

司衡南国有师资，两度声名重立之。司农立之世讲为吾师长子，两典此邦试事，至今言衡鉴之精者，必曰钱某也。因以舆论所称为韵，非敢唐突强借耳。窃取鲤庭香一瓣，抡元可证赏心时。榜首张曾扬，壬午为立之司农激赏，已列前茅，为官生习《礼》仅有一卷，迹嫌而止。今以民卷《诗经》领解，一时翕然称允。内监试高司马暨房考数人，先在壬午闱中目击其事，言之最详。

师门玉尺每追参，本本原来都有蓝。个里毫厘千里别，步趋容易说无惭。吾师典试楚中，总裁会试，两至江西。际华以浅植频膺异数，亦至楚中、江右，癸未与南宫试事，今复忝是役。衔命所至，皆大贤垂范于前，步趋不敢不勉，而本源尤所不敢忘云尔。

骊珠一握捧当胸，原诗书箑以示。赐杖神飞到摄峰。敬识起居储顾问，乔柯露浥健如松。昨年吾师与少农蒙恩赐《桥梓图》，恩荣佳话，千古独擅，故云。

祝帝寿②

歌君王万寿，颂天保九如。

千官拜舞开仙仗，万国笙歌醉太平。

---

① 钱陈群《香树斋诗文集·诗续集》卷二十五，清乾隆刻本。题目据《两浙𬨎轩录补遗》加。阮元《两浙𬨎轩录补遗》卷五（清嘉庆刻本）载："王际华，字秋瑞，号白斋，钱塘人，乾隆乙丑进士，历官户部尚书，谥文庄。《随园诗话》：'同年王大农秋瑞梦月华而生，故小名华官。'俞宝华曰：文庄以进士第三人授编修，后扬历清要三十余年，治事敏核，为时名臣。于文事尤加意，诗未见全集，从《香树斋集》录入。《典试江南香树师以诗题扇见贻次韵》：司衡南国有师资，两度声名重立之。少农立之世讲两典此邦试事。窃取鲤庭香一瓣，抡元可证赏心时。解元张曾扬，壬午已为司农激赏，以官卷避嫌而止。师门玉尺每追参，青本原来却有蓝。个里毫厘千里别，步趋容易说无惭。"

② 金实秋《古今戏曲楹联荟萃》，中国戏剧出版社1992版，第143页。

景福海以添寿，欢腾华祝；测恒河而益纪，庆洽高呼。

寿宇覃禧，借缑山鹤舞余筹，更谱瑶笙谐凤吹；晚香励节，集蓬岛仙班旧侣，重翻霓羽侑鸾觞。

祝寿[①]

一曲霓裳歌寿恺，几行彩袖舞斑衣。
曲奏鹤飞迎瑞鹤，觞称仙宴醉群仙。
鸾笙凤管谐仙乐，羽袖霓裳映彩衣。
金风响拂瑶天鹤，璧月光浮玉苹云。

生日宴客[②]

十七夕彩满蟾宫，赓隔夜霓裳旧曲；廿五载班联鹓序，萃当年蓉镜群仙。

跋《宋米元章天衣禅师碑真迹》[③]

乾隆庚寅，邸寓增构梦舫成。梦舫者，忆童时西溪小舫，形诸梦寐，因仿而为之，遂以名也。越辛卯，客有以米海岳墨迹一册求售者，签题曰《神先告梦碑》，触余梦境，心跃然动。展视则字里行间风雨争飞，鱼龙百变，莫可方物。方诧为无价之宝，惧不为吾有也，逡巡间，客曰："公头衔条冰，未易办下。"直玩味不释。客见余爱之甚，軃然曰："易耳。册六百三十二字，一字一金，能则归公耳。"予曰："诺。"竟不敢置一言，恐唐突瓌宝，罪过不。搜囊尚有赐金六百，罄与之，册遂归予。时嘉平望也。已而珍藏什袭，只自怡悦，秘不示人。呜呼！尤物移人，昔贤垂戒。云烟过眼，达士旷观。余亦何必宝爱乃尔！顾米老不云乎：人生几何，贵适所好而已。予以此言参三昧，证以"神先告

---

①② 金实秋《古今戏曲楹联荟萃》，第 144 页。

③ 吴荣光《辛丑销夏记》卷一，浙江人民美术出版社 2015 年版。

梦"之名,谓此事是真是梦皆可。即以舫本梦,今又为梦中之梦,亦无不可。然此梦亦佳矣。乾隆壬辰上元夕,梦舫居士王际华识。

此《天衣禅师碑》也,向于同直金坛于相国处见其所摹数纸,是此文前半,云从某邸双钩墨本摹来。自首至"神先告梦"计一百六十字;又至"怀公古佛试"字,止二百六十七字。今册计二百五十字,"试"字亦缺。此下予册尚有三百八十二字,遂为此碑全文。但尚有损缺数十字,暇日当依原文补注于旁。摹本字间有大小,与此不符,为真为赝,及更有别本真迹与否,不可得而致矣。六月上浣,偶阅又记。

"米元章书《天衣怀禅师碑》,碑文全用彼家语,似一篇语录,非文也。而笔法劲逸,绝胜他书。后书'芾呈',盖稿也。韩平原脱以上石,今墨迹在龚合肥处。前缺十余行,亦有数字不同,想所书非一本耳。"右孙北海《庚子消夏录》所载,今日见之,因录于此。按所云"墨迹在龚合肥处",即为此本无疑。惟无"芾呈"二字,北海所云,或亦平原石刻耳。以予所临双钩不全本较此册,亦有数字不同。前原疑更有别本,今证以北海之言,益信。壬辰仲秋再识。

跋《王雅宜山人借券卷子》[①]

苏长公马券,山谷作跋谓:俟人中磊磊者取之。今石刻闻在眉山,而墨迹无闻,盖久与烟云俱化矣。雅宜山人责券阅世已三百年,缣素尚亦完好。名人妙墨,诚有幸不幸与。期与人中磊磊者共宝贵之。钱唐王际华题。

《唐怀仁集王圣教序》题记[②]

宋拓《圣教序》,旧藏天瓶老人家,后归葭谷居士,十数年来未尝轻示一人。予与葭谷为亲串,得从借观。越岁葭谷使至,赍手札并此帖

---

① 端方《壬寅销夏录》不分卷,稿本。

② 杨军《怀仁集王书圣教序:宋拓本》,安徽美术出版社 2018 年版,第 39 页。

见赠。祇领之余，聊志其末。乾隆壬午七月既望，梦舫居士王际华书。

王际华家书(壹)[①]

春间曾发信三函，未知六哥俱收到否？陈永来京，捧读台谕，知岳父大人尊体欠安，记念之至。比日想已全愈。老年人以节劳宽怀为主，一切伏惟自爱。四哥远馆数千里外，潭府少人，六哥似不宜更出。久乏南音，殊深悬念。蒙赐南枣、菊花，已经拜领，谢甚，感甚。华以庸陋之材，仰托尊府福庇，南宫徼幸中式。初一日胪唱，蒙恩赐探花及第。素承属望，殷殷期许不凡，归第之后，望南遥叩，感激难名。日来事务奇忙，费用更大。未论其他，即会榜老师六位、殿试读卷师十三位，其应酬用度之繁可知矣。昨领到恩赏银两，奉寄一金以为一卮之敬，幸祈哂存，勿以微亵见罪为感。朝梧承岳父饮食教诲，闻颇强健，感慰交集。俞姆，祈岳父谕其安心，将来如有好日，决不轻待。阿凤，须令其教诲，如在外学习不好样子，所误非浅，并祈切嘱之也。肃此，敬请近宁。匆匆不及多启，统希原鉴，不宣。

六哥不另字，均此致意。奶奶并叱候。炎侄安否，并询。

岳父大人尊前

子婿王际华百叩

五月十五[②]

王际华家书(贰)[③]

抱病四旬，久疏候启，伏稔岳父大人尊体康强，阖宅宁吉为慰。前月舍弟字来，知梧儿已附粮艘北上。种种皆蒙费心筹画，感谢难以

---

① 庞元济辑，梁颖整理《庞虚斋藏清朝名贤手札》第一册，凤凰出版社2016年版，第218—219页。

② 此信应写于乾隆十年(1745)五月十五日。

③ 庞元济辑，梁颖整理《庞虚斋藏清朝名贤手札》第一册，第220—221页。

言喻。承数年教育一切，未能图报，寸衷歉仄，更难自已也。六哥曾否归里？此行尚不虚否？大寿在迩，愧不能躬奉霞觞。前奉寄戋戋申意，适以梧儿北来，尽充盘费之用，竟达空函，实深罪戾。今会到八金，托舍弟奉上，伏祈哂存。统希原鉴，不一。

岳父大人尊前

子婿王际华百叩

华近移寓顺城门外横街半截胡同口徐寓，旧刘冢宰寓也。如托人寄信，乞照依书明地脚，庶不致误。四月十三日。

《周礼》讲章①

籥章掌土鼓、豳籥。中春，昼击土鼓，吹豳诗，以逆暑。中秋，夜迎寒亦如之。凡国祈年于田祖，吹豳雅，击土鼓，以乐田畯。国祭蜡，则吹豳颂，击土鼓，以息老物。

臣谨按：国以民为本，民以食为天。农田者，天下之大计也。自古言农事之详者，莫如周。考《司徒之属》，于任土任民之法，亦既备矣，而《春官》复有籥章一职。盖周自公刘居豳，修行后稷之教，其民好稼穑，务本业，实为王政之基。周公辅成王，追维祖宗积累之勤，咏歌树艺田功之烈，上陈于黼座，下播于民间，因以祀神而吹之。此籥章一官所为设也。夫农霑体涂足，其事至劳。晁错言农人之苦："春不得避风尘，夏不得避暑热，秋不得避阴雨，冬不得避寒冻。"故在上者，固宜董劝之，尤宜鼓舞而休息之。周公用是谱田间之事于声歌，其词称昔日之美，示之知所法。其乐用先代之器，令不忘其初。迎暑于昼，以求诸阳。迎寒于夜，以求诸阴。祈年以开农事之始，祭蜡以报岁功之成。所吹之诗，郑氏谓各歌其类。若豳诗，固《七月》之章矣。至豳雅、豳颂，郑注亦以为《七月》。朱子曰：一诗不宜分为风、雅、颂，先儒或以《生民》诸篇当雅，《思文》《噫嘻》《丰年》《载芟》当颂，

---

① 蒋溥、刘统勋《御览经史讲义》卷二十六"周礼"，《文渊阁四库全书》本。

其皆名豳者，以周王业起豳，故总系之豳也。盖一岁四举，既以节宣天地之气，昭扬先世之德，即以踊跃氓庶之情，风示忠爱之义，俾国中之民闻人主之勤劳稼穑，先民不倦，如此其挚也；丰年之家给人足，风醇俗厚，如此其可乐也。斯竞勉于东作西成，而惟土物之是爱矣。则籥章一官，正王者劳民劝相之精神，周浃于袯襫耒耜之中，而激昂振厉之倍至，所以诚万民而动天鉴，屡致降康之庆也。要之，王者敬天即在勤民。成周之盛，调和时令，鼓舞人情，祈年报蜡，息老劳农，凡以尽人事而代天工，自然民和而神降之福。况物土诏种之得宜，川渠灌溉之有法，与夫惩游惰，轻徭赋，更非一朝一夕之故。民生其时，极终岁之勤而忘其劳苦，尊君亲上，妇子恬熙，四宇从风，人人各得其所。观所咏"雨我公田，遂及我私"二语，忠顺之意油然见诸言表，此岂无所致而然哉。然则盛王之世，上辛有祈谷之典，吉亥有耕耤之礼，与夫书《无逸》于御屏，绘豳风于内殿，何莫非此意也欤。

《周易》讲章[1]

君子以辨上下定民志。

程子曰：上下之分明，然后民志有定。民志定，然后可以言治。后世庶士以上，日志于尊荣。农工商贾，日志于富侈。此由上下无定志也。君子观履之象而分别上下，各当其分，以定民志也。

臣谨按：天下之大，兆民之众，纷然待理于一人。自古圣王设为公卿大夫士，以及农贾工商，尊卑贵贱各有等差。人非不知高位之荣，而非其德不敢希也。非不知纷华之悦，而守其分无敢肆也。考《周官·司徒》辨五地之物生，以施十二教，授之以井地，故有常产者有常心。联之以比闾族党，则不敢舍业而杂处。于是三物以兴其贤能，八刑以纠其邪慝。四海之内，进德修业，勤事而不暇，讵敢淫心舍力，觊觎非分，以害休功者乎。后代幅员日广，生齿益繁，法度非不甚

① 蒋溥、刘统勋《御览经史讲义》卷二"周易"。

详，而一切民事皆听民自为，以故弃本务末，朝迁暮改。观于贾谊《陈政事疏》，贡禹《言风俗书》，民间诸弊自汉已然。此由无定分定志，而上下之辨不严故也。夫生民之源莫大于衣食，而平天下者不以一人养天下，令天下人人自养，故既分别四民，而什九驱之于农，世业相承，衣食易给，虽无甚富，亦不忧贫。自定制不立而贫富不均，邑有人君之尊，里有公侯之富，人求其所以尊富之故，则或以游惰，或以经营，共相欣羡，转为效慕。贫不自安者，既思他途以求遇，即稍可自给者亦怀奢志而改图。其中炫名干进之流，以及游幕吏胥仆从，实繁有徒，咸聚居都会之间，侥幸名利于万一。此皆民之蠹也。盖一人耕之，十人聚而食之，欲天下无饥不可得也。乃游民亿万，不耕不织，而咸思丰于衣食，以故农民重困。岁遇丰盈，犹无盖藏。间遭水旱，不免流离。虽仁厚之主在上赐赈广蠲，动不惜金粟数十万，而民仍无起色者，平日蠹民者之多也。诚本履卦之象，仿《周官》九职之法，以定民分，名器不予以妄干，游手不听其妄托，自京师达于郡县，系民于故土之产，清民以保甲之法。凡平时徙业无故远游者有禁，则进无非分之望，退有本业之乐，而民志定矣。且夫民气不可动，尤不可骄。往往治平既久，官司以因循无事为福，一二不法之民转以挟制长官，动辄鼓众生事。为大吏者正宜分别首从，按法尽惩，不得稍存姑息之心。则上下之分愈明，而民志益定。庶乎尊卑有等，行习有恒，心以分安，身以土著。士相与言仁谊于闲宴，工相与议技巧于官府，商相与论财利于市井，农相与谋稼穑于田壄，用以家给人足，愈固国家亿万年之基矣。

《周易》讲章[①]

咸速也，恒久也。

蔡渊曰：有感则应故速，常故能久。

① 蒋溥、刘统勋《御览经史讲义》卷八"周易"。

臣谨按:天下之至神者心也,故有感而即通。天下之至常者道也,故历久而不变。夫民之蚩蚩,本天下之至愚,而动之若甚易,治之又若甚难。自昔圣王不以动之易也而辄喜,不以治之难也而终倦,是以立之斯立,道之斯行,绥之斯来,动之斯和。世以为圣人过化存神之妙,若是其不可测也,而圣人直行所无事焉。渐民以仁,摩民以义,浃于肌肤,沦于骨髓。世以为圣人百年必世之效,若是其不易几也,而圣人自纯一不已焉。盖诚者,圣人之本也,存诸心,体诸身,施之于事物,彰之于政令。上以诚感,下自以诚应。至诚而不动者,未之有也。《传》所谓:上老老而民兴孝,上长长而民兴悌,上恤孤而民不倍。孚及豚鱼,捷于影响。圣人之感于人心,亦若是而已矣。然而至诚无息,悠久无疆。凡制礼法,修教化,正纲常,叙九畴,与一切用人理财诸政,必不狃于小成,必不昧于近利,必不以王道为难成而生畏阻之心,必不以太平为既致而萌逸豫之想。朝乾夕惕,兢兢业业,终始惟一,时乃日新。圣人之久于其道者,惟其诚也。夫速之与久,义似相睽,而咸之与恒,理本一贯。《彖传》于二卦皆言天地万物之情。感而即通者,情也。久而不渝者,亦情也。即情之无不通而慎所以感之者,即情之不可渝而慎所以持之者,其道岂有他哉,亦曰诚而已矣。本诚以动物,虽匹夫匹妇之愚,咸默喻乎庙堂之志,于以致四方之风动,不难也。积诚以布化,虽昆虫草木之微,咸煦育于太和之治,于以垂万世之丕烈,皆此也。宋儒周敦颐有云:治天下有本,身之谓也。本必端,端本,诚心而已矣。朱子亦曰:天下之事千变万化,其端无穷,而无一不本于人主之心。然则咸以感之,恒以守之,欲图可大可久之业者,其必勉勉于诚心以端其本与。

(乾隆)房山县志序[1]

岁癸未,余奉命主试春闱,得救取三楚鹤泉张生。其卷古峭博大,出入苏韩,是钟湘岳之秀而烟于文者。因并悉其家声,科第蝉联,冠越两湖。而张生竟数奇,虽年少不获与馆选,十年乃得签掣直隶顺天府房山县尹事。夫房固畿辅重地也,旗民杂处,最号繁剧,非精明强干才不克办。余于鹤泉之诗文全集及《大房纪胜》碑记数十篇章,国士目之久矣。至其服官行政,亦间闻之京兆,得其略,未悉其详。丙申春,房之绅庶丁兆隆、杜钧、余良栋等稔渠邑侯与余通好,因邑侯届报最期,恐瑞人不可私,谋记德政于余。余以奉命总理四库馆,剧无暇晷,深谢之,且晓之曰:记何难?恐作者摭谀词,受者有愧色,斯不如弗记。况德政以实,今尔侯有何实政堪泐珉者哉?佥曰:吾侯貌严心慈,除奸剔(币)[弊],惠爱吾民者指不胜屈。溯侯自甫下车,稔知前尹弛于宽,而豪棍蠹吏得缘以为奸。侯曰:"以水济水,博长厚名,贻风俗忧,我不为也。"抑豪强,惩吏役,期月而疲风为之肃然一变。侯盖勤于政而不轻假人以词色,公堂即书案也,晨夕危坐,有以讼狱至者,旋至旋理,立时判释。无滞牍,无冤案,直固衔恩,负亦心折,此神君所由号也。侯固天资明决,亦由其素留心抚字。太侯莞侯公宰赵州隆平,治行冠全畿。侯少随任,目击心仪,胸有成竹,今之治谱即家法焉。凡关国计民生、城池里社利害,一切举念不忘,而事之难易,费之巨细,俱弗计。即如房有西山,利薮也,亦民害也。利则煤石于是产,侯任民便而利导之。害则山瀑时为患,侯大为防而急筹之。于西山之麓白草、岗洼等处,请筑叠道以束其流;而于顺、雅河之淤塞不行者,请浚河底以受其溢,皆亲挈帑宿工,雇募匠夫,指示经营。三阅月堤成,涵洞建,而二河亦浚矣。是役也,十土一夫,不藉于

[1] 张世法《(乾隆)房山县志》卷首,清乾隆四十一年刻本传钞本。此《(乾隆)房山县志》,实为张世法个人之诗文集《大房纪胜》。

民。十一里并不知兴此大役，而吾民已隐受其福。自是蝗不入境，魃不为灾，麦两歧而禾十顷，大有频书。民方熙熙乐业，而侯重忧邑之弦诵不闻。爰修奎楼，葺义学，延明师，程月课，手为甲乙，作记泐石，而文风又为之翕然一变。先是，国朝自定鼎来无登甲第者，自吾侯策励学校，而乙未科邑中丁兆隆由孝廉遂成进士。蕞尔房邑，竟有其人矣。且向之科岁童子试，二而取一，常苦不足额。迩来过倍其数，得五十五人，见于邑侯所自为序。其作人之雅化欤，然民成而又致力于神。吾房旧有城隍庙，在邑西北隅，为阖境观瞻所瞩，而草莱其庭，风雨其垣，神灵之不妥者又百数十年于兹矣。侯捐俸首倡，共募得二千余金，付司事者董之，而庙貌聿新，丰碑树焉。他若保甲以严，催科以善，徭役以均，以及民无佩犊，村无犬吠，数年来吾侪益习安之。此又其大略也。余曰：洵如是，是真古之遗爱，今之良吏矣。余何以称鹤泉？余即尔民之碑于口者录其实。鹤泉者，湘潭华胄，癸未进士，房山县尹张世法也。因不辞而为之记。

乾隆四(年)[十]一年岁在丙申孟春下浣，赐进士及第诰授光禄大夫经筵讲官太子少傅武英殿四库全书处正总裁户部尚书加一级年通家眷(待)[侍]生王际华撰。

司马涂勉斋诗文集叙[①]

乾隆辛巳，予始识勉斋先生于邸舍，纯诚朴茂，表里如一，君子人也。公暇时相过从，聆其□论，未尝援经证史，而天性激发，□合古人，余景之而□疑之。未几，以援例特授温州府同知，为予邻郡公祖，循声易简。其宅心恺悌，而临事秉公核实，不稍诡随，温之人德之。顾分郡职简，时奉檄公干京师，随宜经理所事，不忝厥职。屡蒙议叙，人皆知其能。既而偶以公事为同官龃龉，去任。辛卯岁重诣阙下，

① 涂锡盛《梦墨堂稿》卷首，上海古籍出版社 2010 年影印《清代诗文集汇编》本。

叩祝皇太后慈厘，得奉恩旨复职。因庆幸会饮，相叙如曩日欢，缘出夙所著之诗文全集示余。余受而读之，始知其研究实学，穷年孜孜，非仅博科第之为。而凡形诸咏歌，见之论述者，皆原本忠孝而协伦纪之宜。然后知先生生平行事与夫政事文章，皆此纯诚朴茂，天性激发，一以贯之，固不似文士屑屑于雕虫之末，而以文章为小道云尔。余向之所疑，真不足以知先生，今且愧谢不暇矣。因识数语以弁于首。

经筵讲官礼部尚书教习庶吉士加四级治弟钱塘王际华顿首拜撰。

入蜀集序[1]

知还、怀归为孪兄弟，与余为乙丑同年。知还官闽，遽尔解组，携琴笼鹤，暂驻龙丘。白首弟兄，连床酬唱，友爱之情，欢慰交集。余三复其诗，不禁低徊神往。

重修慈育院碑记[2]

平则门外十里庄慈育院，旧所建以祀/泰山夫人碧霞元君者也。其地若干，本为定慧寺故址。康熙四十六年内官魏珠捐资鸠工重为修建，扩其旧制，规模视昔有加，用饭僧以司/香火。五十　年三月/圣祖仁皇帝特赐扁额、对联各一。五十五年复/赐扁额二、殿联一。/圣心钦若群□/天文，神所惠□，□遂修葺，讫今三十余年。一切栋楹、朱桷、盖瓦、级砖、缭垣、曲甃之属日就倾圮，金容玉座渐失鲜采，不可不思所以整理之。乾隆/十五年二月，乾清宫宫殿监正侍总管魏

---

① 徐璈《桐旧集》第六册卷二十八“周芬斗”，安徽大学出版社 2016 年版，第 315 页。周芬斗（号知还）弟周芬佩，与王际华为乙丑同年进士。

② 此碑拓本现藏国家图书馆善本部。其字迹已颇漫漶，为便读者与原拓比对，故释文用“/”标示原拓之分行。

珠乃与住持僧妙觉谋新其事，经营图度，捐资材若干两，用人力若干工，凡□越月而工始竣。/正殿旁庑，严严翼翼。禅房静室，成俾洁清。魏公乃虔瓣心香，叩首墀下，告成功于/神□□/夫人自汉成帝时修真于泰山之□，道成化去，遂为其地神明。尝考晋咸和中，南岳魏夫人亟亟行南，受《黄庭内景经》于太极诸真人，遂而得/道成仙，位为紫虚元君，即今南岳夫人也。今/夫人证果前魏夫人五百余岁，魏夫人主南岳，夫人主东岳，懿号曰泰山夫人，有以也。夫泰山首岳，主司东方，以长育万物为功，而/夫人为兹山大神，则所以默伏群坐，使之□长蕃息，以助成化育者非细，故自江淮以北，礼祀维虔，庙宇几遍郡邑。况/京师为首善之地，万国观瞻，尤不可不严肃者乎。此魏公所以既修于前，重新于后，始终不能自懈也与。继今之人，其能谨守旧规，敬恭/明神，永永无极，勿替而引长之，则□□所及，宁有涯涘哉。因其请，爰计工度费，并志其年月起讫，建造重修之缘由，勒于石，以敬告来者。

乾隆十五年六月谷旦，翰林院侍读学士王际华撰并书。

附录二　王际华传记资料

王际华传①

王际华，字秋瑞，浙江钱塘人。乾隆十年一甲三名进士，授编修。十三年，大考翰詹，擢侍读学士、上书房行走。广东旧设两学政，十五年，以侍读程岩督广韶学政，际华督肇高学政，旋用岩议裁并，以忧归。服除，起原官。三迁至侍郎，历工、刑、兵、户、吏诸部。在兵部，疏言："武乡、会试旧例，外场挑双好、单好、合式三类入内场，双、单好列东号，合式列西号。不肖者见列西号，知不能幸中，纷纷求出。即有归号，终日喧哗。请嗣后武乡、会试，但挑双、单好，毋更挑合式。"在吏部，疏请在京文武官吏议处，及各部会议外省文武官吏议处，当分别定限，皆如所议。三十四年，迁礼部尚书。三十八年，加太子少傅，调户部尚书。四十一年卒，赠太子太保，谥文庄。赐其子朝梧内阁中书，官至山东兖沂曹道。

王际华传②

王际华，字秋瑞，号白斋，钱塘人，乾隆十年进士及第，授编修。分纂《续通考》，充丁卯顺天乡试同考官、戊辰会试同考官，擢侍读学士、协办内阁学士，直南书房。十五年，典试湖北，督学广东。丁外艰。服阕，起原官。擢詹事。二十年春，擢内阁学士兼礼部侍郎。

---

① 赵尔巽等《清史稿》卷三百二十八，中华书局 1976 年版。

② 郑沄修《(乾隆)杭州府志》卷八十二"名臣三"，清乾隆四十九年刻本。

夏，晋工部侍郎，兼管钱法堂。二十二年，调刑部。二十五年，调兵部，典试江西。二十八年，充会试副总裁，兼署吏部。奏请武科乡、会试裁去合式字号，则入场者皆有命中之心，诸弊可悉除矣。三十年，调户部，督理京省钱法；充武英殿总裁。明年，兼工部，督理宝泉、宝源二局钱法；教习庶吉士，请修葺庶常馆。三十三年，典江南乡试。明年，晋礼部尚书。旋总理平粜，详核利弊，总修《国子监志》。三十八年三月，充《四库全书》正总裁，加太子太傅。八月，迁户部尚书。四十一年三月卒。扬历三十余年，治事敏核，案牍必亲厘定；赓飏黼黻，奏对悉称旨，以小心谨慎见称。从祀贤良祠，谥文庄。（《王文庄公行状》）

王际华传[①]

王际华，浙江钱塘人，乾隆十年一甲三名进士，授编修。十二年八月，充顺天乡试同考官。十三年三月，充会试同考官。六月，大考一等三名，擢侍读学士。十四年，命尚书房行走。十五年六月，充湖北乡试副考官。时广东设两学政，八月以侍郎程岩提督广韶学政，际华提督肇高学政。十六年，岩疏言广东学政宜并为一，廷议裁肇高一缺，际华旋丁忧。服阕，补侍读学士。十九年，迁詹事，充日讲起居注官。二十年二月，迁内阁学士。六月，擢工部侍郎，兼管钱法堂事务。七月，充经筵讲官。二十二年五月，调刑部右侍郎。十月，以湖南巡抚蒋炳审办藩司杨灏侵肥克扣一案未入情实，刑部秋审时朦混照覆，三法司九卿分别议处。寻议革职，得旨从宽留任。二十四年，转左侍郎。二十五年四月，调兵部侍郎。六月，充江西乡试正考官。二十七年疏言："武闱向来挑取双、单好字号者，视中额已多数倍。其合式字号，马步技勇之庸弱者皆得滥邀。不肖者自分无幸中之理，即串通好字号各生，代倩图利。是以双、单好字号向列东号，合式向列西号，入

---

① 《满汉名臣传》卷五十九，黑龙江人民出版社 1991 年版。

场见字号在西者知难取中，纷纭求出。其归号者亦无心作文，终日喧哗。请嗣后武乡、会试，合式字号竟行裁去，惟于考外场时悉心甄别，将技艺实在可观者尽数挑入好字号，即将各姓名开单出示晓谕，令入内场。至分别双、单之处，仍照例密印于监箭册姓名之上，封固送入内场。”下部议行。二十八年三月，充会试副考官。八月，署吏部侍郎。二十九年，疏陈：“在京各衙门议处事件经乾隆十八年议定，各衙门参奏奉旨之日即于咨送原奏文内将职名开送议处。近各部旗往往先送原奏，其应开职名必待吏兵二部咨取，甚至一再行催始行开送，以致奉旨处分之日或在参奏数月后，非仰体皇上整饬官方之意。请无论案情大小，即将应参各员职名开入，毋庸重办。其关历任处分当时未确查者，于抄送原折后限十日查明补送。”又言：“各部会议外省案件，关文武职任处分。主稿会稿各部定议后，其出本向无定限。事繁衙门或以次挨至一二月后具题，此中实降实革案件保无泄漏，或书吏乘机作弊，劣员肆行不肖，皆不可不虑。请各部会题案凡涉外任处分，于会稿日该部即将有无加级抵销处查明，其实行降革者俟各部会齐后主稿衙门统于三日内具题，仍将出本日期交科道按月稽查。”诏如所请。三十年五月，调户部右侍郎。十月，署吏部侍郎，充武英殿总裁官。三十一年正月，兼署工部侍郎。六月，教习庶吉士。三十二年六月，疏请修庶常馆，得旨允行。七年转左侍郎。三十三年，充江南乡试正考官。三十四年十月疏言：“武英殿缮录向用国子监贡生十员充补，近年来国子监只凭文考取咨送，多有书法不工者。查吏部原有考取誊录，以备各馆咨取。请将送补贡生例停止，行文吏部咨送誊录内正途出身者充补，六年限满议叙。至现在缮写之事无多，请于原额十缺内裁减四缺。每月公费即由殿给发，以省支领之烦。”下部议行。十一月，擢礼部尚书。三十五年九月，命偕刑部尚书、协办大学士官保，户部侍郎英廉总理平粜事。寻以北城麸面短少曾经报出，不即查办，命交部察议。部议俱降一级留任。详见《官保传》。三十六年，御史赵瑛奏乡试移取书籍及旧文应行禁止，际华等议：“旧文毋庸禁其移取。查直省乡闱，惟顺天有钦颁书籍，而江南等省尚沿用坊间旧本，不但鱼鲁易讹，亦多残缺，请通行颁发。”从之。三十八年三月，充《四库全书》总裁官。四月，晋太子太傅。五月，命办理《四库全书荟要》。八月，调户部尚书。三十九年三月，京察加一级。十一月，赐紫禁城骑马。四十一年三月卒。谕曰：“王际华才品端谨，学问优长，久直内廷，简任部务，懋著勤劳。迩年承办《四库全书》及《荟要》事，尤为殚心经理，且年甫六旬，正资倚畀。今闻其因痰涌暴厥，医治无及，遽尔溘逝，深为悼惜。着加恩晋赠太子太保，并派散秩大臣一员、侍卫十员前往奠醊。其各任内革职之案，俱准开复。应得恤典，仍着该部察例具奏。”寻赐祭葬，谥文庄。四十三年，恩赐其子朝梧为内阁中书，官至山东兖沂曹道。

光禄大夫赠太子太保户部尚书文庄王公墓志铭(代于文襄公作)[1]

今皇帝兴儒典学，延咨词臣，择闳硕有望实者召入南书房，以待顾问。盖自初元以来，居职者仅十数人，而余幸蒙恩获备其列。其群公之后先为僚者，或存没聚散非一，独户部尚书钱塘王公与余对直最久，其交契亦最笃。自非春秋扈跸以行，未尝一日不相见也。比余以尚书入阁，而公亦晋领司徒，又同被命为《四库全书》及《荟要》总裁官。天子方慨然博征遗文，修明典籍，以嘉惠来世，所集文学士百数十人，部帙填委数万计，而余参预军机，旦夕有所宣召，不克专意馆事，自发凡起例，以逮丹铅甲乙之式，一切多决于公。公亦覃精殚思，晓夜研勘，蕲得厘然勒成善本，以称塞上意。天子雅知公勤勚，数引对便殿，垂问以事目。同馆士大夫莫不乐公相与以有成，而公则不幸捐馆舍矣。时车驾行幸山东，留守大臣以闻，上为震悼，且下诏称公书局劳瘁状，以褒显之。迄于今，《全书》进御者什才三四，《荟要》亦

① 陆锡熊《宝奎堂集》卷十二，清道光二十九年(1849)陆成沅刻本。

方待彻编，公之遗志未泯而窀穸遂已有期，余乃复泫然执笔而为之铭。呜呼，其何能无感也。

公少而敏慧，有成人度。其考国子学录文山先生为时通儒，家贫，常教授以自给。公年十二丧母，即挈之入京师。刻励就学，于书无所不治，久之遂通其大旨。自分章别句及经世治事之要，无不究尽。其见于文辞，闳肆隽伟，常出众上。始成进士，策试即以一甲第三人唱名于廷，为编修。再应御试，复以一等第三人冠其曹，擢授侍读学士。由是为天子所知，三迁至工部右侍郎，转刑、兵、户三部，摄事吏部，皆历其左右侍郎。进尚书，自礼部迁户部，盖列于九卿二十有二年。六官之司，周践汔遍。又以其间进讲经筵，教习庶吉士，充武英殿总裁，皆世称儒臣华职，天子所以倚任之良厚。公感淬奋厉，不为表襮，持体要，谨绳墨。曹郎白事，反覆诹度而后画可。意所否者，应时改定，无秋毫顾计心。武科旧令，以合式为最下等，试辄落，其人无所觊幸，多因缘为奸。公奏除其试籍，弊遂绝。庶常馆岁久渝圮，公请而新之，乞御书以额其堂，人皆奋起于学。其知无不为，率此类。天子念公陈力滋久，当考绩辄予优叙，加太子少傅。旌其劳勚，史文靖公旧第以赐，且命紫禁城骑马。时年未应格，天下传为宠荣，而公顾欿然，日以谨力。夙兴入朝，街鼓方严，恒惴惴惧不及事。时奉敕作书，必正衣冠，端几坐。冬寒皲瘃，不少休，曰：吾以敬吾事也。

天性纯孝，幼失母夫人，殡在堂而同巷火，即号邻以出其柩。为翰林使，视肇高学政，而文山先生殁京邸，公昼夜驰，水浆不入口，毁瘠见骨，吊者为之改容。丧归卜兆，冒风雨行求万山中，得疾几殆。弟际丰，才而早卒，其妇朱氏守节，公待之尽礼。遇族人皆有恩纪。从妹未字者，厚资装嫁之。创广谊园于城南，以蘧乡人客死而无所归者，其规制一定自公。

前后典乡试者三，礼部试者一，所得士多为名公卿，其他发闻于时者甚众。在内廷所辑撰，皆称旨。其承诏编次《宫史》《礼器图》，尤详赡有法度。最后领《四库全书》，公亦遂勤事以殁。夫以圣天子知人善任使，而公之温恪纯壹自结主知，倘少假之年，当必更有所设施，讵可纪乃止于此。然即以余所闻见，其卓卓大者亦固已无愧于古人，此海内士君子所以尽伤，而知厚如余尤为之忾念生平，喟然而永叹者也。公体素强无疾，其薨也，以晨兴暴厥，遂弗及治。天子遣散秩大臣率侍卫十人奠茶酒，赠太子太保，赐谥文庄，祭葬皆如制。

王氏系出太原，宋建炎间南渡，居余姚。自讳絅者徙钱塘，逮公七世矣。曾祖讳修玉，祖讳文斌，考讳云廷，以道德文章世其家，皆以公贵赠荣禄大夫、礼部尚书；妣皆一品夫人。公讳际华，字秋瑞，号白斋，生于康熙五十六年七月二十五日，薨于乾隆四十一年三月十六日，年六十。初娶夫人陈氏，贤而知书，能庀内政；继娶夫人彭氏，有慈孝声，皆先公卒。子四人，长朝梧，贡生；次朝飏，礼部司务；次朝葵，出为公弟际丰后；次朝兰。女四人。孙男二人，孙女三人。朝梧等将以乾隆某年某月某日葬公之赐茔，以两夫人祔，而请文刻诸幽。余不得辞，乃铭曰：

伉伉高门，肇自文节。奕世其昌，积厚乃发。起家大科，有学有文。学以经国，文为近臣。尚书六曹，公则爰历。惟帝所使，勿纾勿棘。抑抑威仪，谨谥自将。三命滋恭，禔身允臧。帝思旧劳，慭纶是悼。书而纳棺，祝史具告。有崇者原，御碣嶙峋。公安斯藏，以利后人。

《中国近现代稀见史料丛刊》已出书目

第一辑

莫友芝日记
汪荣宝日记
翁曾翰日记
邓华熙日记
贺葆真日记
徐兆玮杂著七种
白雨斋诗话
俞樾函札辑证
清民两代金石书画史
扶桑十旬记(外三种)

第二辑

翁斌孙日记
张佩纶日记
吴兔床日记
赵元成日记(外一种)
1934—1935中缅边界调查日记
十八国游历日记
潘德舆家书与日记(外四种)
翁同爵家书系年考
张祥河奏折
爱日精庐文稿
沈信卿先生文集
联语粹编
近代珍稀集句诗文集

第三辑

孟宪彝日记
潘道根日记
蟫庐日记(外五种)
王癸避难日志　辛卯年日记
嘉业堂藏书日记抄
吴大澂书信四种
赵尊岳集
贺培新集
珠泉草庐师友录　珠泉草庐文录
校辑民权素诗话廿一种

第四辑

江瀚日记
英轺日记两种
胡嗣瑗日记
王振声日记
黄秉义日记
粟奉之日记
王承传日记
唐烜日记
王锺霖日记(外一种)
翁同龢家书诠释
甲午日本汉诗选录
达亭老人遗稿

第五辑

袁昶日记
吉城日记
有泰日记
额勒和布日记
孟心史日记·吴慈培日记
孙毓汶日记信稿奏折(外一种)
高等考试锁闱日录
东游考察学校记
翁同书手札系年考
辜鸿铭信札辑证
郭则沄自订年谱
庚子事变史料四种(外一种)
《申报》所见晚清书院课题课案汇录
近现代“忆语”汇编

第六辑

江标日记
高心夔日记
何宗逊日记
黄尊三日记
周腾虎日记
沈锡庆日记
潘钟瑞日记
吴云函札辑释
新见近现代名贤尺牍五种
稀见淮安史料四种
杨懋建集
叶恭绰全集
孙凤云集
贺又新张度诗文集
王东培笔记二种

第七辑

豫敬日记　洗俗斋诗草
宗源瀚日记(外二种)
曹元弼日记
耆龄日记
恩光日记
徐乃昌日记
翟文选日记
袁崇霖日记
潘曾绶日记
常熟翁氏友朋书札
王振声诗文书信集
吴庆坻亲友手札
画话
《永安月刊》笔记萃编
浙江省文献展览会文献叙录
杨没累集